新潮文庫

レベッカ

上巻

デュ・モーリア

茅野美ど里訳

新潮社版

8402

レベッカ 上巻

第一章

ゆうべ、またマンダレーに行った夢を見た。わたしは屋敷への私道に通じる鉄の門《もん》扉《び》の脇《わき》に立っているが、行く手を阻《はば》まれ、中に入ることができない。門扉には鎖と南《なん》京錠《きんじょう》がかかっており、夢の中のわたしは門番に声をかけてみる。返事はない。錆《さ》びついた鉄枠のあいだから覗《のぞ》くようにして様子を窺《うかが》うと、門番小屋にはひと気がなかった。煙突に煙は見えず、小さな格子窓《こうしまど》が虚《うつ》ろにわたしをみつめている。すると、夢にありがちなことだが、わたしは突然超能力をさずかり、精霊のように目の前の関門をするりととおり抜けた。

邸内の私道は昔のようにあっちへこっちへと蛇行して延びているが、辿《たど》っていくうちに、以前とはちがうことにわたしは気づいた。手入れもなされず、幅も狭くなっていて、わたしたちが見慣れた道ではないのがわかる。初めはどういうことかと訝《いぶか》しく思ったが、低く垂れた木の枝を避けようと腰をかがめたときに、ようやくわかった。

再び大自然が天下を取ったのだ。密《ひそ》やかに、少しずつ、何気ないようでいて執拗《しつよう》な指先を、私道にも伸ばして侵入してきたのだ。以前からのしかかるような圧迫感を与えていた林が、ついに凱歌《がいか》をあげたのだ。

伸び放題の木々が鬱蒼《うっそう》と道の縁まで迫っている。丸裸のブナの色褪《いろあ》せた枝は互いに絡《から》みついて怪しげに抱きあい、頭上に教会のアーチのような丸天井を形作っている。それに、わたしには見覚えのない木々が、ずんぐりした樫《かし》や悶《もだ》えるように曲がりくねった楡《にれ》が、ブナともたれあうようにしてあちこちに生え、どれひとつとしてわたしの記憶にはない、化け物のように巨大な灌木《かんぼく》や植物とともに、森閑とした大地から突きあがっていた。

私道はもはや細いリボン、かつての姿に比べればまるで一筋の糸になってしまったかのようで、敷きつめられていた砂利も、息苦しいほどの草や苔《こけ》に覆《おお》いつくされて跡形もない。木々からは低い枝が伸びてわたしの行く手を阻み、節くれだった根はまるで骸骨《がいこつ》の鉤爪《かぎづめ》のようだ。わたしたちが住んでいたころは大切に育てられ、優美な道標になっていた灌木の姿も、ジャングルと化した林のあちこちに見える。あのころ、青く丸い玉のような花で評判だった紫陽花《あじさい》は、人の手が入らないまま野放図に大きくなり、すっかり野生化して、脇に生えている名もない寄生植物と同じように、花ひとつない、どす黒く醜い巨木となっていた。

かつてはわが家への私道だったこの哀れな一筋の糸は、あるときは東へ、あるときは西へと蜿蜒《えんえん》と曲がりくねってゆく。見失ったかと思うと、倒れた木の下に、あるいは冬場の長雨でぬかるんだ溝の向こうに、息も絶えだえの有様でわたしの前にまた姿を現す。

屋敷までこんなにも遠かっただろうか。木々が繁殖したように、距離もまた何倍にも延びてしまい、道を辿っていっても息が詰まるほど草木がはびこった迷路に通じるばかりで、屋敷には着かないのではないだろうか。

と、それはいきなり姿を現した。四方八方にひろがった巨大な繁《しげ》みが途方もなく成長して、車寄せ《アプローチ》を隠していたのだ。わたしはそこに立ち尽くした。胸は波打ち、いいようのない涙がこみあげて目の奥を刺す。

マンダレー、わたしたちのマンダレー、かつての姿と変わらずに密やかで静謐《せいひつ》なマンダレーが、そこにあった。夢の中の月明かりに灰色の石が輝き、ムリオン窓（窓枠に縦仕切りの入った中方立ての窓）には、芝生の緑やテラスが映っている。年月も、壁面のあの完璧《かんぺき》なシンメトリー、屋敷そのもの、掌中の珠《たま》までは壊すことはできなかったのだ。

テラスの下はなだらかな斜面となって芝生へとつづき、芝生は海へとくだっていく。

海に顔をむけると、風にも嵐《あらし》にも乱されたことのない穏やかな湖のように、月下に静かにひろがる銀色の海面が見えた。夢の海にさざ波を立てる風はけっして吹かず、西のほうから風に押されて現れる雲の群れに、淡く澄んだ空が覆われることもけっしてない。

再び屋敷に目をもどすと、家はまるでわたしたちがきのう立ち去ったばかりであるかのように、昔の姿のまま変わりなかったが、庭は林と同様にジャングルの掟《おきて》にしたがっていた。シダがからみついたツツジは十五メートルはあろうかという高さまで聳《そび》え、名もないさまざまな灌木と異種同士交わったあげく、そのみじめな鬼っ子が自らの出自を恥じてか、すがりつくように根元にからんでいる。ライラックのほうはブナの変種と契《ちぎ》っていたが、その結び付きをいっそうたしかなものにしてやろうと、もとより優美とは縁遠い意地の悪いツタがその巻きひげでがんじがらめにして、二本を囚《とら》われの身としていた。見捨てられたこの庭では、ツタが優勢だった。屋敷にも迫る勢いで芝生に長い茎をじわじわと伸ばしている。もうひとつ、たぶん林に自生していたものだろう、何かの雑種で木々の下に種をまき散らしていたのが、いまやルバーブのお化けのような醜い姿になって、かつては満開のラッパズイセンが揺れていたやわらかな芝生にむかってツタとともに迫っていた。

どこもかしこも、植物軍団の前衛ともいうべきイラクサだらけだった。びっしりとテラスを覆い、小径《こみち》にひろがり、ひょろ長い野卑な様で窓辺に寄りかかっている。ただ、歩哨《ほしよう》としてはいい加減で、お化けルバーブにあちこちで隊列を崩され、やる気のない姿勢で頭を垂れて茎を折り、ウサギたちの格好のとおり径となってしまっている。わたしは私道を離れ、テラスへと進んだ。夢の中のわたしは魔法の力に守られ、イラクサだろうとなんだろうとわたしを遮ることはできない。

月明かりというものは、人の心を、たとえ夢の中でも惑わすものだ。息を潜めるようにしてそこにじっと立っていると、わたしには屋敷がただの抜け殻ではなく、かつてのように息づき、生きているとしか思えなくなってきた。

窓からは明かりが漏れ、夜風にカーテンがそよぐ。図書室のドアは、わたしたちが半開きにしたままになっており、テーブルの鉢いっぱいに活《い》けられた秋バラの脇には、いまもわたしのハンカチが置いてあるにちがいない。

部屋にはきっとわたしたちがいた痕跡《こんせき》が残っている――図書館に返却するばかりになって重ねられた本。無造作に置かれたタイムズ紙。煙草《たばこ》の吸いさしが入ったままの灰皿。椅子《いす》にはわたしたちの頭の形のままにクッションがおかれていて、暖炉には、翌朝に備えて熾《お》き火がくすぶっている。そしてジャスパーが、底深い目と大きなたるんだ頬のいとしいジャスパーが、床に寝そべって、ご主人様の足音が聞こえると、尻《しっ》尾《ぽ》をパタパタと動かすのだ。

　雲が、それまで姿を見せていなかった雲が月にかかって、顔の前に突きだされた暗い手のように、ほんの刹那《せつな》、そこに留まった。その途端、幻が去り、窓の灯もかき消えた。目に映るのは荒れ果てた抜け殻、無言の冷たい壁面に過去の名残さえ留めず、亡霊がさまよい歩くこともない、いまや魂のこもらないただの形骸となった家だった。

　この屋敷は墓所——わたしたちを脅《おびや》かした不安や苦しみは廃墟《はいきょ》に埋められ、二度と甦《よみがえ》ることはない。

　目覚めたわたしがマンダレーのことを思ったとしても、恨みがましい気持ちになるのはやめよう。それよりも、不安におののかずにここで暮らせたとしたら過ごしていただろう日々、それを考えることにしよう。夏のバラ園、明け方の鳥のさえずり、栗《くり》の木陰でいただくお茶、目の下にひろがる芝生の向こうから聞こえてくる、囁《ささや》くような波の音を思いだそう。満開のライラックや〈幸せの谷《ハッピーバレー》〉のことを考えよう。どれもみな永遠に消え去ることはなく、痛みも伴わない思い出なのだから……。

　わたしは雲が月を隠しているあいだ、そう夢の中で決めていた。

たいがいの人がそうだと思うが、わたしも夢を見ていることを自覚していた。現実には、何百キロも離れた異国の地の、狭くてそっけないホテルの部屋、その趣きのなさにむしろほっとする部屋でわたしは眠っており、あとほんの少ししたら目を覚ます。そして小さく吐息をもらし、伸びをしてから横をむいて目を開け、やわらかな夢の月明かりとはあまりにちがう、ぎらつく太陽、容赦ない快晴の空にとまどうことになるだろう。

そうしてわたしたちふたりの一日がはじまる。きっと何ごとも起きない、長い一日になると思う。でも、ある種の静けさに満ちた一日、わたしたちが以前はけっして味わったことのない、いとしい平穏に包まれたものになってくれるはずだ。

わたしたちはマンダレーを話題にしない。わたしも夢のことは話さない。なぜならマンダレーはもうわたしたちのものではないのだから。マンダレーは、もうないのだから。

第二章

もう二度ともどることはできない、それだけはまちがいない。過去のできごとがまだあまりに生々しすぎる。わたしたちが忘れようとしたこと、もう済んだことにしようとしてきたことが、また息を吹き返してしまうかもしれない。あの不安、びくびくしながら押し隠していたあの不安、そしてついに理性も消えうせる闇雲《やみくも》なパニックにまでふくれあがってくるあの不安——さいわいなことにいまでは鎮《しず》まっているが、思いもよらぬ形でそれが再び日々の伴侶《はんりょ》となってしまうかもしれない。

彼はすばらしく忍耐強く、思いだしたときでも、けっして繰り言をいったりしない。気取られまいとしているが、彼がほんとうはかなり頻繁に思いだしているのがわたしにはわかる。突然放心したようなとまどった表情になるのでわかってしまうのだ。見えない手によってぬぐい去られたかのように、いとしい彼の顔から表情が消えてしまい、整ってはいるが、まるで彫像のように儀礼的で冷たく生気のない仮面が取って代わる。そういうとき彼は、次から次へと煙草《たばこ》を吸いつづけ、消しもせずに落とし、赤く燃える吸いさしが花びらのように地面に散らばる。そしてなんの内容もないことを手当たり次第に話題にしては、痛みの万能薬とばかりに熱心に早口で語る。

苦しみは男も女も鍛えあげて、より強く立派な人間にするという。ここでもどこの世界でも高みにゆくには、煉獄《れんごく》という試練をくぐり抜けねばならない。そう信じられているように思う。なんだか皮肉のようにも思えるが、わたしたちはもう十二分にそれを通過してきた。ふたりとも不安や孤独、それに大きく重い苦しみを味わった。どの人生にも、遅かれ早かれ試練の時はやってくるものだろう。誰もがみなそれぞれの悪鬼に取り憑《つ》かれて苦しめられ、結局は闘わないわけにはいかなくなる。そしてわたしたちは悪鬼を制覇した、少なくともいまはそう信じている。

取り憑いた悪鬼にわたしたちが苦しめられることはもうない。もちろん無傷では済まなかったが、危機は乗り越えた。災いに見舞われるという彼の予感は最初から当っていたのだ。つまらない戯曲にでてくる芝居がかった女優の台詞《せりふ》にならえば、わたしたちも自由の代償は支払ったといっていいかもしれない。それでも、現世でのドラマをもう十分すぎるほど味わったわたしは、いまの平穏と安心を保証してくれるといわれれば、この五感と引き換えにしてもいいとすら思っている。

幸福とは後生大事に抱えこむものではなく、精神の状態、心のありようのことだと思う。わたしたちだってもちろん落ちこむこともあるが、時が時計では測ることのできない永遠へとつながる一瞬、彼の笑みを捉《とら》えて、わたしたちが共にあること、ふたりを隔てる意見の食い違いや対立がないこと、それを味わえる瞬間もまたあるのだ。

いま、わたしたちのあいだに秘密はない。何もかも分かち合っている。たしかに小さなホテルは退屈だし、でてくる食事は平凡で、来る日も来る日も同じようなものではあるけれど、それ以外のことを望む気持ちもない。大きなホテルだったら、あちこちで彼の知り合いと鉢合わせしてしまうだろうし、ふたりとも簡素な暮らしが好きだ。時には退屈したとしても、そのぐらいなんだろう？ 退屈は怯《おび》えや不安の特効薬となってくれる。

わたしたちはだいたいが日課どおりに過ごしているが、わたしにはどうやら音読の才能があるらしい。彼がゆいいつ短気を見せるのは、郵便配達が遅れたときだけだ。イギリスからの便りをあともう一日待たねばならないからだ。ラジオも試してみたが、音声は耳障《みみざわ》りだし、待ちわびるのもまた楽しいもので、何日もまえのクリケットの試合結果がわたしたちには大ニュースになる。

国際クリケット大会の優勝決定戦、ボクシングの試合、ビリヤードのスコアさえも、何度わたしたちをアンニュイから救ってくれたことか。学校の運動会やドッグレース、どこか僻地《へきち》の郡で行われた聞いたこともないような競技の試合結果だって、わたしたちにはごちそうだ。

古い「フィールド」誌が手に入ったりすれば、平凡なこの島から瞬時にイギリスの春のただなかへと連れていってもらえる。わたしは、南部の澄んだ渓流のことを、蜻蛉《かげろう》のことを、緑の牧草地に生えるカタバミのことを読む。マンダレーでも林を旋回していたヤマガラスのことを読む。手垢《てあか》がついて破れかけたページから、湿った土の香りや荒《ム》れ地《ア》の泥炭のつんとする匂《にお》い、ところどころ鷺《さぎ》の糞《ふん》で白くなった、水を含んだ苔《こけ》を踏みしめたときの感触がありありと立ちのぼってくる。

一度などはモリバトの記事を声にだして読みながら、鳩《はと》の羽音を頭上に聞いたマンダレーの深い林に再び足を踏み入れたような錯覚に陥った。やわらかく呆《ほう》けたような鳩の鳴き声は、暑い夏の午後にはとても涼しげに心地よく響く。だが、わたしを探しにきたジャスパーが、濡《ぬ》れた鼻先で地面を探りながら藪《やぶ》の中を大股《おおまた》で走り抜けてくると、鳩の平安は破られ、隠れ場所から一斉に飛びだし、沐浴《もくよく》を見とがめられた老婦人のように、滑稽《こっけい》なぐらいに慌《あわ》てふためいて、大仰に翼をばたつかせて頭上の梢《こずえ》から飛び去り、姿も声も消えてしまう。

鳥たちがいなくなると、あたりは新たな静寂に包まれる。わたしはわけもなくなぜか不安になり、風に鳴る葉の上にまだらな編み目模様を描いていた日射《ひざ》しがはや陰り、枝もさきほどより黒々とし、影も長くなっていることに気づく。家にもどれば、お茶に採れたてのラズベリーがでてくるだろう。わたしは横たわっていたシダの上から起きあがり、スカートについた去年の枯葉のくずをはらい、口笛を吹いてジャスパーを呼ぶと、家にむかうのだが、つい急ぎ足になり、最後にさっと後ろをふりむいてしまって、そういう自分が情けなくなるのだった。

モリバトの記事が過去を思い起こさせ、読みあげる声が途切れがちになるとは、妙なものだ。彼がすっと顔色を変えたのを見て、わたしは唐突に読むのをやめ、ページを急いで繰っていかにも事務的でつまらないクリケットの記事をみつけた——ロンドンのオーヴァル・クリケット場での試合である。ウィケットは乾いており、打撃に立ったミドルセックス側が、なんのおもしろみもない得点を重ねたとある。ほどなく表情も安らいで顔色がもどり、サリー側の投球ぶりをがみがみこきおろす彼を見て、ユニフォーム姿の鈍重な選手たちにどれほど感謝したことか。

おかげで過去にもどってしまうこともなく、わたしにはいい薬になった。イギリスのニュースはだいじょうぶ、イギリスのスポーツも政治も大言壮語ぶりも、読みあげてかまわない。でも、痛みを伴うものはわたしの胸にしまっておくこと。わたしだけの密《ひそ》やかな楽しみにすればよい。色や匂いや音、雨やひたひたと寄せる波、秋の靄《もや》や上げ潮の匂いでさえも、拒むことのできないマンダレーの思い出なのだから。

ブラッドショーの鉄道旅行案内書を読みふける人たちというのがいる。時刻表を見ては神業的乗り継ぎをみつけるのがおもしろくて、彼らはイギリス縦断旅行をいくつも計画する。それよりは少しは趣きがありそうだが、わたしの趣味も変わっているかもしれない。わたしはイギリスの田園地帯の生き字引なのだ。全土のムアの持ち主の名前、それどころかそこに暮らす借地人の名前もみんな知っている。雷鳥が何羽、ウズラが何羽、シカが何頭仕留められたかも知っている。鱒《ます》が釣れるところ、鮭《さけ》が跳ねるところを知っている。キツネ狩りの集まりにはどれも顔をだし、いっしょになって追いかける。フォックスハウンドの仔犬《こいぬ》を運動させる係の名前だって知っている。作物のできぐあい、肥えた牛の値段、摩訶《まか》不思議な豚の病気、そんなものも楽しくて仕方ない。くだらない気晴らしにすぎないし、あまり知的なものではないかもしれない。でも、読みながらわたしはイギリスの空気を吸いこみ、ここのぎらつく太陽に立ちむかう元気をもらう。

みすぼらしいブドウ園だろうが崩れかかった石垣だろうがなんでもない。その気になれば空想を羽ばたかせ、濡れそぼった生け垣からジギタリスや淡い色のマンテマを摘み取ることができるのだから。

軟弱でやさしい、哀れな空想の産物。でも、それが苦い後悔や恨みごとの敵となって、わたしたちが自ら招いた流浪《るろう》の暮らしをいくばくかは甘いものにしてくれる。おかげで午後を楽しく過ごしたわたしは、さっぱりとした気分でホテルにもどり、お茶という儀式と笑顔でむき合える。注文内容はいつも同じ、バター付きパンを二切れずつに中国茶。わたしたちはいかにも融通の利《き》かないカップルに見えるだろう、イギリスでそうしていたというだけでいまも習慣にしがみついているのだから。

何百年と太陽に晒《さら》され、清潔で雰囲気など何もないこのまっ白いバルコニーで、わたしは四時半のマンダレー、図書室の暖炉の前に引き寄せられたテーブルのことを思う。定時どおり寸刻の狂いもなくさっとドアが開いてお茶の支度がはじまる。銀のお盆、ケトル、雪のように白いテーブルクロス。けっして手順が異なることはない。そうしてスパニエル犬のジャスパーが長い耳を垂らして、運ばれてきたケーキに知らん顔の振りをする。毎回、ごちそうが並べられたのに、ふたりともほんのわずかしか食べなかった。

バターをたっぷり使ったクランペットがいまも目に見える。それに三角形のパリッとしたかわいらしい小さなトースト、さっくりと軽い熱々のスコーン。何をはさんであるのか、謎《なぞ》めいた風味のとてもおいしいサンドイッチ、それとあの特製のジンジャーブレッド。口の中で溶けてしまいそうなエンゼルケーキ、そしてオレンジピールやレーズンたっぷりのこってりしたケーキ。おなかをすかした一家を一週間は養えるぐらいあった。残ったものがどうなるのか、わたしはとうとう突き止められず、もったいないと気に病んだりした。残り物をどうするのか、ダンヴァーズ夫人に尋ねる勇気がどうしてもでなかった。優越感に満ちた凍りつくようなあの笑みを浮かべ、軽蔑《けいべつ》した態度でわたしを見て、こう言ったにきまっている。

「ミセス・デ・ウィンターのご存命中、苦情がでたことはございませんでした」

ダンヴァーズ夫人――いまどうしていることだろう。それにファヴェルも。

わたしの胸に最初に不安が兆《きざ》したのは、夫人の表情を見たときだったと思う。「レベッカと比較している」本能的にわたしは思った。そうしてふりおろされた剣のように、ふたりのあいだにその影が立ちはだかったのだ……。

まあ、それももう済んだこと、過ぎたこと、終わったことだ。わたしが苦しめられることはもうない。ふたりとも自由になった。忠犬のジャスパーもあの世で楽しく駆けまわっていることだろうし、マンダレーはもうない。夢で見たとおり、ジャングルのような深い森の中に、抜け殻のように横たわっている。雑草に覆《おお》われ、鳥たちのねぐらになっている。にわか雨に見舞われた浮浪者が、雨宿りしようと迷いこんでくるかもしれない。太っ腹なら、平然と歩いていけるだろう。だが、マンダレーの森は、小心者や後ろ暗い密猟者の行くべきところではない。ひょっこり入り江のコテージを見つけてしまうかもしれないが、崩れかかった屋根に当たる心細げな雨音に、中に入っても休まらないだろう。いまでもどこか緊迫した空気がただよっているかもしれないのだから……。それに、木々が砂利道に迫っているあの曲がり角、あそこも日が落ちてからは、一服するような場所ではない。葉のこすれ合う音が、忍び足で歩くイヴニングドレスの衣《きぬ》ずれのように聞こえなくもない。不意にはらりと地面に舞い落ちる葉の音は、パタパタと急ぐ女の足音、砂利に残るくぼみは、サテンのハイヒールの跡かもしれない。

こういうものを思いだすと、わたしはほっとしてバルコニーからの眺めに目をやる。情け容赦ない日射しの下、忍び寄る影などどこにもない。石ころだらけのブドウ園は陽光に揺らぎ、ブーゲンビリアには埃《ほこり》が積もって白茶けて見える。いつかわたしにだってそれを好もしく思って眺める日がくるかもしれない。いまだって、愛着を催さないまでも、わたしに自信を与えてくれる。遅きに失した感はあるが、自信はわたしにとって大切なものだ。わたしがようやく大胆になれたのは、彼に頼られていることがわかったからだと思う。

なんにせよ、初対面の人に対する気後れやはにかみや内気なところはなくなった。期待に満ちて初めてマンダレーにむかったあの一所懸命なわたし、絶望的なぎこちなさと、なんとしても気に入られたいという悲惨なほどの思い入れでがんじがらめになっていたあのわたしとは全然ちがう。

ダンヴァーズ夫人のような人たちの印象を悪くしたのは、自信なげなわたしの態度にほかならない。レベッカのあとにこのわたしでは、まったくどう映ったことか。

過ぎ去った歳月への架け橋のように記憶が甦《よみがえ》る。まっすぐのショートヘア、白粉《おしろい》もはたかないいかにもうぶな顔、不似合いな上着とスカートに、自分で編んだセーターを着て、ヴァン・ホッパー夫人のあとについていく、臆病《おくびょう》で落ち着きのない仔馬のようなわたし。アンバランスな短い体軀《たいく》をぐらぐらするハイヒールにのせた夫人は、先に立って昼食へとむかう。大きな胸とゆさゆさ揺れるヒップをカバーするフリルのついたブラウス、巨大な羽根ピンを突き刺した真新しい帽子を斜《はす》にかぶって、男の子の膝小僧《ひざこぞう》のようにむきだしのおでこをさらし、片手にはパスポートや手帳やブリッジの点数表などの入った大きなバッグを提げ、もう一方の手は、他人のプライバシーを脅《おびや》かすいつもの柄付き眼鏡を弄《もてあそ》んで、わたしを先導していくのだ。

そうしてレストランの隅にある窓際《まどぎわ》のきまったテーブルを目指す。それから柄付き眼鏡をかざして豚のような小さな目で右や左を眺めまわすと、ほどなく眼鏡を手離し黒いリボンにぶら下がるままにさせて、嫌味たっぷりに言い放つ。

「有名人は誰もいないじゃないの。勘定を割り引いてもらうよう、支配人に言ってやらないと。いったいなんのために来てると思ってるのかしら。ボーイでも見てろっていうわけ?」

そうして辺りを切り裂くような耳障りなキンキン声でウェーターを呼びつける。

いまこうして食事をしている小さなレストランと、飾りたてられた華美なモンテカルロのコートダジュール・ホテルのあの広い食堂と、なんとちがうことだろう。いまわたしと共にいる相棒、形のよい落ち着いた手つきで黙々ときれいにオレンジの皮を剝《む》きながら、時折作業から目をあげてわたしに笑いかける彼と、宝石をはめた太い指でラビオリがうずたかく盛られた皿を引き寄せ、わたしのほうがいいものを取ったのではないかという疑いの目つきで自分とわたしの前の皿をさっと見比べるヴァン・ホッパー夫人と、なんとちがうことだろう。

そもそも心配することなどないのである。ウェーターはあの人種特有の鋭い嗅覚《きゅうかく》でとうにわたしを夫人より劣る従属的な位置にある者と察し、切り方が悪いというので誰かが半時間ほどまえに冷製料理《コールドミート》のカウンターに突き返した豚のもも肉とタンを、わたしにもってきた。使用人の抱く反感と苛立《いらだ》ちというのも、ほんとうに妙なものだと思う。

一度、ヴァン・ホッパー夫人と郊外の屋敷に滞在したことがあるのだが、メードは遠慮がちに鳴らすわたしのベルにひとつも応じてくれず、靴も磨いてきてくれなかったし、早朝のお茶は、冷え切ったまま、ベッドルームの外に無造作に放置されていた。

コートダジュール・ホテルの待遇も、程度の差こそあれ、似たようなものだった。しかも、無関心を装《よそお》っていたくせに顔を背けたくなるほど馴《な》れ馴《な》れしい態度を見せることがあり、フロント係から切手を買うのがわたしには逃げだしたいほどの苦行となっていた。わたしはいかにもうぶで若く、自分でもそれがひどく応《こた》えた。あまりに感じやすく、神経が剝きだしで、現実には何気なく発せられているだけなのに、耳に入る言葉は棘《とげ》や針に満ちて突き刺さってくるのだった。

あのもも肉とタンのことはよく覚えている。ぱさぱさして、くさびのような形に切られた食欲をそそらないものだったが、わたしには断る勇気がなかった。

ヴァン・ホッパー夫人は食べものに集中したい質《たち》だったので、わたしたちは無言で食事をした。トマトソースを口の端から垂らしている様から、夫人がラビオリを気に入っているのが見てとれた。

コールドミートを前にしたわたしの食欲をそそる眺めではなかったので、目を逸《そ》らすと、この三日間空いていた隣りのテーブルが使われるところだった。給仕長が、ワンランク上の顧客用にとってある特別のお辞儀をしながら、いましも到着した客を席に案内していた。

ヴァン・ホッパー夫人はフォークを置くと、眼鏡に手をやり、じろじろ観察した。無遠慮な視線にわたしのほうが赤くなったが、相手は気づかずに、メニューをしげしげと眺めている。夫人は音をたてて眼鏡をたたむと、小さな目を興奮でらんらんとさせ、わたしのほうに身を乗りだして、少しばかり大きすぎる声でこう言った。

「マックス・デ・ウィンターよ、マンダレーの持ち主。あそこのことはもちろん聞いたことあるでしょ？　具合悪そうね。奥さんが亡《な》くなってから立ち直れないっていう話よ……」

第三章

ヴァン・ホッパー夫人が俗物でなかったら、わたしの人生はいまごろどうなっていただろう？　わたしの命運が夫人のその特質にあぶなっかしく乗っかっていたと思うと、なんともおかしい。

夫人の好奇心は一種の病気、偏執狂にちかいものだったが、最初のうちわたしにはショックで、死ぬほど恥ずかしかった。陰で夫人を笑う人たち、夫人がやってくると慌《あわ》てて部屋をでてゆく人、上階の通路にある業務用のドアに隠れる人までいて、そういう人たちを目にすると、ご主人様の痛みを引き受けねばならない身代わりのような気持ちにさせられた。そのころにはヴァン・ホッパー夫人がコートダジュール・ホテルに行くようになって何年にもなっており、モンテカルロでは悪名がとどろいていたが、ブリッジ以外の夫人の娯楽といったら、郵便局の向こうの隅でたった一度でも見かけたというだけで、その有名人の友人と称することだった。

夫人は無理やり名乗りでると、餌食《えじき》となる相手が危険を察知しないうちに自分のスイートルームへと招待してしまう。いきなりダイレクトに襲いかかるというのが夫人の戦法で、逃げられるチャンスはまずなかった。

コートダジュール・ホテルでは、夫人はロビーと食堂をつなぐ通路のまん中にあるラウンジのソファーのひとつにデンと陣取り、昼食と夕食後のコーヒーをそこで飲むことにしていて、行き来する人はみなどうしてもその前をとおらねばならないのだ。時にはわたしを餌《えさ》にしておびき寄せることもあった。突然共通の知り合いがいることになったり、本なり新聞なりを貸してほしいとか、なんとかいう店の場所を教えてくださいとか、ラウンジの向こう側まで口頭でメッセージを伝えに行かされる。わたしはこれがたまらなくいやだったが、病人にスプーンでゼリーを食べさせるように、夫人には有名人を与えねばならないのだった。爵位《しゃくい》のある人がお好みではあったが、社交面で見た顔なら誰でもいい。ゴシップ欄でちらほら見かける名前の持ち主、作家、絵描き、役者の類《たぐい》、活字になった者なら二流でもかまわない。

忘れもしないあの日の午後（何年まえだったかはこの際どうでもいいだろう）、ラウンジのお気に入りのソファーに腰掛けて奇襲作戦を検討している夫人の姿が、まるできのうのことのようだ。

夫人のぶっきらぼうな態度、柄付き眼鏡をカチカチと歯に当てる様から、手口をあれこれ吟味しているのがわかった。甘い物をとばしてデザートの果物などを大急ぎで片づけたときに、夫人がこのたび到着した隣席の客より先に昼食を済ませ、彼が必ずとおる場所に陣取ろうと考えているのも、わかった。夫人は小さな目を輝かせて、不意にわたしのほうをむいた。

「急いで上に行って、甥《おい》っこの手紙を取ってくるのよ。新婚旅行先から送ってきたやつ、スナップ写真が同封してあったやつよ。すぐにもってきてちょうだい」

計画は相整い、甥御さんをダシに名乗るつもりなのだ。夫人の作戦に果たさねばならない自分の役割が、またしても恨めしかった。曲芸師のアシスタントよろしく小道具を用意し、おとなしく注意深く合図を待つわたし。隣りのテーブルの彼が邪魔を歓迎しないことはたしかだと思った。わたしが彼について知っているのは、夫人が十か月まえに日刊紙から拾い集めた伝聞、将来利用しようと記憶にとどめておいたその聞きかじりからお昼のあいだに得たものだけだったが、そのわずかな知識だけでも、ひとりでいるところをこんなふうにいきなり踏みこむなんて、不愉快に思うにきまっている。若くて世間知らずなわたしだって、それぐらいはわかった。

どういう事情でモンテカルロのコートダジュール・ホテルに来ることにしたのかは彼の問題であって、わたしたちが口をはさむようなことではない。ヴァン・ホッパー夫人以外の誰にだってわかることだ。気配りをする、慎重に思慮深くふるまうというのは、夫人にない感性なのだ。ゴシップが夫人の生きる糧《かて》だからといって、見ず知らずの彼を腑分《ふわ》けに供さねばならないとは……。

件《くだん》の手紙は机の仕切り棚にあったが、ラウンジに降りてゆくのをわたしはしばらくためらった。ばかげたことだが、そうすれば彼にあと数秒間でも長くひとりでいさせてあげられるような気がしたのだ。

従業員用の階段を使って遠回りに食堂へ行き、待ち伏せのことを彼に知らせる勇気があればいいのに、と思ったが、そんな突飛なことはわたしにはできなかった。だいいち、なんと言えばいいのか、見当もつかない。わたしとしては、巨大な蜘蛛《くも》のように悦に入って相手を退屈の大網でからめとるヴァン・ホッパー夫人の脇《わき》に、いつものように坐《すわ》っているしかない。

思ったより手間取ってしまい、わたしがラウンジにもどると、彼はすでに食堂をでたあとで、ヴァン・ホッパー夫人は、逃げられてはならじと、厚かましくも手紙抜きで名乗りでるというリスクを冒し、彼はいましも夫人の脇に腰をおろしたところだった。わたしはふたりのところまで歩いていき、無言で手紙をわたした。彼はすぐさま立ちあがった。

うまくやって上気していたヴァン・ホッパー夫人は、わたしのほうを適当に指し示して、低い声でもごもごと紹介した。

「これからデ・ウィンターさんといっしょにコーヒーをいただくのよ。ウェーターに言って、もう一杯たのんできてちょうだい」

わたしがどういう立場にあるか、相手に悟らせるぐらいにつっけんどんな口調だった。

わたしは子どもで勘定外で、仲間に入れてあげる必要はないというわけだ。自分を優位に見せたいときはいつもこの口調になる。それに、こういう形でわたしを紹介するのも、自己防衛のためだった。一度、娘と勘違いされ、ふたりともひどく気まずい思いをしたことがあるからだ。ぞんざいな夫人の態度でわたしのことは無視してかまわないとわかると、女たちは軽くうなずいて出会いと別れの挨拶《あいさつ》をいっぺんに済ませ、男たちは、坐り心地のよい椅子《いす》に深々とくつろいでも失礼にあたらないらしいと、目に見えてほっとするのが常だった。

というわけで、こんどの相手が立ったままでいるのは意外だった。おまけにウェーターに合図したのも彼だった。

「失礼ですが、言い換えさせていただきますよ。おふたりともわたしとコーヒーをごいっしょしてください」と彼は夫人に言った。

どうしてそうなったのかわからないうちに、彼のほうがいつもわたしが坐る固い椅子に腰掛け、わたしはソファーのヴァン・ホッパー夫人の隣りに収まってしまった。思惑どおりにならなかった夫人は一瞬むっとしたようだったが、すぐに気を取り直し、テーブルとわたしのあいだに太った上体を押しこむようにして椅子の彼のほうに身を乗りだし、手にもった手紙をひらひらさせながら、大きな声で熱心に話しはじめた。

「食堂にいらした途端にわかりましたわ。『あら、ビリーのお友だちのデ・ウィンターさんだわ。ビリーとお嫁さんのハネムーンのスナップを是非ともお見せしなくては』って、そう思ったんですの。ほら、これですわ。そこに写ってるのがドーラ。ほっそりした腰に大きな目、すてきでしょう？　こっちはパーム・ビーチで日光浴しているふたりですわ。お察しのとおり、ビリーはドーラに首ったけですのよ。クラリッジ・ホテルで初めてお目にかかったビリーのあのパーティーのときは、まだドーラと出会うまえだったんですけれど。もっとも、こんなおばあさん、デ・ウィンターさんは覚えていらっしゃいませんわよね？」

白い歯を見せて挑発するような眼差《まなざ》しでそう言う。

「とんでもない、とてもよく覚えていますよ」

彼は言い、夫人がそのときのことをあれこれ蒸し返さないうちにシガレットケースを差しだしたので、夫人は煙草《たばこ》に火をつけてもらう羽目になり、ひとまず失速させられた。

「パーム・ビーチはわたしはどうもね」

マッチを吹き消しながら彼は言い、ちらりとその顔を見たわたしはフロリダになぞもっていったら、その姿はなんとも不自然に映るだろうと思った。

それより梳毛《そもう》の長靴下に先の尖《とが》った靴の住民が歩く、十五世紀の城塞《じょうさい》都市、狭い石畳の道や細い尖塔《せんとう》が似合っている。彼の顔は繊細で、人の心を捉《とら》えて放さないものがあった。いわくいいがたい、不思議な中世風の雰囲気をたたえていて、どこの画廊だったか忘れてしまったが、そこで見たある紳士の肖像を思い起こさせた。いま着ている英国製のツイードのスーツを剝《は》ぎ取り、喉元《のどもと》と手首にレースの付いた黒い服をまとわせたら、はるか昔——夜間、男たちがマントをはおって行き来し、古びた戸口の影にたたずんでいた昔、狭い階段に薄暗い地下牢《ちかろう》があった昔、暗闇《くらやみ》で囁《ささや》き声が交わされ、細身の剣《レピヤー》の刃が鈍く光っていた時代、無言のうちに洗練された儀礼的挨拶が取り交わされていた時代、そういうはるか過去の日々からわたしたちの新しい世界をじっと見おろしそうだった。

あの肖像画を描いた巨匠は誰だったろうか。思いだせない。画廊の隅にかかっていて、くすんだ額に入った肖像の視線がどこまでもこちらを追いかけてきた……。

一方ふたりの会話はつづいており、わたしは脈絡がわからなくなっていた。

「いえ、二十年まえでもだめですね。その手のことをおもしろいと思ったことはないもので」

そう彼が言っているところだった。

ヴァン・ホッパー夫人は大きな胸を揺さぶるようにしてご機嫌な笑い声をたてた。

「ビリーだってマンダレーのような家をもっていたら、パーム・ビーチなぞで遊びたいとは思わないですよ。まるでお伽《とぎ》の国のようだって、ほかに言いようがないって何ってますわ」

夫人は相手が笑顔になるものと思って、言葉を切ったが、彼は煙草をふかすばかりで、その眉間《みけん》にほんのかすかな皺《しわ》が浮かんだのをわたしは見逃さなかった。

「写真ならもちろん見たことございますのよ」夫人はしぶとかった。「ほんとにうっとりしてしまいましたわ。大邸宅も数々あるけれど、美しさではどこもかなわないってビリーから聞いています。ほんとにまあ、よくこうして離れていらっしゃれるものですわ」

相手の沈黙は、もはやこちらがつらくなるほどで、誰だって気づきそうなのに、夫人はとどまるところを知らず、不器用なヤギのように突進して、たいせつな保護地を踏み荒らした。身の置き所のない恥ずかしさにいやおうなく引きずりこまれ、わたしは顔がほてってくるのがわかった。

「それはまあ、デ・ウィンターさんもイギリス人でいらっしゃるから、ご自宅については、鼻が高いと思われないように謙遜《けんそん》なさるのはわかっておりますけど」夫人はますます大きな声になって言いつのる。「マンダレーにはたしか楽団用のバルコニーがあって、貴重な肖像画もいろいろ所蔵なさっているんではありません？」夫人はわざわざわたしにむきなおって説明しはじめた。「デ・ウィンターさんはとても控えめなようだから、お認めにならないと思うけれど、すてきなご自宅はノルマン人のイングランド征服のころからご一家の所有だったはずよ。楽団用のバルコニーはそれはもう格別らしいわ。デ・ウィンターさん、ご先祖はマンダレーでは王族をもてなすこともよくあったんではございません？」

いくらヴァン・ホッパー夫人でもここまで不躾《ぶしつけ》なことを訊《き》くのは珍しかったが、ぴしゃりと鞭打《むちう》つような彼の返答はさらに予想外だった。

「無策無能の遅刻王エセルレッドくらいですね。実をいうと、そう呼ばれるようになったのはわが家に滞在中のことでしてね、なにしろ、毎回、食事に遅れてきたそうで」

このぐらいのいやみは当然だったし、夫人も今度こそ顔色を変えるかと思ったが、信じがたいことに夫人にはまったく通用せず、わたしはひっぱたかれた子どものように、代わりに身を縮めるしかなかった。

「あら、そうですの？　全然、存じませんで——歴史はあやしくて、中でもイギリスの王様はややこしくてごっちゃになってしまって」夫人はさらに墓穴を掘る。「でも、とても興味深いお話ですわ。娘に手紙で教えてやります、娘は勉強家だもので」

しばし沈黙があり、まっ赤になるのが自分でもわかった。わたしはとにかく若すぎた。もう少し経験があれば、相手の視線を捉えて苦笑を交わし、夫人のとんちんかんな態度にうんざりする思いを分かち合うこともできたかもしれないが、当時のわたしは恥ずかしさのあまり、若さゆえの苦痛をひたすら堪えるしかなかった。

わたしの心中を察したらしく、彼は椅子から身を乗りだし、コーヒーのお代わりはどう、とやさしく訊いてきた。わたしがかぶりをふると、彼はとまどったようにそのままわたしに視線をあてた。わたしと夫人はどういう間柄なのか、ふたりは一蓮托《いちれんたく》生《しょう》の仲と考えたほうがいいのだろうか、と思いめぐらせていたのかもしれない。

「モンテカルロはどう？　感想を抱くほどでもないのかな」彼は言った。

いやおうなく会話の輪に引き入れられたわたしはしどろもどろになり、頭はおかっぱ、肘《ひじ》はまるだし、という女学校を卒業したばかりのほんの小娘のように、人工的ですね、と、誰でも言いそうなばかげたことを口走った。だが、たどたどしく口にした言葉を言い終わらないうちにヴァン・ホッパー夫人が割りこんだ。

「この子はぜいたくなんですよ、デ・ウィンターさん。たいがいの娘なら、モンテカルロを見られるなら、両の目と引き換えにしてもいいって言いますよ」

「それでは意味がないんじゃないですか」彼は笑みを浮かべて言った。

夫人は肩をすくめ、煙草の煙をのろしのように吹きだした。彼の言うことなどさっぱりわかっていなかったと思う。

「あたくしはモンテ贔屓《びいき》でしてね。イギリスの冬は気がめいるし、体質的にうけつけないんですの。デ・ウィンターさんはどうしてこちらへ？　シュマン・ド・フェール（バカラの一種）でもなさるのかしら。それともゴルフクラブ持参ですか」

「まだ決めかねてます。ちょっと急いでできたもので」

自分の言葉が何かを思いださせたのだろう、彼は再び表情を曇らせ、かすかに顔をしかめた。夫人は何も気づかず、無神経なおしゃべりをつづける。

「デ・ウィンターさんとしてはマンダレーの霧が恋しいんでしょう、冬がどうのといったってそれは全然べつの話ですもの。西の田園地方で迎える春といったら格別でしょうね」

彼は灰皿に手を伸ばして煙草をもみ消した。目つきが微妙に変わり、名状しがたい何ものかが一瞬そこにただよったのがわかった。この人の内面のきわめて個人的なこと、本来わたしなどが関わるべきでないことを見てしまったような思いがした。

「ええ、マンダレーは最高の姿を見せてくれました」彼はそっけなく言った。

そこで沈黙がおりた。わずかな間だったが、気まずいものを伴う沈黙だった。彼の顔をちらりと盗み見たわたしは、闇夜にマントをまとって密《ひそ》やかに回廊をゆく、あの肖像画の紳士のことをまた思いだしてしまった。ヴァン・ホッパー夫人のけたたましい声がわたしの夢想をうち破った。

「デ・ウィンターさんはモンテの滞在客を大勢ご存じなんでしょうね？　今年の冬は、どうもぱっとしないですけど。よく知られた人はめったに見かけませんわ。ミドルセックス公がヨットでいらしてますけど、まだ乗せていただいてませんし」（わたしが知る限りでは、夫人が乗船したことなど一度もない。）「ネル・ミドルセックスはもちろんご存じでしょう？　ほんと、魅力的な女性ですわよね。ふたりめのお子さんは公のじゃないなんて言う人もいますけど、そんなこと！　みなさん、美人が相手だとなんだっておっしゃいますからね。ネルはまあ、ほんとすてきですから。それより、カックストンさんとハイスロップさんのご結婚がうまくいってないって、ほんとうかしら？」

夫人は、こんがらかったゴシップの繁《しげ》みを勝手に突き進み、自分が口にしている名前が相手には縁もゆかりもないもの、なんの意味もないことにまったく気がつかない。しゃべればしゃべるほど、彼がますます寡《か》黙《もく》に、冷ややかになっていくのも目に入らない。

彼は一瞬たりとも口をはさんだり、腕時計にちらりとでも目をやったりはしなかった。わたしの目の前で夫人を物笑いの種にしてしまった先ほどの失策を機に自ら襟を正して、感情を害させるようなことはもうすまいと、何がなんでもルールを守り抜くとでもいうようだった。

彼を解放したのは、ボーイだった。夫人の部屋でクチュリエが待っていると知らせに来た。

彼は椅子を引いてすぐに立ちあがった。

「お引き留めしては申しわけがありません。ちかごろのファッションは移り変わりがはげしい。お部屋にもどるまえに変わってしまうかもしれませんからね」

一種の冗談と取ったらしく、この一刺しも夫人には応《こた》えなかった。

「こんなふうに行き合うなんて、ほんとうにうれしいですわ、デ・ウィンターさん」

夫人はエレベーターにむかいながら言った。「あたくしとしても思い切って声をかけたんですから、今後ともおつきあいくださいな。そのうち是非、部屋にもいらしてください。食後の一杯でもどうぞ。それこそあすの晩ふたりばかりおみえになる予定なんですが、デ・ウィンターさんもいかがです?」

わたしは彼が言いわけを探すところを見なくてもいいよう、目を逸《そ》らした。

「それがあしたは車でソスペルまで行く予定で、何時にもどるかはっきりしません」

夫人は仕方なくあきらめたが、わたしたちはまだエレベーターの前でぐずぐずしていた。

「いいお部屋をいただけまして？　どうせ半分ぐらい空いているんですから、ご不満があったら、文句をいったほうがいいですよ。お荷物はお付きの方がお解きになったんでしょうね？」

ここまで馴《な》れ馴《な》れしいのは、さすがに珍しいことだった。わたしは彼の顔に浮かんだ表情を見てしまった。

「そういう者はおりません」彼は静かに言った。「してくださるんですか」

こんどは狙《ねら》いは外れず、夫人は赤面し、ぎこちなく笑った。

「いえ、まあ、そんなこと……」と夫人は言いかけ、なんと、いきなりわたしにふってきた。「デ・ウィンターさんが何かお手伝いが必要なら、ご用をいいつかったらいいわ。けっこう役に立つんだし」

一瞬、間があり、わたしは身をこわばらせて待った。彼はかすかな笑みを浮かべ、わずかに嘲《あざけ》るようにわたしたちを見おろしている。

「すてきなお申し出ですが、わたしはわが家のモットーに忠実でしてね――一人旅ほど速い者なし。聞いたことはおありでないかもしれませんね」

そしてこちらの答えを待たずに踵《きびす》を返して歩き去った。

エレベーターで上がりながら、夫人は言った。

「何かしら、いまのは。さっさと行ってしまったけど、あれ、ユーモアのつもり？　男ってほんと妙なことをするから。有名な物書きだったんだけど、あたしがやってくると従業員用の階段に駆けこむのがいたわ。あたしに気でもあって、自信がなかったんじゃないかしら。ま、若いころの話だけど」

エレベーターががくんと止まった。着いたのだ。ボーイが扉を勢いよく開く。

通路を行きながら夫人が言った。

「ところでね、意地悪でいうわけじゃないけれど、さっきはちょっとばかり出しゃばりすぎだったんじゃないかしら。座を独占しようとするなんて、ばつが悪かったわ。デ・ウィンターさんもきっとそうよ。男ってそういうことをいやがるものよ」

わたしは何も言えなかった。どう応じたものか、見当もつかない。

「あら、まあ、何もすねることないじゃないの」夫人は笑って肩をすくめた。「ここではあたしが監督する立場にあるんですからね。母親といってもいいぐらいの歳《とし》のあたしの言うことぐらい聞けるでしょう？　これはブレーズさん、お待たせしました《エ・ビヤン・ブレーズ・ジュ・ヴィヤン》……」

そう言うと夫人は鼻歌まじりに、クチュリエが待つベッドルームのほうに入っていった。

わたしは出窓に作りつけになっているウィンドウシートに膝《ひざ》をのせて、外を眺めた。午後の日射《ひざ》しがまだ明るく注ぎ、強い風が楽しげに吹いている。あと半時間もすれば、窓をぴったり閉め、セントラルヒーティングを全開にして、ブリッジがはじまる。わたしがきれいにしなければならないいくつもの灰皿や、その中にころがっている口紅のついたつぶれた吸い殻、食べかけのチョコレートクリームを思い浮かべた。双六《すごろく》やせいぜいがページワンで育った身には、ブリッジはどうもなじめない。だいいち夫人の友人たちはわたしがゲームに加わると、退屈してしまう。青くさいわたしがいっしょだと、デザートまでのあいだ給仕に立っているメードの存在を意識してしまうのと同じで会話が弾まず、彼らとしてもスキャンダルと当てこすりのるつぼに身を投じられないのだ。男性たちは取って付けたような陽気さで、わたしがまだ学校をでたばかりでほかに会話のしようがないだろうと、歴史や絵画についておどけた質問をよこす。

わたしは溜息《ためいき》をついて、外の景色から目を逸らした。心地よい風で海には白波が立っており、陽光を見ると、期待と予感についつい胸がふくらんでしまう。

わたしは二日ほどまえにとおりかかった、ゆがんだ家が石畳の広場の上にかしいでいるような、モナコの一隅を思った。崩れかかった屋根の高みに切り込みのように細い窓があって、中世の人物がその奥にいたかもしれない。わたしは机の鉛筆と画用紙に手を伸ばし、青ざめた鉤鼻《かぎばな》の空想の横顔をぼんやりとスケッチした——愁《うれ》いを帯びた目、鼻梁《びりよう》の高い鼻、冷笑的な上唇。それから、画廊で見たあの画家が大昔に描いたように、先の尖《とが》った顎鬚《あごひげ》と首の周囲のレースを描き足した。

誰かがドアをノックし、エレベーター係が手紙を手に入ってきた。

「奥様ならベッドルームのほうよ」

わたしが言うと、係は首をふってわたし宛《あて》だと言う。

開けてみると、便箋《びんせん》が一枚。見知らぬ筆跡の文字が散っている。

「申しわけない。先ほどはたいへん失礼なことをした」

それだけだった。署名もないし、書き出しもない。でも、封筒にはわたしの名前があって、珍しいことに綴《つづ》りも合っている。

「お返事があればおもちしますが」と係が訊いた。

わたしはそっけない手紙から目をあげた。

「いえ、何もないわ、けっこうよ」

係がでていくと、わたしはそれをポケットにしまって、自分の描いた鉛筆画にむきなおった。どういうわけか、もはや気に入らなくなっていた。表情はこわばって生気がなく、レースの襟と顎鬚が、まるで茶番劇の小道具のように映る。

第四章

ブリッジの集まりがあった翌朝、ヴァン・ホッパー夫人は三八度八分の熱と喉《のど》の痛みで目を覚ました。医者に電話すると、先生はすぐやってきて、典型的なインフルエンザと診断した。

「わたしがいいというまでおとなしく寝ているように。心臓のぐあいがどうも気になるし、安静にしていないとよくなりませんよ」医者はここでわたしのほうを見て、「できることなら看護婦をつけてもらいたいですな。あんたじゃ奥さんを抱き起こせないし、せいぜい二週間かそこらですから」

そんな大げさなこと、とわたしは異を唱えたが、意外にも夫人は医者に同意した。ちょっとした騒ぎになるのがうれしいのだろう、とわたしは思った。みんなの同情があつまるし、お見舞いやカードやお花が期待できる。モンテカルロに退屈しかかっていた夫人には、こうして伏せっているのも気分転換になるわけだ。

看護婦が注射をして、軽いマッサージを施し、夫人は特別食になるということだった。看護婦がやってくると、一番上等なベッドジャケットを肩にかけ、頭にはリボンのいっぱい付いたナイトキャップをかぶって枕《まくら》にもたれた夫人は、熱も下がってきて、ご機嫌だった。

わたしは気分が軽くなったのを少しばかりうしろめたく思いながら部屋をあとにして、夫人の友人たちに今晩予定していた内輪の集まりが中止になったことを電話で伝え、昼食を摂《と》るためにいつもより三十分以上も早く、下の食堂へむかった。一時まえにお昼を食べる人はほとんどいないので、食堂には誰もいないだろうと思った。ところが、隣りのテーブルは違った。予想だにしていなかったことだった。彼はソスペルに行ったものと思っていたのに。一時にやってくるわたしたちに会わないよう、早めの昼食にしたにちがいない。わたしはすでに食堂のまん中あたりまで進んでしまっていて、もはや引き返すわけにもいかなかった。きのうエレベーターのところで別れて以来、彼とは顔を合わせていない。賢明なことに、相手は、いまこうして早めの昼食にしているように、食堂で夕食を摂らずに済ませたらしかった。

わたしはこういう状況には慣れていなかった。自分がもっと年上で、ちがう人間だったらよかったのに。わたしはまっすぐ前を見つめたまま自分たちのテーブルへ行った。そしてすぐにぎこちない行動の代償を払う羽目になった。ナフキンをひろげたとき、アネモネが挿してある花瓶をひっくり返してしまったのだ。テーブルクロスは水浸しになり、膝《ひざ》にも水が垂れてきた。ウェーターは部屋の奥にいて気がつかなかったが、隣席の彼が乾いたナフキンを手に飛んできた。

「テーブルクロスが濡《ぬ》れてる席なんてだめだ。食欲がなくなる。ほら、どいて」

彼はぶっきらぼうに言って、拭《ふ》きはじめたが、ウェーターが騒ぎに気がついて、駆けつけてきた。

「いいんです。だいじょうぶです。わたしひとりだし」とわたしは言った。

彼は無言だったが、ウェーターがやってきて、花瓶と散らばった花を手早く片づけた。と、彼が突然、言った。

「そこはいいから、こっちにもう一人分席を用意してくれ。お嬢さんとお昼をいただくから」

わたしは混乱して顔をあげた。

「え、そんな——そんなこと、できません」

「どうして?」彼は言う。

わたしは言いわけを考えようとした。彼がわたしと食事をしたくないのはわかっている。紳士だから申しでただけだ。わたしが相手では昼食が台無しになる。思い切ってほんとうのことを言うことにした。

「お願いです、気を遣わないでください。ご親切はありがたいですが、ウェーターにテーブルを拭いてもらえばそれでほんとうにだいじょうぶですから」

「いや、気を遣っているわけじゃないんだ。いっしょに食事をしたいんだよ。花瓶を倒さなかったとしても誘うつもりだった」と引きさがらない。

まさか、と顔に書いてあったのだろう、彼はほほえむと、

「本気にしていないね。ま、どうでもいいから、こっちのテーブルにいらっしゃい。お互い気がむかなければ話をする必要もないんだし」

席に着くと、彼はわたしにメニューをわたして好きに選ばせ、自分は何ごともなかったかのようにオードブルを口に運んだ。

この超然としたところは彼独特のもので、ふたりがこのまま口をきかずに食事を済ませたとしてもけっして気まずい沈黙にはならないことがわかった。彼ならわたしに歴史のことなど質問したりはしないだろう。

「お友だちはどうしたの？」と彼が言うので、インフルエンザのことを話した。

「それはお気の毒に」彼は言い、ちょっと言葉を切ってから、「手紙は受け取ったと思うけど、きのうの件は面目ない。ひどい態度だった。ひとつだけ言いわけすると、ひとり暮らしなもので、偏屈になってしまっていてね。だから、こうしていっしょに食事してくれるのは、とてもありがたいんだ」

「失礼なんてことありません。あの人に通じるような類《たぐい》のものではありませんから。悪気があるわけじゃないんですけど、誰に対してもああなんです。というか、それなりの人に対してですけど」

「だったら光栄と思ったほうがいいのかもしれないね。それにしてもどうしてその中にぼくが?」

ほんの少しためらってから、わたしは答えた。

「多分、マンダレーのせいだと思います」

彼は何も応じず、わたしはまたあの居心地の悪さ、禁断の地に足を踏み入れてしまったような感覚を味わった。なぜなのだろう? 多くの人が知っている彼の家、このわたしでさえ評判を知っているその家の話がでた途端、彼は沈黙し、他者とのあいだに壁を作ってしまう。

ふたりともしばらく黙ったまま食事をしたが、わたしは子どものころ、休暇で西部の田園地帯に行ったとき、村の店で買った絵葉書のことを思い返していた。お屋敷の絵で、出来もよくなくて色もけばけばしかったが、それでも建物のシンメトリー、テラスの前の広い石段、海までひろがる青い芝生の美しさは損なわれていなかった。二ペンスを払って(一週間のお小遣いの半分だった)絵葉書を買うと、わたしは店の老《ろう》婆《ば》になんの絵なのか訊《き》いた。おばあさんはわたしが何も知らないのに呆《あき》れたようすだった。

「マンダレーですよ」

叱《しか》られたような気分になって店をでたものの、そう言われても少しもわからなかった。

何かの本にはさんだままはるかまえになくしてしまったこの絵葉書の思い出があったからかもしれない。わたしは殻に閉じこもるような彼の態度に同情を感じた。彼だって、ヴァン・ホッパー夫人のような人たちに詮索《せんさく》されると、土足で踏みこんでこられたようで、反感を覚えるのだろう。もしかしたらマンダレーは彼にとって何か神聖なもので、特別の場所になっており、話題になることすら堪えられないのかもしれない。入館料の六ペンスなにがしを払って、部屋べやをどかどかと歩きまわり、あのけたたましい笑いで静寂を破る夫人の姿が見えるようだ。

どうやら同じような思考回路を辿《たど》っていたらしく、彼は夫人のことを話題にして、口を開いた。

「お友だちのことだけどね、ずいぶん年上だよね。ご親戚《しんせき》？　長いつきあいなの？」

わたしたちがどういう間柄なのか、まだ腑《ふ》に落ちないようだ。

「友人ではなくて、雇い主なんです。話し相手になるコンパニオンの訓練をしてもらっていて、年に九十ポンドいただいてます」

「話し相手？　そういうものを買えるとは知らなかった。なんだか野蛮な考え方だね。東方の奴隷《どれい》市場みたいだ」

「一度、辞書でコンパニオンを調べてみたら、『腹心の友のこと』と載っていました」

わたしはうなずいた。

「ヴァン・ホッパーさんときみじゃあまり共通点がないね」

そう言って彼は笑ったが、笑顔になるともっとずっと若く、あの超然としたところも薄れて、別人のように見える。

「なんのためにそんなことやってるの？」彼は訊いた。

「九十ポンドはわたしには大金なんです」

「ご家族はないの？」

「はい。亡《な》くなりました」

「とてもすてきな独特の名前だね」

「父がとてもすてきで独特の人だったんです」

「お父さんのお話を聞きたいな」

わたしはレモネードのグラス越しに彼を見た。

父のことを説明するのはむずかしく、普段はまず口にしない。父はわたしの胸にしまってあるもので、わたしだけの特別なもの。それは、マンダレーが彼だけのものであるのと同じだった。モンテカルロの食堂の席で話題にしたいようなことではなかった。

あのときの昼食には奇妙な非現実感が伴っていたが、いまふり返ってみると、不思議な華やぎに包まれていたとも思う。きのうまで、わたしはヴァン・ホッパー夫人の脇《わき》に女学生っぽく堅苦しそうに無言で坐《すわ》っていたというのに、きょうは、わたしだけのものであるはずだった家族の歴史を、知らない男性と分かち合っている。そのときのわたしは、話さねばという思いに駆られていた。彼の目が、あの名もわからぬ絵の紳士のようにわたしをあたたかくみつめていたからだ。

気恥ずかしさがなくなると、ためらいがちだった舌もなめらかになり、子どものころの小さな秘密やよろこび、胸の痛みといったものを余すところなく披瀝《ひれき》してしまった。

わたしのつたない説明でも彼は十分汲《く》み取ってくれたようだった。生気に満ちた父という人間を。そしてそういう父にむけられた母の愛情を。母の生命力、活力の源であり、神々《こうごう》しいきらめきさえあったその愛は、あまりに母の魂の奥深く浸《し》みわたり、それゆえにあの絶望的な冬に、父が肺炎で命を落としてしまうと、母もたった五週間しかこの世に留まることができなかった、ということを。

そこまで話し終えてひと息ついたわたしは、少しばかり上気し、ぼうっとなっていた。食堂は、オーケストラの演奏と食器の音をバックに談笑する声であふれていた。入り口の上の時計を見ると、二時になっていた。わたしたちは一時間半もそこにいて、わたしがひとりでしゃべりつづけていたのだった。

現実にもどったわたしは顔も手もまっ赤になって、しどろもどろで詫《わ》びを言いはじめたが、彼は意に介さなかった。

「さっき、とてもすてきな独特の名前だと言ったけど、不躾《ぶしつけ》を承知でさらに言わせてもらうと、お父さんにも、きみにも似合った、とても魅力的な名前だと思う。ここしばらくでこの一時間ほど楽しんだことはないというぐらいに楽しかった。ぼくはね、この一年ほどは、絶望的な無力感と葛藤《かっとう》の日々を送ってきた——きみはそこからぼくを引きあげてくれた」

彼の表情から、本心だとわかった。憑《つ》かれたような感じが薄れ、より現代風で人間らしくなり、影に覆《おお》われたような様子がなくなっている。

「それに」と彼は言った。「ぼくたちには共通の絆《きずな》がある。ふたりとも天涯孤独の身の上だ。たしかに、ぼくには姉がいるが、滅多に会わないし、高齢の祖母もいるけれど、年に三回、義務から会いに行くだけだ。どっちみちふたりとも話し相手になるような人たちではないからね。ヴァン・ホッパーさんはうまくやったな。きみは年九十ポンドではお買い得だ」

「でも、そちらにはおうちがあるけれど、わたしにはありません」

言ってしまってすぐ、わたしは自分の言葉を悔いた。はたからはうかがいようのない、謎《なぞ》めいた表情が再び彼の目に宿り、わたしは例によって堪えがたい自己嫌悪《けんお》を味わう羽目になった。彼はうつむいて煙草《たばこ》に火をつけ、なかなか返事をしない。

「空っぽの家は、満室のホテルぐらい寂しいものだよ。問題は、ホテルほど事務的ではないことだ」

彼はようやく言うと、またためらった。

一瞬、マンダレーのことを話してくれるようにみえたのだが、何ものかがそれを押しとどめた。恐怖が彼の心の表面までせりあがり、ついに勝利した。彼は、せっかくとりもどしかかった自信を、マッチの炎とともに吹き消してしまった。

「それじゃ腹心の友はお休みをもらえたというわけだね。どう過ごすつもりかな？」

再び心を落ち着けてから、仲間同士のような口調で彼は言った。

わたしはモナコの石畳の広場と細長い窓のある家のことを思った。スケッチブックと鉛筆を持って、三時には出かけられる。わたしははにかみながら伝えた。こういう場合誰でも遠慮がちになると思うが、いちばんの楽しみではあるけれど才能のないことはわかっていたからだ。

「車で連れていってあげよう」

彼はそう言って、わたしがいくら遠慮してもきかない。

出しゃばりすぎだというヴァン・ホッパー夫人の小言が耳によみがえる。モナコのことなどいいだして、連れていってもらおうという魂胆だとでも思われたらどうしよう。それこそ夫人がやりかねないようなことで、こればかりは彼女といっしょくたにされたくなかった。

彼と昼食をともにしたというだけですでにわたしの地位はあがっており、わたしたちが立ちあがると、小柄な給仕長が飛んできてわたしの椅子《いす》を引いてくれた。これまでの無関心とは打って変わって、笑みを浮かべてお辞儀をし、床に落ちたわたしのハンカチを拾って、「お食事はいかがでしたか」などと言う。スイングドアのそばのボーイですら一目置いたような目でわたしを見る。彼のほうはもちろん、あのまずそうな昨日のもも肉のことなど知りようもないし、丁重な扱いを当たりまえのこととして受け入れている。わたしはしかし、この違いに落ちこみ、自己嫌悪に陥った。父がこびやへつらいを軽蔑《けいべつ》していたことも思いだした。

「何を考えているんだい？」

ふたりしてラウンジへの通路を歩いていたのだが、目をあげると、彼が好奇心を湛《たた》えたまなざしでこちらを見ていた。

「何か気に障《さわ》ったことでもあるの？」

給仕長の気遣いから思いだしたことがあったので、コーヒーを飲みながらクチュリエのブレーズの話をした。

ヴァン・ホッパー夫人がドレスを三着買ってくれたのでブレーズはとてもよろこんでいた。わたしはそのあとエレベーターまで見送りながら、彼女がドレスを縫っている様子を思い描いた。風とおしの悪い店のさらに奥にある狭苦しい仕事場や、かたわらで肺病やみの息子がソファーに横たわる様子を。疲れた目で針に糸をとおし、布の切れ端が床に散らばっている様がありありと目に浮かんだ。

「それで、想像は当たったの？」彼はほほえみながら訊いてきた。

「わかりません。突き止める機会はなかったんです」

わたしがエレベーターのボタンを押したとき、彼女はバッグからだした百フラン札を握らせようとした。ブレーズは馴《な》れ馴《な》れしい、不快な口ぶりでこう囁《ささや》いたのだ。

「うちの店に案内してくれたお礼よ。手数料として受け取ってちょうだい」

わたしが気まずさに赤面しながら断ると、不機嫌そうに肩をすくめた。

「それならいいけど。でもこれは当然のことなのよ。それよりお洋服がいいかしら。ひとりでお店まで来てくれれば便宜を図ってよ。お金は一銭もいただかないわ」

どういうわけか、子どものころ、禁じられていた本のページをめくったときの胸の悪くなるような感じがよみがえってきた。肺病の息子の姿は消え、別のわたしが、共犯者の笑みを浮かべてあの薄汚れたお札をポケットにしまい、自由になったきょうの午後、ヴァン・ホッパー夫人の目をかすめてブレーズの店に行き、代金を払わない服を手にもどってくるところが見えた。

くだらない話に、彼は笑うだろうと思った。なぜこんな話をしたのか自分でもわからない。彼はコーヒーをかき混ぜながら、思案げにわたしのことを見ていた。

「大きな間違いを犯したと思うね」ひと呼吸おいて彼は言った。

「百フランを受け取らなかったことがですか」わたしはぞっとして訊いた。

「まさか。見損なわないでもらいたいね。ヴァン・ホッパーさんと組んでこんなところに来たのが間違いだと言ってるんだ。きみはこういう仕事にはむいていない。まず若すぎる。それに、気がやさしすぎる。ブレーズの手数料なんて、問題じゃない。ほかのブレーズがこれからも同じような目に遭わせるだろう。屈服して、自分もブレーズみたいになるか、変わらずにいてぼろぼろになるか、ふたつにひとつだ。だいたい、こんな仕事、誰が勧めたんだい？」

彼があれこれ質問するのはとても自然に思え、少しも気に障らなかった。ずっと昔からの知己に、何年ぶりかで再会したみたいだった。

「将来のことや、こういうことをしているとこの先どうなるか、考えたことあるの？　ヴァン・ホッパーさんが〈腹心の友〉に飽きてしまったら、どうする？」

わたしは笑みをかえしながら、べつにかまいませんと答えた。

ヴァン・ホッパー夫人はほかにもいるだろうし、わたしは若くて元気で意気盛んだ。

しかし、そういうそばから、高級誌で目にする、困窮した若い女性への援助を求める慈善団体の広告を思いだしてしまった。広告に応じて一時避難の場を提供していた下宿屋があった。なんの資格もなく、役にも立たないスケッチブックを片手にした自分が、職業斡旋所《あっせんじょ》のきびしい質問にしどろもどろになって答えている様子が目に見える。ブレーズの一割を受け取っておくべきだったかもしれない。

「いったいいくつなの？」

わたしが答えると、彼は笑って椅子から立ちあがった。

「ああ、格別に強情な年頃だね。何百という不安が押し寄せても、将来を憂《うれ》うことはない。ぼくと交替できないのが残念だよ。上に行って帽子を取っておいで。車をだしてもらっておくから」

彼はエレベーターに乗りこむわたしを見送ってくれ、わたしはきのうのことを思いだした。ヴァン・ホッパー夫人のおしゃべりな口と、彼の礼儀正しい冷ややかさを。わたしの判断はまちがっていた。彼は冷笑的でもよそよそしくもない。それどころか、十何年来の友人のようであり、現実のわたしにはいない兄のような存在にも思える。

幸せな気分でいっぱいだったあの午後のことはよく覚えている。綿のような雲が浮かぶ空、白波の立つ海がいまも目に見える。顔に吹きつける風、自分の笑い声、それに応《こた》える彼の笑い声が聞こえるようだ。

あの日のモンテカルロはそれまでとはちがって見えた。というより、わたしの目に楽しく映ったといったほうがいいかもしれない。いままでになかった華やぎがあり、それまで曇った目で見ていたような気さえした。

港は、紙細工っぽいボートが波間にたゆたう舞台と化し、岸壁の船乗りたちは、気のいい陽気な連中で、潮風のように楽しげに見えた。公爵《こうしゃく》が持ち主というのでヴァン・ホッパー夫人ご執心のヨットの脇を過ぎたとき、わたしたちは派手な真鍮《しんちゅう》の艤装《ぎそう》品《ひん》を小ばかにして、顔を見合わせて笑った。

あのとき身につけていたスーツのことは、いまも着ているかのように思いだせる。着古したフラノのスーツ。サイズが合っていないうえ、そっちをはくことが多かったので、上着より色が褪《あ》せてしまっていたスカート。鍔《つば》が広すぎるよれよれの帽子、ストラップ付きのローヒールシューズ、汗ばんだ手で握りしめた長手袋。自分があれほど幼く見えたことはないのに、あれほどおとなびていると感じたこともなかった。ヴァン・ホッパー夫人のインフルエンザなどもはやどこにも存在しなかった。ブリッジもカクテルパーティーも忘れ去られ、ちっぽけな自分の存在もきれいにかき消えてしまった。自分はれっきとした価値がある存在で、ようやくおとなになったのだ。居間のドアの外で、気後れのあまりハンカチをもてあそんでいた娘、ドアの向こうから聞こえてくるおしゃべりの渦、部外者の気持ちをくじけさせる話し声におびえていた娘はあの日の午後、風が連れ去ってしまった。まったくの意気地なしのあの娘《こ》。わたしとしては鼻であしらってやりたい気分だった。

目指す石畳の広場は陽気な突風が吹いていた。写生にはいささか風が強すぎた。わたしたちは車にもどり、どこへともなく出発した。丘をのぼる長い道に沿って車も高度をあげ、風に乗る鳥のように円を描きながら高みを目指す。

ヴァン・ホッパー夫人が滞在中に借りた流行遅れの四角いダイムラーとなんとちがうことだろう。穏やかな午後には夫人のお供でマントンまで車ででかけるのだが、運転手に背をむけた形で小さな座席に腰掛けたわたしは、景色を見るには首を伸ばさなくてはならない。それが彼の車ときたら、まるでメルクリウスの翼がはえているかのようだ。車はなおも高くのぼり、怖いぐらいのスピードで進んでゆく。わたしは若く、スリルが物珍しく、危険すらも楽しくて仕方なかった。

自分が声をたてて笑い、その笑い声が風に乗っていったことを覚えている。ふと彼の顔を見ると、相手はもはや笑ってはおらず、押し黙って近寄りがたい、謎に包まれた、昨日の彼にもどっていた。

車もこれ以上のぼらないこともわかった。頂上に着いたのだ。眼下にわたしたちが辿《たど》ってきた急勾配《きゅうこうばい》の道が連なっている。

彼が車を止めた。道路が断崖《だんがい》を前にしているのがわかった。崩れかかった絶壁が、数百メートルほど下の空間に吸いこまれている。車を降りて、下を眺め、わたしはすっかり目が覚めた。あと車体の半分も前進していたら、転落していたところだった。しわだらけの海図そっくりに海が水平線いっぱいにひろがり、切り立った海岸線を波が洗っている。家々は丸い岩屋を飾る白い貝殻のようで、オレンジ色の大きな太陽がそこここを彩《いろど》っている。なのに、この丘に注ぐ陽光は周囲を別のものに変えていた。静寂がさらに厳しく陰鬱《いんうつ》なものにしている。うきうきしていたはずの午後は一変していた。風が止《や》み、急に肌寒くなった。

不安に駆られたわたしの声は、何気なさを装《よそお》う、間の抜けたものになっていた。

「ここ、ご存じなんですか。まえにいらしたことあるんですか」

そう言っても、彼はわからないようだった。わたしのことなどすっかり忘れているのだ。わたしはぎくりとした。ひょっとしたら、かなりまえから忘れていたのかもしれない。自分自身の不穏な思考の迷路にはまりこみ、わたしなど存在しなくなっている。その顔は夢遊病者のようで、一瞬、彼がもはやまともではないのかもしれない、常軌を逸しているのかもしれないという思いがよぎった。一種の催眠状態に陥る人がいる。そういう話をたしかに聞いたことがある。常人には理解しようのない特殊な法則に沿って動き、もつれた潜在意識の命令のままにしたがう。彼もそうかもしれない。二メートル先は死の淵《ふち》だというのに。

「もう遅いわ。帰りましょうよ」とわたしは言ったが、何気ないふうを装ったわたしの声の調子や作り笑いには、子どもだって騙《だま》されなかったと思う。

しかし、これもまたわたしの考えすぎだったようだ。別段何も起こらず、わたしの呼びかけに、彼は夢想から呼び覚まされ、詫《わ》びを言いはじめた。わたしは青くなっていたようで、彼もそのことに気づいた。

「申しわけないことをしてしまった。ほんとうにすまない」

彼はそう言ってわたしの腕を取り、車のほうに引っぱっていった。わたしたちは車に乗りこみ、彼は勢いよくドアを閉めた。

「だいじょうぶだよ、怖がらないで。方向転換は見た目よりずっと簡単なんだ」

わたしは頭がくらくらして気分が悪く、両手で座席にしがみついていたが、彼はゆっくりと慎重にハンドルを切り、車を坂道にむけた。

蛇行する狭い道を車がゆっくり降りはじめると、緊張がやっと解け、わたしは言った。

「やっぱり、まえにいらしたことがあるんですね」

「ああ」彼はそう言ってしばらく間をおき、「でも、もう何年もまえのことだ。変わったかどうか見てみたかったんだ」

「変わっていましたか」わたしは訊《き》いた。

「いや。まったく変わっていなかった」彼は言った。

いったい何が彼を過去に引きもどしてしまったのか。わたしはまるで傍らに立つ無意識下の証人だった。いまの彼と、以前の彼とのあいだにどれだけの歳月が流れ、どんな思いや行動が引き起こされ、気質の変化がもたらされたのか。わたしは知りたくはなかった。来なければよかった、とわたしは思った。

言葉も交わさず停止するようなこともなく、曲がりくねる道をわたしたちは下っていった。沈む夕日の上に雲が壮大な尾根のようにひろがり、空気は澄み切って冷たい。

と、彼が突然マンダレーの話をはじめた。

自分のこと、マンダレーでの生活のことは一言もなかったが、春の午後、日が沈むと岬までが赤く染まるようすをわたしに話して聞かせた。長い冬のあとで海はまだ冷たく石板のように見え、テラスに立てば小さな入り江を洗う潮騒《しおさい》が聞こえてくる。細い茎に黄金色の頭を乗せた満開のラッパズイセンが、夕刻のそよ風になびく。花は兵隊のようにびっしりと肩を並べて隊列をつくり、いくら摘んでも数が減るようには見えない。芝生の先の土手には黄色やピンクや藤色《ふじいろ》のクロッカスが植えられているが、この時期には最盛期は過ぎてしまっていて、色が抜けたマツユキソウ同様、色褪せて花を落としている。プリムラはもっと粗野だが、飾り気のない元気もので、まるで雑草のように隙間《すきま》という隙間に生えてくる。ブルーベルはまだ時期ではなく、落ち葉の下に頭を隠しているが、花が咲くと、控えめなスミレを圧倒して林のシダさえ覆《おお》い尽くし、空と青さを競い合う。

絶対に家にはもちこませないんだ、と彼は言う。ブルーベルは花瓶に入れると、たちまちしおれてぐったりしてしまう。一番いいのは、太陽が真上にくる十二時ごろ、林を散策して眺めることだ。まるで刺激性の野生の活液が茎の中をたっぷりと流れてでもいるような、いささかくせのある苦みのきいた匂《にお》いがたちこめている。ブルーベルを摘むのは蛮行で、マンダレーでは固く禁じている。田舎道を車で走っていると、自転車のハンドルにブルーベルの束をくくりつけている人をときどき見かけるが、しおれかかった花はすでに色褪せ、もぎ取られた裸の茎がよじれて変色している。

それに比べてプリムラはわりあい丈夫である。野生のものではあるが、文明生活にも順応性があり、そこらのコテージの窓辺でジャムの空き瓶に活《い》けられ、得意気な笑顔を見せたりする。水さえやれば一週間は元気だ。

マンダレーでは野生の草花は室内にもちこませない。屋敷専用の花は塀をめぐらした花壇で栽培している。バラは、自然に生えたままの状態より摘んだほうが見映えがする数少ない花のひとつだ、と彼は言う。応接間に置かれた鉢いっぱいのバラには、屋外にあったときにはなかった色の深みや芳香がある。満開のバラには髪の乱れた女性のような、どことなくだらしない、何か底が浅くうるさい感じがあるものだ。それが室内だと、神秘的でえもいわれぬ雰囲気がただよう。マンダレーでは一年のうちの八か月はバラを飾る。

バイカウツギは好きかな、と彼は訊く。芝生の端にあって、自分の寝室の窓からも匂うのだが、現実的で辛辣《しんらつ》な姉は、マンダレーにいると香りがきつくて酔ってしまうと文句を言ったものだ。姉の言うとおりかもしれないが、自分はそれでもかまわない。芳香に酔うなら酩酊《めいてい》するのも悪くないとさえ思う。自分にとって最初の記憶といえるものは、白い壺《つぼ》いっぱいに活けられたライラックで、家中がせつないような、物思わしげな匂いに満ちていたのを覚えている。

入り江にくだる小さな谷の小径《こみち》の左側にはツツジやアザレアがぎっしり植わってい

て、とある五月の晩、夕食後に散策してみれば、辺りは花々の香りでむせかえるようである。落ちている花びらを拾って指でつぶそうものなら、掌《てのひら》の上に堪えがたいほど甘くかぐわしい何千という芳香のエッセンスがたちのぼる。たった一枚のあわれにひしゃげた花びらなのに。めくるめく香りの渦にいささか朦朧《もうろう》として谷を抜けると、硬くて白い小石の浜と凪《な》いだ水辺にでくわす。不思議な、いささか唐突なコントラストかもしれない。

彼の話を聞いているうちにわたしたちの車は他の車の波にのみこまれ、辺りはいつのまにか黄昏《たそが》れて、ネオンと喧噪《けんそう》に満ちたモンテカルロの市街になっていた。騒音が神経を逆なでし、光は皓々《こうこう》とまぶしすぎる。興醒《きょうざ》めなあっけない幕切れだった。

もうすぐホテルだ。わたしは手袋を取ろうと、グローブボックスを探った。手袋はあったが、いっしょに本も掴《つか》んでいた。薄さから詩集だとわかった。ホテルの前で車が速度を落としたので、わたしは書名を読もうと目を近づけた。

「読みたいならもっていくといい」

彼は淡々と何気ない調子で言った。ドライブが終わってホテルにもどり、マンダレーは遥《はる》か数百キロのかなたに遠のいてしまった。

わたしはうれしくて、手袋といっしょに握りしめた。こうして一日が終わってしまうと、彼のものを何かもち帰りたかった。

「さ、降りて。ぼくは車を置いてこないとならない。今夜は外で食べるから、食堂では会えないけど、きょうはどうもありがとう」

楽しいおでかけのあとの子どものようにしょげかえり、わたしはひとりホテルの階段をあがった。

こんなふうに午後を過ごしたあとでは、一日の残りの時間がすっかり間延びしたように感じられる。ベッドに入るまでどれほど長く感じられることだろう。ひとりで食べる夕食のむなしさときたら。職業的な元気さでわたしの一日について訊いてくるだろう看護婦や、ヴァン・ホッパー夫人のかすれ声の尋問を思うと、部屋にあがる気力も萎《な》えてしまい、わたしはラウンジの片隅の柱の陰に坐《すわ》って、お茶をたのんだ。

ウェーターもおもしろくなさそうだった。わたしがひとりなので急ぐ必要もないと見て取ったようだ。それに五時半をまわったばかりで、通常のティータイムのあと、アルコール類をだす時間まで間のある、一日のうちでも中途半端《はんぱ》に間延びした時間帯だった。

もの足りない思いと、見捨てられたせつなさで椅子《いす》にもたれ、わたしは詩集を手に取った。愛読書らしく年季が入り、くせのついたページで自然に開いた。

夜となく昼となく　私は逃げた
歳月の長き回廊を　私は逃げた
自らの思いの迷路を　私は逃げた
涙に曇る視界の霧のなか　駆け抜ける哄笑《こうしょう》から　私は隠れた
はるか天空に開けゆく斜面を駆けのぼり　一挙に突き落とされ
亀裂《きれつ》の底より覗《のぞ》く恐怖の巨大な闇《やみ》を横目に
強靱《きょうじん》な足音　迫りくる足音から　翔《と》ぶがごとく　私は逃げた

扉の鍵穴《かぎあな》から中を覗き見てしまったような思いにとらわれ、わたしは人目を憚《はばか》るようにして詩集を脇《わき》に置いた。

きょうの午後、あの頂きに彼を追いたてた天の猟犬はなんだったのだろう。断崖絶壁まであと車体の半分のところで停車した彼の車、それにあの虚《うつ》ろな顔。彼の頭の中ではどんな足音が、囁《ささや》きが、思い出が反響しているのか。なぜよりによって、この詩集を車のグローブボックスにしまっておくのか。

彼があんなふうに孤高でなければよかったのに。わたしも、粗末な上着とスカートに、女学生のような鍔広《つばひろ》の帽子という自分以外の人間だったらよかったのに。ウェーターが無愛想にお茶をもってきた。砂を嚙《か》むような思いでバター付きパンを食べながら、わたしは彼が話してくれたあの谷間の小径のこと、アザレアの香りと白い小石の浜辺を思った。それほどの愛情があるなら、どうしてモンテカルロの皮相なにぎわいなど求めてやってきたのか。ヴァン・ホッパー夫人には、なんの予定も立てず、急いででてきた、と話していた。迫りくる天の猟犬に追われて、その谷間の小径を逃げていく彼の姿が目に見えるようだった。

再び詩集を手に取ると、こんどは扉のところが開き、「マックスへ――レベッカより。五月十七日」とあった。

斜めにかしいだ、奇妙な筆跡で、反対側の白いページに小さなインクの跡がついている。いらだった書き手がペンをふったらしく、そのあとペン先のインクがですぎてしまい、強く黒々と記されたRebeccaという名前のRがほかの文字の上に大きく斜めに立ちはだかっている。

わたしは音をたてて詩集を閉じて手袋の下に隠し、手を伸ばして近くの椅子にあった古い「イリュストラスィヨン」誌を取ってページを繰った。ロアール城のすばらしい写真と記事が載っていた。わたしはいちいち写真と照らし合わせながらていねいに読んだが、ひとつも頭に入らなかった。活字を見ても浮かんでくるのは、細い小塔や尖塔《せんとう》が立っているブロワの街ではなく、ラビオリをフォークに山盛りにしたまま動きを止め、豚のような小さな目で隣りのテーブルを一瞥《いちべつ》し、こう言った前日のヴァン・ホッパー夫人の顔だった。

「それはもう悲惨な事故だったのよ。新聞はそのことでもちきり。でも、デ・ウィンターさんは事故のことはおろか彼女の名前すら絶対、口にしないんですって。奥さんは溺《おぼ》れたのよ、マンダレーの近くの入り江で……」

第五章

初恋という熱病に二度とかかることがないのはありがたいことだ。詩人たちがなんと言おうと、初恋はやはり熱病であり、つらく苦しいものだと思う。二十一歳というわたしには、すばらしいものどころか、小さな臆病心《おくびょうしん》やこれまた小さな、なんの根拠もない不安でいっぱいのものだった。それにわが身わが心のなんと傷つきやすいことか。少しでも棘《とげ》のある言葉を耳にしただけで、深手を負って倒れ伏してしまう。中年をまえに泰然と鎧《よろい》をまとったいまのわたしは、かすかに心を刺す日々の棘も表面をかすめるだけでじきに忘れてしまうが、あのころは、ちょっとした一言がいつまでも胸にくすぶり、何気ない一瞥や肩ごしの視線が、烙印《らくいん》のようにわが身に深く焼き付けられてしまったものだ。

シラを切れば禍《わざわ》いを招くように思われ、ほんの些細《ささい》な不実もなぜかユダの接吻《せっぷん》と化してしまう。おとなの思考回路では良心の呵責《かしゃく》もなくあっけらかんとうそをつけるが、あのころは小さな偽りをいっただけで口の中に漂白剤でも含んだようになり、自分で自分を磔《はりつけ》の柱に縛りつけるようだった。

「午前中、何してたの？」

枕《まくら》に半身をあずけてヴァン・ホッパー夫人が訊《き》く。

もうあまり具合は悪くなく、寝ているのにも飽き飽きしてきた病人特有の、いらだちが見え隠れしているその声がいまも耳に甦《よみがえ》る。

わたしはベッドサイド・テーブルのトランプを取ろうとしているところだったが、うしろめたさに首筋が赤くなった。

「先生とテニスです」

そう言うそばからパニックに陥ってしまう。その日の午後にもテニスの先生がいきなり部屋にやってきて、わたしが何日もレッスンをさぼっていると夫人に訴えたらどうするのだ。

「あたしが寝こんでて、することがないからいけないのよ」

夫人はクレンジングクリームの中に煙草《たばこ》の吸いさしを突っこんでもみ消しながらランプを手に取り、扱い慣れている者特有の鼻につく巧みさで切りはじめた。三つに分けて、音をたてて繰りながら、夫人はさらにつづける。

「一日中いったい何してるの？　スケッチも見せてもらってないし、買い物を頼めばタキスル（発泡性制酸剤）を忘れるし。ま、これでテニスがうまくなればいいんだけど。あとで役に立ちますからね。相手がへたっぴだと、ほんとにおもしろくないのよ。相変わらずサーブは下手打ちなの？」

夫人はスペードのクイーンを捨てた。その黒い顔が毒婦のイゼベルのような目でわたしの心のうちを見透かすように見つめている。

「はい、まだ」わたしは言った。

夫人の質問は、痛いところを突いてきた。下手打ちというのはいかにもふさわしい言い方だ。わたしのことをよく言い表している。ここそした態度には下手打ちが似合う。夫人が寝こんでから、先生とテニスなんてただの一度もしていない。もう二週間あまりになっていた。わたしはどうしていつまでもこの言いわけにしがみついているのだろう？　どうして毎朝デ・ウィンターさんとドライブをして、食堂の彼の席でお昼もごいっしょにしていると言わないのだろう？　自分でもわからない。

「もっとネットに近づかないとね。そうじゃないといつまでもうまくならないわよ」

夫人はつづけ、わたしは自分の偽善ぶりにたじろぎながらもうなずいて、クイーンの札の上に軟弱そうなハートのジャックを置いた。

モンテカルロのこと、毎朝のドライブのこと、どこへ行ったのか、彼と何を話したのか、ほとんどのことは忘れてしまった。ただ、あわてて帽子をかぶる自分の手がふるえていたこと、モーター音をうならせてあがってくる悠長なエレベーターを待ちきれず、通路を走り、階段を駆けおり、守衛が手をだすよりまえにスイングドアをとおり抜けて外に飛びだしたことはいまも忘れない。

彼のほうは運転席で新聞を読みながら、わたしを待っている。わたしの姿に気がつくと笑顔になって新聞を後部座席に放り投げ、ドアを開けて、

「腹心の友は今朝はご機嫌いかが？　どこに行きたい？」

同じところをぐるぐるまわろうが、何をしようが、どうでもよかった。彼の隣りに乗りこみ、膝《ひざ》を抱きかかえるようにしてフロントガラスに身を乗りだすというだけでドキドキしてたまらなくなり、下級生を指導する立場の最上級の監督生に憧《あこが》れるパブ

リックスクールの新入生にでもなったみたいだった。彼は実際の監督生よりはるかにやさしかったが、そのせいでかえって近寄りがたいのだった。

「今朝は風が冷たい。コートを貸してあげよう」

このことも覚えている。相手の服を身につけるだけで幸福感にひたれるほどわたしは若かった。わたしは、憧れの先輩のセーターを押しいただいて首に巻きつけ、誇らしさに感極まっている下級生そのもので、こうして彼のコートを借りてほんの数分でも肩にかけるだけで天にも昇る心地になり、朝が輝いて感じられるのだった。気だるい雰囲気で誘惑すること、仕掛けて追わせること、本に書かれているような恋の手管とはわたしは縁がなかった。当意即妙のやりとり、すばやい一瞥、挑発的な笑み——こうした相手をそそる術《すべ》を何ひとつわたしは知らなかった。

吹きこむ風にさえない髪をなぶられるまま、わたしは地図を膝に置いて助手席に坐り、相手が黙っていてもうれしく、そのくせ何か言ってくれるのを心待ちにしていた。彼がしゃべろうが黙っていようが、わたしの気分は影響されなかった。ゆいいつの敵がダッシュボードの時計で、針は情け容赦なく一時へとむかっていく。

わたしたちは西へ東へと、地中海の沿岸に家々がしがみつくようにして建っているいくつもの村をとおり過ぎたが、いまはひとつたりとも思いだせない。覚えているのは革の座席の感触、それと、端がすり切れて綴《と》じ目が取れかかった膝の上の地図だけだ。

あともうひとつ。ある日、時計を見た自分が、「十一時二十分過ぎのいまこの瞬間は絶対に覚えておかなくては」そう思い、時を封じこめるために目を閉じたこと。

つぎに目を開けると、曲がり角にさしかかったところで、黒いショールをまとった農家の娘が手をふっていた。埃《ほこり》っぽいスカートと明るく親しげな笑顔がいまでも目に浮かぶ。が、次の瞬間、車は曲がり角を過ぎてその姿は見えなくなり、彼女はもう過去のこと、思い出になってしまった。

わたしはもう一度そこへもどり、過ぎ去ってしまった瞬間をつかまえたいと思ったが、もどったとしてもけっして同じではなく、太陽も動いて影の位置が変わり、農家の娘もさっきとはちがって道路《どうろ》脇《わき》をとぼとぼ歩き、こんどは手もふらず、わたしたちに気づきもしないかもしれない。そう思うと、心がさむざむとして、もの悲しい気持ちになった。時計を見ると、五分経《た》っている。あと少しで引き返す時間だ。ホテルへもどらねばならない。

わたしは衝動的に、言った。

「香水みたいに、思い出を瓶詰めにできるようになればいいのに。そうすればもう色《いろ》褪《あ》せたり、気が抜けたりしない。味わいたくなったら、栓をあければいいの。すると、もう一度同じように経験できるっていう……」

なんと言うだろうと彼を見たが、彼はこっちは見ず、進行方向をむいたままだった。

「これまでの短い人生で、どの瞬間の栓を抜いてみたいの？」

そう彼は言ったが、からかっているものかどうか、声からは判断できなかった。

「よくわからないけど」とわたしは言いかけ、よく考えもせず、子どものように思いついたままを口にした。「いまこの瞬間を閉じこめて、絶対忘れたくないわ」

「それはきょうという日へのほめことば？　それともぼくの運転ぶりのこと？」

彼はそう言って、妹をからかう兄のように笑ったが、わたしはふたりのあまりの隔たり、彼がわたしにやさしくしてくれればしてくれるほど大きくなる隔たりに圧倒されて、押し黙ってしまった。

そのとき、ヴァン・ホッパー夫人には絶対この朝の遠出のことは言わないだろうと思った。彼の笑いがこたえたように、夫人の笑みもこたえるだろうから。わたしの話を聞いても、夫人は怒ったり、呆《あき》れたりはせず、かすかに眉《まゆ》をあげ、額面どおりには受け取れないわね、といいたげな様子で鷹揚《おうよう》に肩をすくめてきっとこう言う。

「まあまあ、わざわざドライブに連れだしてくれるなんて、デ・ウィンターさんもほんとうにご親切だこと。でもね、ひとつ気になるんだけど、ひどく退屈させているんじゃなくって？」

　そうしてわたしの肩を軽くたたき、タキスルを買いに行かせるにきまっている。若いというのはなんと屈辱的なことだろうか、と思って、わたしは爪《つめ》を噛《か》みはじめた。

「わたし――わたし、黒いサテンのドレスに真珠のネックレスをした三十六ぐらいの女だったらよかった」

　彼の笑いからまだ立ち直れずにいたわたしは、体裁などどうでもよくなり、半ばやけになって言った。

「そういう女だったらこうしていっしょにドライブなんてしていないよ。それに爪を噛むのはよしなさい、形がますます悪くなる」彼は言った。

「こんなこと言うとなまいきで不躾《ぶしつけ》だとお思いになるでしょうけど、どうして毎日、ドライブに誘ってくださるんですか。親切心からなんでしょうけど、善行の相手がなぜわたしなんですか」

　若さゆえのいじましい尊大さで、わたしは背筋を伸ばし、こちこちに固まっていた。

「きみを誘うのは、黒いサテンのドレスに真珠のネックレスじゃないから、それに三十六歳でもないからだよ」彼はまじめな調子で言ったが、顔は無表情で、心の中で笑っているのかどうかはわからなかった。

「そちらはわたしのことならもう何もかもすべてご存じだからいいのかもしれませんけど——と言っても、わたしはまだあまり長いこと生きていないし、人に死なれたりしただけで大したことは何も起きてませんけど。でも、そちらについては、わたし何も知りません。最初にお目にかかった日に知っていたことだけで」

「で、その時は何を知ってたの？」彼は訊いた。

「え、マンダレーに住んでらして、それと——奥様を亡《な》くされたということです」

とうとうわたしは口にした。何日もずっと喉《のど》まででかかっていた言葉だった。奥様。なんのためらいもなく、すんなりとでた。彼女の話をすることなどなんでもないことのようだった。

奥様。しかし、口にした途端、その言葉は目の前に留まって浮遊し、彼が沈黙をもって受け止めたので、何か忌《い》まわしくとんでもないものに膨れあがり、口にするのもおぞましい禁句と化してしまった。

あの詩集の扉に書かれた言葉と、斜めにかしいだ奇妙なRがいま一度目に浮かんだ。わたしは気分が悪くなり、手足が冷たくなった。もう絶対、許してもらえない。わたしたちの友情もこれでおしまいだ。

そのまま前方のフロントガラスを見据えていた自分を覚えている。飛び去っていく道路など何も目に入らず、口にしてしまった自分の言葉が頭の中で反響していた。沈黙は何分にもなり、過ぎゆく時間はそのまま距離になり、ああ、これで何もかも終りなのだ、とわたしは思った。二度と彼とドライブすることはないのだ、と。あしたになれば彼は行ってしまい、ヴァン・ホッパー夫人は床上げをする。そして以前と同じようにわたしは夫人とテラスを歩くのだ。

ポーターが彼の荷物を運びおろす。荷物用のエレベーターにある、新しい荷札を付けたトランクをわたしは目の端でとらえる。慌《あわ》ただしい、これがほんとうに最後という出発……。

車は角を曲がってシフトダウンしたが、その音もほかの車両の流れにまじって吸いこまれてしまった。空想にどっぷりひたっていたわたしは、ポーターがチップをポケットにしまってスイングドアから再び中に入り、肩ごしに守衛に何か言うところまで思い描いていて、車が減速しているのに気がつかなかった。車が道路脇に停まって初めてわたしは現実にもどった。帽子を脱いでいた彼は白いマフラーを首に巻き、身じろぎもしない。以前にも増して額縁の中に生きる中世の人物というたたずまいで、この明るい景色にはそぐわない。それよりも、足元で物乞いが金貨を拾い集めているのを見ながら、陰鬱《いんうつ》な大聖堂の石段にマントを翻《ひるがえ》して立っているほうが似つかわしい。気楽な仲間同士のように思えた友情関係は消滅していた。爪を噛むわたしをからった兄もいなくなっていた。この人をわたしは知らない。自分はどうしてこんなふうに隣りに坐《すわ》っているのだろう？

そのとき彼がわたしにむきなおって口を開いた。

「さっき思い出を取っておくとかいう発明の話をしていたね。自分の好きなときに、過去をもう一度味わいたいって、そう言っていた。ぼくはね、残念ながらきみとはちょっとちがう。思い出はいやなものばかりで、無視したいんだ。一年ほどまえ、あることが起きて、ぼくの人生は一変してしまった。そのときまでの自分という存在のすべてを忘れてしまいたいんだ。あの日々は終わった。きれいさっぱりぬぐい去った。ぼくは最初からもう一度やり直す必要があるんだ。初めて会った日、ヴァン・ホッパーさんがどうしてモンテカルロに来たか訊《き》いたね。きみが呼び覚ましたいという記憶に蓋《ふた》をするためだよ。もちろんいつもうまくいくとは限らない。瓶に詰めるには香りがきつすぎたり、手に余るようなこともある。そうすると、心の中の悪魔が、したたかな覗《のぞ》き魔みたいに、ぼくをだしぬいて栓を抜こうとするんだ。初めてドライブしたときもそうだった。自分で栓を抜いてしまった。丘をのぼって断崖《だんがい》を見おろしたときだよ。あそこは何年かまえ、妻と行ったところだ。まえと同じだったか、どこか変わっていたか、きみはそう訊いたよね？　どこも変わっていなかったけど、ありがたいことに、妙に無機質な感じがした。まえに来たときの気配などまるでなかった。ぼくたちの痕跡《こんせき》はひとつも残っていなかった。きみがいっしょにいてくれたからかもしれない。

過去をぬぐい去るには、きみのほうがずっといいんだ。きらびやかなモンテカルロなんかより、ずっと。きみがいなかったら、もうとうにここを立ち去って、イタリア、ギリシア、あるいはもっと遠くまで行っていたと思う。きみのおかげであちこちさまよう必要がなくなったんだ。

さっきのあのかたくるしい、清教徒みたいな演説はよしてくれ。何が親切だ、善行だ。きみを誘うのは、来てほしいから、きみにいっしょにいてほしいからだ。ぼくの言うことを信じないなら、車を降りてひとりで帰ってくれ。さあ、ドアを開けて、勝手に帰ったらいい」

わたしは膝に手を置いたまま、じっとしていた。彼が本気かはかりかねた。

「さ、どうするの？」彼は言った。

あとひとつふたつ若かったら、わたしは泣きだしていたと思う。子どもの涙というものは、ぎりぎりいっぱいに湛《たた》えられているもので、ほんのちょっとのことでもあふれてしまう。そうでなくても目の奥がチクチクして、顔が紅潮してくるのがわかった。ふと、フロントガラスの上の鏡に映った自分の顔に気づいたわたしは、まっ赤な顔に、おどおどした目つき、鍔《つば》の広いフェルトの帽子にぱさぱさの髪という自分のみじめな姿をいやというほど見せつけられた。

「もう帰りたい」

いまにもふるえそうな声でわたしが言うと、彼は無言のままエンジンをかけてギアを入れ、車をUターンさせた。

車は快調に飛ばした。快調すぎる、と思うほどだったが、薄情な田園はとおり過ぎるわたしたちには無頓着《むとんちゃく》だった。わたしが記憶に焼き付けたいと思った曲がり角に農家の娘の姿はなく、色合いも平板で、いまでは数多《あまた》の車が通過するありきたりの道路の、よくある曲がり角のひとつにすぎなかった。さっきのきらめきは、愉快だったはずの気分ともども消え失《う》せていた。それに気づいたとたん、固まっていた表情が崩れ、プライドも消え失せた。さもしい涙が理性に勝利して膨れあがり、頬を伝った。

不意のことで、涙を止めることができなかった。彼に気づかれてしまうので、ポケットのハンカチを取りだすこともできない。涙の流れるままに、唇の塩辛さを味わい、屈辱の谷底に沈むしかなかった。涙にかすむ目でじっと前方を凝視していたので、彼がわたしを見たのかどうかはわからなかったが、不意に手を伸ばしてくるとわたしの手を取り、やはり無言のまま、そこに接吻《せっぷん》した。それからハンカチを膝《ひざ》に投げてくれたのだが、わたしは恥ずかしくて手に取ることができなかった。

泣いてもきれいに見える、多くの小説のヒロインを思うと、目の縁を赤く染め、まだらで腫《は》れぼったい顔のわたしとはなんという違いだろう。午前中のみじめな幕切れにふさわしい終わり方だった。

このあとの時間は長い。きょうは看護婦が外出するので、ヴァン・ホッパー夫人と部屋でいっしょにお昼を摂《と》らねばならない。食後は、治りかけの病人特有のエネルギッシュさでベジーク（トランプのゲーム）に延々とつきあわされるだろう。あそこにいたらほんとうに息が詰まってしまう。

寝乱れたシーツ、だらしなくひろげられた毛布、ぺしゃんこの枕《まくら》、サイドテーブルに積もった白粉《おしろい》、香水とリキッドルージュの染《し》み、そういうものにはあさましい感じがつきまとう。ベッドには、一枚ずつ抜きだして乱雑にたたまれた新聞が散らばり、ページの角がまくれあがって表紙が破れたフランスの小説本と、アメリカの雑誌が読み捨てられている。もみ消した吸い殻もそこらじゅうに落ちている。クレンジングクリームの中に、ブドウを盛った皿に、そしてベッドの下の床に。

見舞客は花を惜しまず、居並ぶ花瓶にはエキゾチックな温室の花々がミモザなんぞといっしょくたに突っこまれ、ぞんざいに活《い》けられている。きわめつきは、リボンを掛けた大きなバスケットに盛られた、何段もの砂糖漬けの果物だった。

やがて、夫人の友人たちが食後の一杯に集まってきて、それを用意するのがわたしの役目だったが、わたしはこれが大嫌いだった。オウムのように同じことを繰り返す彼らのくだらないおしゃべりに追いつめられて、わたしは部屋の隅で小さくなる。見舞客に興奮した夫人がベッドに坐り、どうかと思うほど大きな声をだしたり、ながながと笑ったり、蓄音機に手を伸ばしてレコードをかけ、音楽に合わせて肉付きのいい肩を揺すったりすると、またご主人様の身代わりになって、赤面するしかない。わたしとしては、髪をピンカールにして、タキスルを忘れたわたしにがみがみいうときの夫人のほうがまだしもだった。

夫人の部屋にもどればこのすべてがわたしを待ち受けている。一方、彼は、わたしをホテルで降ろしたあと、ひとりでどこかに、そう、海のほうにでもでかけ、頬に当たる風を感じ、太陽のむくままに後を追いかけるかもしれない。そして、わたしが何ひとつ知らない、分かち合うことのできない過去の思い出に紛れこみ、過ぎ去った歳月の中をひとりさまよっていってしまうのかもしれない。

わたしと彼を隔てる海峡はますます広くなり、彼はわたしに背をむけて、対岸に立っていた。わたしは若くちっぽけで、ほんとうにひとりぼっちだ。かろうじてプライドは残っていたが、彼のハンカチをまさぐると、もはや体裁などどうでもよくなり、鼻をかんだ。みっともなくたって、もう関係ない。

「ああ、もう、こんなことやってられない」

彼は突然、怒ったように、うんざりしたように言い、わたしの肩に手をまわして引き寄せた。視線は前方をむいたまま、右手はハンドルを握っていた。さらに速度があがったのを覚えている。

「ぼくの娘といってもいいぐらい若いよね」彼は言った。「どう扱えばいいのか、わからないよ」

曲がり角にさしかかって道が狭くなり、犬を避けようと、彼は大きくハンドルを切った。手を離すかと思ったが、曲がり角を過ぎてまた直線になってもなお、抱き寄せたままだった。

「さっき言ったことは全部、忘れていい。みんな済んで終わったことだから、もう二度と考えるのはよそう。家族にはいつもマキシムって呼ばれているんだけど、きみもそう呼んでほしい。もうよそよそしくするのはやめだ」

彼は指先でわたしの帽子を探り、鍔をつかむと肩ごしに後部座席に放り、身をかがめて頭のてっぺんにキスした。

「黒いサテンのドレスなんて絶対着ないって約束してくれ」

わたしがそこで笑顔になると、彼も笑い返してきて、再び愉快な午前中、輝かしい朝になった。

ヴァン・ホッパー夫人も午後の時間も、どうだっていい。あっという間に過ぎて、また今夜がやってくるし、あとにはあしたもくる。わたしは得意満面で、自信たっぷり、夫人に対して堂々と対等にふるまう勇気さえあるような気がした。夫人とのベジークに少し遅れて部屋に帰っていく自分が目に浮かんだ。何をしていたの、と訊かれ、欠伸《あくび》をかみ殺しながらさりげなく、

「時間を忘れてしまって。マキシムとお昼をいただいてたものですから」

そう言っている自分の姿が見える。

ファーストネームで呼ぶ特権を、名誉に思うほどわたしはまだ子どもだった。彼のほうは最初からわたしをファーストネームで呼んでいたのだが……。

時折陰りはあったものの、この朝はわたしを友情の新たなステージへと引きあげて

くれた。自分で思っていたほどわたしは遅れを取っていなかったのだ。それに彼はキスしてくれた。本にでてくるようなドラマチックなものではなく、とても自然で、穏やかで、心安まるものだった。ばつの悪い思いもしないで済んだ。おかげで気のおけない間柄になり、何もかもシンプルになった。わたしたちを隔てていた溝が埋められたのだ。わたしは彼をマキシムと呼ぶのだ。

ヴァン・ホッパー夫人とベジークで過ごしたその午後は、恐れていたほどには退屈ではなかった。でも、勇気はでず、午前中のことは何も言えなかった。夫人はゲームの終わりにカードをかき集めると、ケースに手を伸ばしながら、何気なくこう言った。

「ねえ、そう言えば、デ・ウィンターさんはまだここに滞在してて？」

わたしは崖《がけ》っぷちで身構えたダイバーのようにためらい、その瞬間、度胸にも、ようやく身につけられたかに見えた自信にも、見離された。

「ええ、はい――食事のときに食堂にいらっしゃいますから」

誰かが言いつけたにちがいない。いっしょにいるところを見られたのだ、テニスの先生が文句を言ったのだ、支配人からご注進がきたのだ、とわたしは身構えた。が、夫人は小さく欠伸をしながらそのままトランプをケースにかたづけ、わたしはベッドを整えた。白粉と頬紅のコンパクトと口紅をわたすと、夫人は脇《わき》のテーブルの手鏡を手に取った。

「魅力的な人だけど、気質がどうかしらね、なかなか打ち解けないタイプだわよ、あれは。あの日ラウンジで会ったときも、お世辞でもいいからマンダレーに招待するぐらいのこといったっていいように思ったけど、頑《かたく》なだったわね」

わたしは黙ったまま、夫人が口紅を手に取って無情な唇を弓形になぞるのを見ていた。

「会ったことはないんだけど、それはすてきな女性《ひと》だったらしいわよ」夫人はそう言いつつ、手鏡をもつ手を伸ばし、口紅の乗りをたしかめた。「装《よそお》いも申し分なくて、あらゆる面でめざましい才能があったそうよ。マンダレーでは大がかりなパーティーが開催されたものよ。なにしろ突然で悲劇的な事件だったし、彼は首っ丈だったらしいもの。このまっ赤な口紅にはもっと濃い色の白粉がいいわ。悪いけど、もってきてくれない？　こっちは抽斗《ひきだし》にもどしてちょうだい」

そうして白粉だ香水だ頬紅だと、呼び鈴が鳴ってお客がやってくるまでは大忙しだった。その後は、わたしは口数少なく、のろのろとお酒をだし、蓄音機のレコードを替え、吸い殻を拾っては捨ててまわった。

「お嬢さん、ここんところ写生はどう？　描いてるの？」

紐《ひも》の先に片眼鏡をぶらさげた、老銀行家の取って付けたような快活さ、対するわたしの心にもない明るい笑顔。

「いえ、ここのところはあまり……。お煙草《たばこ》をいかがですか」

そう応じているのはわたしではない。わたしはそこにはおらず、うすぼんやりと見えてきた幻影の姿を頭の中で追いかけていた。

顔立ちはおぼろで、髪の色もはっきりせず、目の感じや髪の質感も不確かで、よくわからない。でも、失われることのない美しさ、忘れられないほほえみの持ち主だ。

彼女の声も言葉も、まだどこかで息づいている。彼女が訪れた場所、触れたものも残っている。クローゼットには身につけていた服があって、彼女の匂《にお》いがまだまとわりついているかもしれない。わたしの寝室の枕の下には、彼女が手に取っていた本がある。最初の白いページを開いて、出の悪いペン先をふり、ほほえみながら書いている、そんな姿が目に浮かぶ。

マックスへ――レベッカより。

彼の誕生日だったのだろう、ほかのプレゼントといっしょに朝食の席に置いたにちがいない。リボンを解いて包み紙を剝《は》がす彼と、笑みを交わしたにちがいない。彼が読んでいるあいだ、彼女も寄り添い、多分肩ごしに、彼の手元を覗きこんだことだろう。

マックス。彼女はマックスと呼んだのだ。親しげで陽気で、呼びやすい。家族はマキシムと呼べばいい。祖母やおばさんたち、それにわたしのようにおとなしくて退屈で若くて、その他大勢の人たちは、それでいい。マックスは彼女が選び取った呼び名、彼女の所有物、本の扉にあふれんばかりの自信をこめて書き付けた名前。白いページに突き刺さるような筆致、斜めにかしいだ大胆な字体、自信満々で、堂々たる自らの証《あかし》。

そんなふうに、そのときどきの気分にまかせて、彼女はいったいどれだけの手紙を、彼に書き送ったことだろう。

殴り書きしたような短いメモや手紙。留守にしている彼に宛《あ》てた何枚もの便り。ふたりだけの親密な近況報告。屋敷内に、庭園に響く、彼女の声。詩集にあった字体のように、気ままで無頓着なほど親しげな彼女の声。

なのにわたしはマキシムと呼ばねばならない。

第六章

荷造り。出発にまつわる心配ごと。紛失してしまった鍵《かぎ》、未記入の荷札、床に散らばる包装用の薄紙。ひとつとして好きになれない。これまで幾度となく繰り返し、文字どおりスーツケースの荷物で暮らすようになっても、やはりだめだ。空になった抽斗《ひきだし》をしめたり、ホテルの衣装掛けや家具付きの別荘の無機質な戸棚を開け放ったり。同じ手順の繰り返しなのに、いまでも、もの悲しさと喪失感に捉《とら》われる。

そうなのだ。ここの、この場所でわたしたちは暮らし、幸福だった。たとえわずかな時間でも、ここはわたしたちのものだった。たった二晩だけかもしれないが、この屋根の下で過ごし、何かを残してわたしたちは去ってゆく。ドレッサーのヘアピンでも、アスピリンの空き瓶でも、枕《まくら》の下のハンカチでもない。物ではなく、いわくいいがたい、人生の一瞬、思い、雰囲気、そんなものを置いていく。

この家がわたしたちを守ってくれた。この壁に囲まれ、わたしたちは言葉を、愛を、交わした。でも、それはきのうまでのこと。きょうわたしたちは旅立っていく。もうこの家を見ることはない。わたしたちも昨日《さくじつ》とはちがう。けっして同じではない。わずかながら変わってしまっている。

昼食に立ち寄る路傍の宿屋だってそうだ。初めて入る薄暗い部屋でわたしは手を洗う。見たことのないドアノブ、あちこち剝《は》がれかかった壁紙、流しの上の、ひびの入った小型の変な鏡。でも、この瞬間だけは、みなわたしのものだ。お互いをわかりあっている。これが現在。過去も未来もない。いまわたしはこうして手を洗っているが、ひびの入った鏡が、時間という流れに浮かぶわたしの姿を映している。これがわたし。この瞬間は流れ去ったりしない。

それからドアを開け、わたしは食堂へ行く。彼が席で待っている。わたしは思う。この一瞬でわたしはまた歳《とし》を取った、次へ移った、未知の運命へまた一歩を踏みだした、と。

わたしたちは笑顔を交わし、料理を選び、話をするが、わたしは心の中で思っている。わたしは五分まえにあなたのそばを離れたわたしではない。あの女は置いていかれた。わたしは別の女、もっと年上の、さらに成熟した女……。

先日、新聞でモンテカルロのコートダジュール・ホテルの経営者が替わり、名前も変わったという記事を読んだ。客室も改装され、内装が一新されたそうだ。二階の、ヴァン・ホッパー夫人のスイートルームはもうないかもしれない。わたしが使っていた小さなベッドルームも跡形もなくなっているかもしれない。

あの日、わたしは床にしゃがんで夫人のトランクの留め金に手こずりながら、自分がもう二度とここにもどらないとわかっていた。トランクはやっと閉まったが、カチリという音とともに、彼とのエピソードもわたしの中で終わりを告げたのだった。

窓の外を見やると、まるでアルバムのページを繰るように思い出がよみがえる。目の前に連なる屋根もはるかな海も、もはやわたしのものではない。きのうのもの、過去のものになっている。持ち物を剝ぎ取られたスイートルームはすでに虚《うつ》ろな雰囲気をたたえているが、それだけではなく、わたしたちがさっさといなくなり、あすやってくる新しい客に早く来てほしいとでもいいたげな、どこか飢《かつ》えた感じもある。

重たい荷物は鍵をかけ革紐《かわひも》で括《くく》って、通路にだしてあったが、小さい物はあとまわしになっていた。使いかけの薬瓶やいらなくなった化粧クリーム、破り捨てられた請求書や手紙で、屑《くず》入れはいまにも破裂しそうだ。机の抽斗はがらんとして、たんすも空っぽになっていた。

前の日の朝、朝食の席でわたしがコーヒーを注いであげていると、夫人は手紙をこちらに放った。

「ヘレンが土曜にニューヨークへ発《た》つのよ。孫のナンシーが盲腸らしくて、帰国するよう電報がきたんですって。それで決めたの、あたしも娘といっしょに帰るわ。もうヨーロッパには飽き飽きしたし、初秋にでももどってくればいいわ。ニューヨークに行くのよ、どう？」

牢獄《ろうごく》に入るほうがましだった。ショックなのが顔にでてしまったらしく、夫人は最初は呆気《あっけ》に取られ、それからむっとした表情になった。

「何よ。ほんとうにわけのわからない難しい子ね。何を考えているんだか。アメリカに行けば、お金がないあんたみたいな立場でも、すごく楽しめるのよ。男の子もいっぱいいるし、娯楽もわんさとあるわ。お仲間ができるのよ。ここにいるときみたいに年がら年中あたしの用事に追われることもなくて、自分のお友だちとつきあえるのよ。だいたいモンテは好きじゃなかったんじゃないの？」

「慣れたんです」

わたしは頭が混乱してしまい、みじめな気分で間抜けな言いわけをした。

「ま、ニューヨークにも慣れてもらうしかないわね。とにかくヘレンと同じ船に乗るのよ。つまり、すぐに手配しないとだめってこと。いますぐフロントに行って、係にはっぱを掛けてきてちょうだい。モンテを去るからって、めそめそしてる暇なんてないくらいきょうは働いてもらいますからね！」

夫人はいやみたっぷりに笑い、煙草《たばこ》をバターに押しつけてもみ消すと、電話のところにいった。友人全員に知らせるのだ。

すぐにフロントになんてとても行けない。わたしはバスルームに入って鍵をかけ、コルクのマットにしゃがみこんで頭を抱えた。

ついにその日が来てしまった。ここを去るのだ。何もかも終わりだ。あすの晩にはメードよろしく夫人の宝石ケースと膝掛《ひざか》けをもって、わたしは列車の中だ。寝台車の個室の向かいの席には、羽根が一本ささっているあの新しい、きてれつな帽子をかぶって、毛皮のコートに埋もれるように夫人が坐《すわ》っているだろう。ガタガタいうドアの狭苦しいコンパートメントで顔を洗い、歯を磨くのだ。水が飛び散った洗面台、湿ったタオル、髪の毛が一本貼《は》りついた石鹸《せっけん》、水が半分ほど入った水差し、壁にはお決まりの文言、「洗面台の下に携帯便器がございます《スール・ラヴァボ・ス・トゥルーヴ・ユンヌ・ヴァーズ》」。闇《やみ》をつんざくようにして走る列車が振動音をたてるたび、ドアがガタガタいうたび、彼からどんどん遠ざかってゆくのだ。彼は慣れ親しんだホテルの食堂のあの席でひとり本を読んでいて、わたしのことなど気にも掛けず、考えもしない。

　発つまえにラウンジで別れの挨拶《あいさつ》ぐらいはできるかもしれないが、夫人のせいでこそこそと慌《あわ》ただしいものになるだろう。一瞬の間があったり、にっこり笑ったりして、

「ええ、お便りください」とか、

「ご親切にしていただいて、きちんとお礼を申しあげたこともなくて」とか、

「スナップ写真ができてきたら転送してください」

「でも、宛名《あてな》は？」

「連絡します」

などと、おきまりの言葉をかわすのだ。

彼はとおりがかったウェーターを何気なく呼び止めて煙草の火をもらうかもしれない。

「あと四分半、それでもう二度と会えない」

とわたしのほうは思いつめているのに。

モンテカルロを発つことになり、ふたりのあいだも終わってしまうので、よそよそしさがしのびこみ、話すこともなくなってしまう。会うのはもうこれ一度きり、これで最後だ。

わたしの心は悲痛のあまり泣き叫んでいる。

「愛しているの。胸が張り裂けそう。こんなこと初めて。もう二度とないわ」

なのに、わたしは型どおりの取り澄ました笑顔を作り、口は勝手に、「あそこのおかしなご老人をごらんになって。どなたかしら、新しいお客さんね、きっと」などと言い、わずかな最後の時を、見ず知らずの滞在客を笑って無駄にする。わたしたちも他人行儀になってしまっているからだ。おまけに話題に窮して同じ話を蒸し返す。

「写真の出来がいいといいんですけど」

「そうだね。あの広場のはよく撮れていると思うよ、光線の具合がちょうどよかったから」

　これは写したときにふたりで同感した話だった。でも、ピンボケだろうが、露出不足だろうが、そんなことはもうどうでもいい。別れのときは来てしまったのだ。もうおしまいだ。

　わたしは恐ろしいぐらいのつくり笑いを顔に貼りつけ、「それにしてもほんとうにありがとうございました。サイコーにご機嫌でした……」と使ったことのない言葉を口にする。

　サイコーにご機嫌。どういう意味だろう？　さっぱりわからないが、かまいやしない。ホッケーの試合を観《み》た女学生が口にするような言葉で、みじめさと高揚感がないまぜになったわたしのこの数週間にはまったく当てはまらない。

　そうしているうちにエレベーターの扉が開いてヴァン・ホッパー夫人が現れ、わたしはラウンジを横切って出迎えにいく。彼は自分の席にもどって新聞を手に取るというわけだ。

　おかしなことだけれど、バスルームのコルクマットにしゃがみこんだまま、わたしはひととおり体験してしまった。旅程も、ニューヨークに到着するところも。夫人を細身にしたようなヘレンのキンキン声、こにくらしいナンシー。ヴァン・ホッパー夫人が紹介してくれる、わたしのような者にふさわしい学生や若い銀行員。

「水曜の晩、デートとしゃれこもうよ」

「ホットな音楽、好き？」

てかてかした顔の団子鼻の男の子たち相手にこっちも気を遣わなくてはならないなんて。それよりもこうしてバスルームにこもり、ひとりで、想《おも》いに耽《ふけ》りたいのに……。

夫人がドアをガタガタさせた。

「ちょっと、何してるの？」

「あ、いま行きます、すみません」

わたしは蛇口をひねり、タオルをかけ直したりしてごまかした。

ドアを開けると、夫人が訝《いぶか》しげな目でわたしを見た。

「ずいぶん長かったわね。今朝はぼんやりしてる暇なんてないのよ、やることが山盛りなんだから」

数週間もしたら彼はきっとマンダレーに帰るのだろう。きっとそうだ。玄関広間で彼を待つ山のような手紙。わたしの船中での走り書き、無理して乗客たちのことをおもしろおかしく書いたりした手紙も混じっているが、そのままトレイに放置されてあるのを、ある日曜日のお昼まえ、請求書の支払いをするときに彼がみつけて、何週間も経《た》ってから慌ただしく返事をする。たったそれっきり。屈辱のクリスマスカードまでは音沙汰《おとさた》なし。雪景色のマンダレーそのものをあしらったカードかもしれない。「クリスマスおめでとう。実り多き新年を迎えられますように。マキシミリアン・デ・ウィンター」という金文字で印刷された挨拶。

彼は親切心から印字された名前をペンで消し、わたしに気を遣って、手書きで「マキシムより」と入れる。まだスペースがあれば、「ニューヨークを楽しんでおられますように」というメッセージを付け加える。それから封をして切手を貼り、何百通というクリスマスカードの山に無造作に置くのだ。

「あした発たれるなんて残念ですね、バレエの公演が来週からはじまるんですよ。ヴァン・ホッパーさんはご存じなんでしょうか」

受話器を手にしたフロント係の声で、わたしはクリスマスのマンダレーから寝台車の現実に引きもどされた。

ヴァン・ホッパー夫人が昼食を食堂で摂《と》るのはインフルエンザにかかって以来この日が初めてだったが、後に付いて食堂に入ったわたしは胃が痛くなる思いだった。前日に聞いていたので、彼がきょうはカンヌに行っているということだけは知っていたが、ウェーターが口を滑らして、「マドモワゼル、今夜もいつものようにムッシュとお食事なさいますか」と言うのではないかと、ウェーターが近づくたびに、気分が悪くなった。でも、ウェーターは何も言わなかった。

一日中荷造りに追われ、晩になればいろいろな人が別れの挨拶にやってきた。夕食は居室で摂り、夫人はそのあとすぐに休んだ。この時間になってもわたしは彼を見かけていなかった。九時半ごろ、荷札が必要という口実でわたしはラウンジまで降りていったが、彼の姿はなかった。わたしを見ると、フロント係はいやらしい笑みを浮かべた。

「デ・ウィンターさんをお探しなら、カンヌから連絡がございまして、お帰りは真夜中過ぎるそうですよ」

「荷札を一束ください」とわたしは言ったが、係がひとつも騙《だま》されていないのが目つきでわかった。

ということは、最後の晩も会えずに終わってしまう。一日中楽しみにしていたこの時間を、部屋でたったひとり、頑丈なバッグとアコーディオン式のマチが付いたスーツケースを眺めて過ごさねばならない。でも、そのほうがよかったかもしれない。こんな状態ではまともに話もできないし、彼に心の裡《うち》を読まれてしまっただろう。

その夜、わたしは涙に暮れた。いまのわたしには流せない、若く苦しい涙だった。枕《まくら》に深く顔を埋めて泣くなんて、二十一歳までのこと。割れるような頭、泣きはらした目、嗚咽《おえつ》で締めつけられるように苦しい喉《のど》。朝になると、誰にも気取られないように、あせって冷たい水で顔を洗い、オーデコロンをつけ、そのこと自体があやしいのに、こっそり白粉《おしろい》をはたく。

また泣いてしまうのではないかという恐怖にも襲われる。どうしようもない涙が湧《わ》いてきて、唇がふるえだしたらおしまいだ。白粉の上からでも明らかにわかる赤らんだ頬を朝のすがすがしい空気が冷やしてくれるのでは、と窓を大きく開けて身を乗りだしたのを覚えているが、これほど太陽が明るかったことも、すばらしい一日になりそうな予感に満ちた朝もなかったような気がした。

モンテカルロが突然魅力あふれるやさしい街に、世界でただひとつ、誠意のある場所のように思えた。

大好き。

わたしはモンテカルロへの情に圧倒された。ここに生涯、住みたい。なのにきょうここを去らねばならない。この鏡の前で髪をとかすのもこれが最後、こうして歯を磨くのもこれが最後。もうこのベッドで眠ることもないし、二度とこの部屋の電気を消すこともない。わたしはガウンを羽織って歩きまわりながら、ありふれたホテルの一室を感傷の泥沼にしていた。

「風邪でも引いたんじゃないでしょうね？」夫人が朝食の席で言った。

「いえ、そんなことないと思いますけど」

目の周りが赤かったことの言いわけにできると、わたしは藁《わら》にもすがる思いで、そう言った。

「荷造りが済んでからぐずぐずするの、いやだわ。もっと早い汽車にすればよかった」夫人は文句を言いはじめた。「でも、その気になれば間に合うかも。そうすればパリでもっとゆっくりできるし。ヘレンが迎えに来ないように、別の場所で落ち合うよう電報を打てばいいわ。そうよ」夫人はここで腕時計に目をやった。「指定を変更してもらえるかもしれない。やってみるだけのことはあるわ。フロントに行って訊《き》いてみてちょうだい」

「わかりました」

夫人の気まぐれにふりまわされるだけのわたしは、ベッドルームにもどってガウンを脱ぎ捨て、いつものフラノのスカートをはき、手製のセーターに頭をとおした。

夫人への無関心は憎しみに変わった。これでおしまいなのだ、朝の時間もわたしから取りあげられてしまうのだ。テラスでの最後の半時間も、お別れを言う十分間さえも与えられないのだ。自分が思ったより早く朝食を食べ終わったから、退屈だから、それだけの理由で。それならわたしだってもう遠慮も慎みもかなぐり捨ててやる。自尊心なんてどうでもいい。

わたしは居室のドアを乱暴に閉め、通路を走った。エレベーターを待たず、三段をひとまたぎに四階まで階段を駆けあがった。部屋の番号は知っている。一四八号室。わたしは顔をまっ赤にして、息を切らして、ドアを激しく叩《たた》いた。

「どうぞ！」

彼の大声がして、わたしはドアを開けたが、急に気後れがしてきて、もう後悔していた。ゆうべは遅かったはずだから、いまやっと起きたばかり、髪はくしゃくしゃで機嫌も悪く、まだベッドの中かもしれない。

彼はキャメルのジャケットをパジャマの上に羽織り、開け放った窓辺で髭《ひげ》を剃《そ》っていた。フラノのスーツに革靴という自分の格好がいかにも場違いに思われる。ドラマチックに登場したつもりなのに、これではただの間抜けだ。

「なんの用？　どうかしたの？」彼は言った。

「お別れを言いにきました。午前中に発《た》つんです」

彼は目を瞠《みは》り、洗面台に髭剃りを置いた。

「ドアを閉めて」彼は言った。

後ろ手にドアを閉め、わたしは、両腕をおろして突っ立っていた。どうしても硬くなってしまう。

「いったい、なんの話だい？」

「ほんとうなんです、きょう発つんです。もっとあとの列車ででるはずだったんですけど、ヴァン・ホッパーさんが早いのに乗りたいって言いだして。もうお会いできないかと思って。発つまえに、お礼を言いたかったから、どうしてもお会いしたくて」硬くなって、ぎくしゃくしてしまい、想像したとおり、気の利《き》かないばかなせりふがこぼれ落ちる。あとちょっとで、サイコーにご機嫌だったと言うにきまっている。

「どうしてもっとまえに言ってくれなかったんだい？」

「ヴァン・ホッパーさんがきのう急に言いだしたんです。あっという間に決まってしまって。娘さんが土曜にニューヨークへ発つんで、合流することになったんです。パリで落ち合って、シェルブールへまわるんです」

「ヴァン・ホッパーさんとニューヨークへ行くの？」

「はい。でも行きたくない。いやでたまらないし、みじめな思いをするだけです」

「だったら、なんだっていっしょに行く？」

「お給料もらうために働いているんです、仕方ないでしょう？　ヴァン・ホッパーさんから離れるわけにはいきません」

彼はまた髭剃りを取りあげると、顔の石鹸《せっけん》を拭《ふ》いた。

「すぐ済むから、坐《すわ》ってて。バスルームで着替えるよ。五分で用意するから」

彼は椅子《いす》にあった洋服をつかむと、バスルームの床に放り、音をたててドアを閉めた。

わたしはベッドに腰をおろして爪《つめ》を噛《か》みはじめた。とても現実とは思えず、人形にでもなったような気がした。彼は何を考えているのだろう、どうするつもりなのだろう？

部屋を見まわすと、取り散らかっているが特徴もなく、どこにでもある男の部屋にすぎなかった。必要以上にたくさんの靴があり、ネクタイも何本もあった。ドレッサーには、大きなシャンプーのボトルと象牙《ぞうげ》のヘアブラシが一組あるだけで、写真もスナップも、その手のものはない。ベッドサイドかマントルピースの中央になら革張りの額に入った大きな写真が一枚はあるだろうと、反射的に探していたのだが、本が何冊かと煙草《たばこ》が一箱あるだけだった。

彼は、約束どおり五分で支度してきた。

「これからテラスで朝ごはんを食べるからいっしょにおいで」

わたしは腕時計を見た。

「時間がありません。いまだってフロントで指定券の変更の手続きをしてなくちゃいけないのに」

「ほっときなさい、話がある」

ふたりで通路を行き、エレベーターを呼んだ。早い列車はあと一時間半ぐらいででてしまうことを知らないんだわ、とわたしは思った。あと少ししたらヴァン・ホッパー夫人がフロントに電話して、わたしが来ているかどうかたしかめる。

わたしたちは無言のままエレベーターで降り、朝食の席が用意されているテラスにでた。

「何食べる？」

「もう済ませました。それに、もうあと四分しかいられないし」わたしは言った。

「コーヒーとゆで卵、トーストにマーマレードとオレンジを」と彼はウェーターに言い、ポケットから爪やすりを取りだして、爪を磨きはじめた。

「そうか、ヴァン・ホッパーさんももうモンテカルロはうんざりで家に帰りたいってわけか。ぼくもだ。彼女はニューヨーク、ぼくはマンダレーへだ。きみはどっちがい い？　好きに選んだらいいよ」

「冗談はやめてください、ひどいわ。それに、そろそろお別れを言って、指定の手配をしにいかないと」

「朝食で冗談をいうタイプだと思っているんなら、間違いだよ。朝はいつも不機嫌なんだ。もう一度言うけど、選ぶ自由はきみにある。ヴァン・ホッパーさんとアメリカに行くか、ぼくとマンダレーに帰るか、どっちかだ」

「え、秘書か何か必要なんですか」

「ちがうよ、ばかだね、結婚してほしいって言ってるんだよ」

ウェーターが朝食を運んできた。わたしは両手を膝《ひざ》に置いたまま、コーヒーのポットとミルクが並べられるのを見ていた。

ウェーターがいなくなると、わたしは言った。

「わたしは、あの、男性が結婚するようなタイプじゃないと思うんですけど」

「いったいどういう意味？」

彼はスプーンを置いて、わたしをじっと見つめた。

マーマレードに蠅《はえ》がとまるのが見えた。彼がうっとうしそうに追いはらった。

「よくわかりません」のろのろとわたしは言った。「どう言えばいいのか、わからないんですけど、ひとつには、わたし、そっちの世界にふさわしい人間じゃありませんし」

「そっちの世界？」

「その――マンダレーとか。おわかりになるでしょう？」

彼は再びスプーンをもつと、マーマレードに手を伸ばした。

「まったくヴァン・ホッパーさん並みに無知でおばかだね。きみにマンダレーの何がわかる？　ふさわしいかどうか、判断するのはぼくだよ。結婚してくれというのも、この場の思いつきだと思ってるんだろう？　きみがニューヨークに行きたくないなんて言うからだと。結婚してほしいというのは、ドライブに連れて行ったり、あの最初の晩、食事をごちそうしたときにきみが信じこんでいた理由、それと同じだと思っているね？　親切心からだって、そうだろう？」

「はい」とわたしは言った。

トーストにたっぷりマーマレードを塗りつけて彼はつづけた。

「いつの日か慈善事業はぼくの得意とするものじゃないとわかるだろうけど、いま現在は、何ひとつわかっちゃいないね。まだ答えを聞いてないよ。ぼくと結婚する?」

こんなことが起こりうると思ったことは、気持ちがたかぶって舞いあがってしまっていたときですら、一瞬たりともなかったと言える。

ある日ドライブで何キロもの道をふたりが無言ですごしていたときに、彼が重病になり、それこそ譫言《うわごと》をいうようになってわたしを呼び、看護に駆けつけるというような話を空想したことはあった。額にオーデコロンをつけてあげるところでホテルに到着したので、わたしの夢想もそこで終わりになってしまったのだが。また、自分がマンダレーの敷地内のロッジに住んでおり、彼がときどき訪ねてきて、暖炉の前でくつろいでいる様を思い浮かべたこともあった。しかし、突然降りかかった結婚の話に、わたしはとまどうばかりだった。ショックですらあった。まるで国王に申しこまれたみたいで、うそくさくて実感がない。なのに彼は、ごくあたりまえのことのようにマーマレードを食べている。小説では、男性は月明かりの下、跪《ひざまず》いてプロポーズする。それが、こんなふうに、朝食の席でだなんて。

「どうやら提案はあまり歓迎されなかったみたいだね。残念だよ。ぼくのこと愛してるかと思っていたんだけどね。どうもうぬぼれが過ぎたらしい」彼は言った。

「愛してます。とっても愛してます。おかげでずっとみじめだったし、もう二度と会えないと思って、ゆうべはひと晩じゅう泣いていたんです」

　そう言ったとき、彼が笑ってテーブルの向こうからわたしのほうに手を伸ばしたのを覚えている。

「ありがとう。いつかきみが憧《あこが》れていると言っていた、すばらしき三十六歳になったら、いま言ったことを覚えているかどうか話してみるよ。きっと信じないだろうな。きみがおとなになってしまうのは、ほんとうに残念だ」

　わたしは恥ずかしさでいっぱいになり、笑った彼にも腹が立った。なるほど、女はこういうことを男には白状しないものなんだわ。まだまだ勉強が足りない。

「じゃ、これで決まりだね？」彼は相変わらずトーストとマーマレードを食べている。「これからはヴァン・ホッパーさんのコンパニオンじゃなくて、ぼくのになるわけだけど、仕事内容はほとんど同じだな。図書館で借りる本はやっぱり新着本がいいし、応接間には花を活《い》けてほしいし、食後にベジークをするのも好きだよ。お茶を注いでくれる人がいるのもうれしいな。ゆいいつの違いは、ぼくはタキスルは飲まなくて、イーノのほうがいいこと。それと、歯磨き粉も気に入りのブランドを切らさないように、たのむよ」

　なんだかわけがわからなくなって、わたしは指先でテーブルを弾《はじ》いていた。まだわたしをからかっているのだろうか。全部冗談なのだろうか。彼は目をあげて、不安そうなわたしの表情に気づいた。

「ちょっとひどいね、これは。プロポーズってこんなものだとは思ってなかったよね。温室か、どこか椰子《やし》の木陰で熱烈に求愛すべきだったね。白いドレスのきみは手にバラ一輪、遠くのほうでバイオリンがワルツを奏《かな》でているのが聞こえてくる……。それなら甲斐《かい》もあるってもんだ。かわいそうに、ごめんよ。でも、気にしないで。ハネムーンにはちゃんとヴェニスに連れていくから。そしたらゴンドラで手を握ろう。でも、長居はしない、きみにマンダレーを見せたいからね」

マンダレーを見せたい……。ほんとうなんだわ、突然わたしは実感した。

わたしは彼の妻になる。花壇をいっしょに歩き、あの谷間の道をたどって小石の浜辺にでる。朝食のあと階段のところに立って、小鳥にパン屑《くず》を投げながらきょう一日のことを思い、しばらくしたら長い鋏《はさみ》を手に大きな帽子をかぶって、家に飾る花を切って歩く。

子どものころ、あの絵葉書を買ったわけがわかった。あれは予感だった、未来へのまだ描かれていない最初の一歩だったのだ。

わたしにマンダレーを見せたい……。

空想が弾けた。次々と人の姿が現れ、いろいろな場面が浮かんでくる。一方、彼はわたしのことを見ながら、オレンジを口に運び、時折一房分けてくれる。

大勢の人がいて、彼がこう言う。

「まだ妻をご紹介していなかったと思います」

デ・ウィンター夫人。ミセス・デ・ウィンターになるのだ。わたしはその名前を、お店の人に払う小切手に署名するその名を、食事への招待状に書くその名を、思った。電話でしゃべっている自分が聞こえる。

「来週末にでも、マンダレーにいらっしゃいません?」

大勢のひとびと。いつも人でいっぱいだ。

「あら、だって、ほんとにチャーミングな方よ。是非、会ってごらんになって――」

わたしのことを言っている。人垣の端でそう囁《ささや》く声を耳にしたわたしは、聞こえなかった振りをしてあさってのほうをむく。

病気のおばあさんのためにブドウや桃を入れたバスケットを手に、ロッジへ赴く。おばあさんはわたしのほうに手を差しだしてこう言う。

「奥様、ご親切、ほんとうにありがとうございます、神のお恵みを」

そうしてわたしは、

「何か必要なものがあったら、遠慮せずに屋敷のほうに言いつけてちょうだいね」

ミセス・デ・ウィンター。わたしはミセス・デ・ウィンター。

ダイニングルームの磨かれたテーブルが、背の高い蠟燭《ろうそく》が、目に浮かぶ。向こう端の席にはマキシム。二十四人の晩餐会《ばんさんかい》。わたしは髪に花を挿している。みんながグラスを掲げてわたしを見つめている。

「花嫁の健康を祈って、乾杯」

そうしてあとでマキシムが言う。

「見たことがないくらいステキだったよ」

花でいっぱいの、涼しい大きな部屋べや。冬には暖炉に火が入る、わたしの寝室。ドアをノックして笑顔の女性が入ってくる。マキシムのお姉さんだ。

「弟はほんとうに幸せそうだわ、ありがとう、みんなあなたのおかげよ。みんな心からよろこんでいるわ、あなた、大したものよ」

ミセス・デ・ウィンター。わたしはミセス・デ・ウィンター。

「そのオレンジは酸《す》っぱいよ。食べないほうがいい」

彼の声にわたしは目を瞠《みは》った。意味が少しずつ頭に入り、わたしは皿に目を落とした。四等分されたオレンジはたしかに固そうで色も悪い。彼の言うとおり、とても酸っぱかった。口に刺激性の苦みが残っていたが、それにもいままで気がつかなかった。

「ヴァン・ホッパーさんにはぼくから言おうか、それともきみが言う？」

彼はナフキンをたたみ、皿を押しやった。

どうしてそんなふうにさりげなく、たんなる予定の変更みたいにことを軽く扱えるのだろう？　こっちは爆弾を落とされて、あたりには何百という破片が飛び散っているというのに。

「あなたから言って。きっとすごく怒るもの」わたしは言った。

そこでふたりして席を立ったが、わたしは興奮で頬を紅潮させ、期待にうちふるえていた。彼はにこやかにわたしの腕を取って、「結婚するんだ、おめでとうと言ってくれ」とウェーターに言うかしら？　ほかのウェーターの耳にも届き、みんなして笑顔になってお辞儀をしてくれる。わたしたちがラウンジに移動すると、期待に満ちた興奮のさざ波があとにひろがっていく……。

彼は何も言わなかった。黙ったままテラスを後にし、わたしもつづいてエレベーターまで進んだ。フロントの前をとおったが、誰も見向きもしない。係は書類を手に忙しく、肩ごしに部下に何か言っている。このひとはわたしがミセス・デ・ウィンターになるのを知らない。わたしはマンダレーで暮らす。マンダレーはわたしの家になる。

二階までエレベーターで上がり、彼はわたしの手を取ってふりながら廊下を歩いた。

「四十二って、すごく年上に思える?」

「あら、いいえ、ちっとも」わたしは急いで言った。ちょっと熱をこめすぎたかもしれない。「若い男性って、好きじゃないの」

「つきあったことないだろう」彼は言った。

ヴァン・ホッパー夫人のスイートのドアまで来た。

「ぼくひとりで話をつけたほうがいいと思うんだけど、すぐに結婚することになってもいいかな? 嫁入り支度とか、その手のものはいらないね? そうすれば数日で手配できるんだ。役所に結婚許可書を提出して、車に飛び乗ってヴェニスでもどこでも、きみが行きたいところへ行こう」

「教会でのお式じゃないってこと? 白いウェディングドレスも、ブライズメードも、聖歌隊に鐘の音もなし? マキシムのご親戚《しんせき》やお友だちは?」

「ぼくのほうは、そういう結婚式は経験済みだよ」彼は言った。

わたしたちはまだドアの前にいて、郵便受けに新聞がはさまったままなのにわたしは気がついた。朝食のとき読む暇がなかったのだ。

「で、どう?」彼は言った。

「ええ、いいわ。マンダレーに帰ってから結婚するのかしらって、一瞬思ったものだから。教会とか招待客とか、そういったことは、もちろん考えてないわ」わたしはそう言ってにっこりした。明るい顔をして見せた。「こっちのほうが楽しそうじゃない？」

が、彼はドアにむきなおると、すぐに開け、わたしたちはスイートの入り口の狭い通路に立った。

居室のほうからヴァン・ホッパー夫人が呼びかけた。

「あんたなの？ いったいぜんたい何してたのよ。フロントに三度も電話したのに、来てないって言うのよ」

わたしは不意に笑いたくなった。泣きたくなった。両方したくなった。おなかまで痛くなってきた。何もかもなかったことにしたい。ひとりどこか別のところに行ってしまって、口笛を吹きながら散歩でもしてるんだったらいいのに。一瞬、そんな途方もないことを思った。

「申しわけない、わたしのせいです」

彼は言いながら、後ろ手にドアを閉め、部屋に入っていった。夫人が驚いて声をあげるのが聞こえた。

わたしのほうは自分のベッドルームに行き、開いていた窓辺に腰掛けた。医院の待合室で待たされているような気分だった。雑誌のページを繰ったり、どうでもよい写真を眺めたり、絶対頭に残らない記事でも読んでいるのがいいかもしれない。そのうち長年の消毒薬で人間らしさまでをぬぐい去られたような看護婦が、明るい顔でてきぱきとやってくる。

「もう大丈夫です。手術は成功しました。なんのご心配もいりません。おうちに帰ってゆっくりお休みください」

スイートルームの壁は厚く、話し声はまったく聞こえてこない。彼はなんと言っているのだろう？ どんな言い方をしているのだろう？

「初めて会ったときに、心を奪われてしまったんです。それから毎日会っていました」

そんなふうに彼が言い、夫人が、「まあ、デ・ウィンターさん、こんなロマンチックなお話、聞いたことありませんわ」と応じる。

そうだった。ロマンチック。エレベーターであがったとき、思いだそうとしていた言葉は、これだ。そう、そうよ。ロマンチック。みんなきっとそう言うわ。突然でとってもロマンチック。ふたりして急に結婚しようってことになったなんて、もう、わくわくするようなお話じゃない？

ウィンドウシートで膝《ひざ》を抱え、なんてすばらしい、幸せになるんだわと、ひとり笑みを浮かべた。愛する人と結婚するのだ。ミセス・デ・ウィンターになるのだ。こんなに幸せなのに、おなかが痛いなんてどうかしている。きっと緊張のせいだ。医院の待合室で待っているみたいなのがいけないのだ。

考えてみれば、笑いながら手に手を取って夫人のいる居室に入り、ほほえみを交わしながら、「結婚することになったんです。ぼくたち、とっても愛し合ってるんです」と言うのが自然だったのではないか。

愛。彼はまだ愛について何も言っていない。時間がなかったのかもしれない。朝食の席ではなにしろ慌《あわ》ただしかった。マーマレードに、コーヒー、それにあのオレンジ。時間がなかった。オレンジはひどく酸っぱかった。たしかに彼は愛しているなんて一言もいわなかった。ただ結婚するっていうことだけ。簡潔明瞭《めいりよう》で、すごくユニーク。でも、ユニークなプロポーズのほうがずっといい。本物の響きがある。ほかの人とはちがう。心にもないことをあれこれ並べたてる、若い男性《ひと》たちとはわけがちがう。しどろもどろになり、情熱にかられてできもしないことを誓ってしまうような、若造たちとはちがう。彼の最初のプロポーズとはちがう。レベッカのときとはちがう……。

ああ、こんなこと考えてはだめ。忘れるのよ。悪魔がそそのかした、いけない考え。サタンよ、かなたへ去れ。こんなこと考えちゃ絶対だめ、絶対、絶対だめ。彼はわたしを愛している。わたしにマンダレーを見せたいと言ったのよ。それにしてもいったいいつまで話しているつもりなのかしら？　いつになったらわたしを呼んでくれるつもりなんだろう？

ベッドの脇《わき》に詩集が置いてある。わたしに貸したことを彼は忘れているのだ。だったら、それほど大事なものではないのだろう。

悪魔が囁く。

「ほら、扉を開けてごらん。そうしたいんだろう？　開けてみろよ」

ばかばかしい、ほかの荷物といっしょにかたづけるだけよ。

わたしは欠伸《あくび》をしながらサイドテーブルに何気なく近づいて、本を手に取った。そのとき足を電気スタンドのコードに引っかけてよろめき、詩集が床に落ちて、勝手に扉のところで開いた。

「マックスへ——レベッカより」

彼女はもう亡《な》くなっている。死者について思い煩《わずら》うのはよくない。墓の上で草がなびき、死者は安らかに眠っているのだ。

それにしてもなんと生き生きした筆跡、活力に満ちた手だろう。奇妙にかしいだ文字。インクの染《し》み。まるで昨日《さくじつ》書かれたもの。ほんとうにきのう書かれたように見える。

わたしは化粧道具入れから爪切《つめき》りばさみを取りだし、犯罪者のように背後を気にしながら、そのページを切り取った。一ページをきれいに。切り口も残さなかったので、詩集はまっさらになった。誰も触れたことのない、真新しい本のようだ。わたしは切り取ったページを細かく破いて、屑入れに捨てた。

それからまたウィンドウシートに腰をおろしたが、破いた紙片のことが気になり、しばらくするともう一度立ちあがって屑入れを覗《のぞ》いた。小さな断片になってもなおまっ黒のインクが目立ち、筆跡がわかる。わたしはマッチ箱に手を伸ばして、火をつけた。炎が見事に立ち上り、紙切れにうつっていった。端が丸く縮まりながら燃え、斜めにかしいだ筆跡が判読できなくなってゆく。紙片はネズミ色の灰になって舞いあがった。最後まで燃え残ったのがRで、炎の中でよじれ、一瞬、外側に膨らんでいっそう大きく見えたが、それからつぶれるように崩れ、炎に呑《の》まれた。そして灰ともいえない、はかない埃《ほこり》のようなものになった……。

わたしは洗面台まで行って手を洗った。気分がよくなった。ずっとよくなった。新年の最初にカレンダーを壁に掛けるときのような、さっぱりと新鮮な気持ちがした。一月一日。それと同じすがすがしさ、明るい心強さを覚えた。

ドアが開き、彼が入ってきた。

「全部オーケーだよ。ヴァン・ホッパーさんも最初は唖然《あぜん》として口もきけなかったみたいだけど、ようやく回復してきたようなんで、いまから下に行って、早い列車でまちがいなく発《た》てるよう手配してくる。結婚式の証人になりたかったらしくて、ちょっと迷ってたみたいだけどね、ぼくはがんとして譲らなかった。さ、挨拶《あいさつ》に行っておいで」

うれしいとか、幸せだ、というようなことは何ひとつ言わない。わたしの腕を取って、いっしょに夫人の待っている部屋に行くこともしない。彼はほほえんで手をふり、ひとりで通路を行ってしまった。わたしは、あやふやな気分を抱えたまま、妙に硬くなって夫人のところへ行った。友人に頼んで辞表をだしてもらったメードのような心持ちだった。

夫人は煙草《たばこ》を吸いながら窓辺に立っていた。コートを豊満な胸の前でようやく合わせ、珍奇な帽子を斜《はす》にかぶった、もう二度と目にすることもない、小柄でずんぐりした滑稽《こっけい》な夫人の姿。

彼に対しては使うことのない、皮肉っぽいきつい声で言ってきた。

「まったく、あんたって子はやることが手早いわね、脱帽だわ。静かな流れは深いっていうけど、そのとおりね。どうやったの？」

なんと応じればいいのかわからない。夫人の笑みもいかにもいやな感じだ。

「あたしがインフルエンザになったのも、運がよかったわね。毎日何してたか、どうしてあんなに忘れっぽかったのか、やっとわかったわ。何がテニスの練習よ。だいたい、言ってくれたってよかったじゃないの」

「すみません」わたしは言った。

夫人はわたしを探るように見て、上から下まで眺めまわした。

「それに、二、三日中に結婚したいそうじゃないの。あんたに口出しする親類がいないのも、運がよかったわよね。ま、あたしにはもう関係ないことだし、手を引かせてもらいます。デ・ウィンターさんのお友だちがなんというかわからないけど、ま、それもあの人の問題だし。ずいぶん年上だってことは、わかってるんでしょうね？」

「まだ四十二歳ですし、わたしも年の割には落ち着いていると思います」

夫人は笑って、煙草の灰を床に落とした。

「そのようだわね」

夫人は、これまで見せたことのないような視線をわたしに浴びせつづけている。値踏みするような、家畜の品評会の審査員のような目つきで、わたしを観察する。その目には、詮索《せんさく》するような、ひどく不快な何かがあった。

「ねえ、してはいけないようなことをしたわけじゃないでしょうね？」

友だち同士のように、馴《な》れ馴《な》れしい口調になった。一割を握らせようとした、クチユリエのブレーズそっくりだ。

「おっしゃる意味がわかりません」

夫人は笑って肩をすくめた。

「ま、べつにいいけど。まえからイギリス娘っていうのは、体育会系にみえるけど、実はダークホースだって思ってたのよね。ま、ということは、あんたのボーイフレンドが結婚許可書の手続きをするあいだ、あたしはひとりでパリまで行くってわけね。式にも招待してもらえなかったわ」

「誰も招《よ》ぶつもりはないみたいですし、どっちみちお船が先に出航してしまうと思います」

夫人は鼻を鳴らすような返事をして、化粧ケースを取りだすと、鼻の頭に白粉《おしろい》をはたきはじめてから、つづけた。

「自分の気持ちはわかってるんでしょうけど、とにかくやけに慌ただしいわね。まだほんの数週間でしょ。デ・ウィンターさんはそれほどやりやすい相手とも思えないし。これからは向こうのやり方に合わせるようにしないとならないのよ。あんたは、これまでずっと世間の風に全然当たらないような生活をしてきたんだし、あたしだってこき使うようなことはしていないはずよ。でも、マンダレーの女主人の役割はもうできあがってるの。はっきり言って、あんたにそれがこなせるとはとうてい思えないわね」

夫人の言葉は、一時間まえにわたしが考えていたことと同じだった。

「まるっきり経験不足よ。だいたいああいう人たちと馴染《なじ》みがないでしょ。ブリッジの集まりでだってろくに口がきけないじゃないの、デ・ウィンターさんのお友だちのみなさんになんて言うつもりなの？　奥さんがいらしたころは、マンダレーのパーティーといったら、それは有名だったのよ。デ・ウィンターさんからみんな聞いているでしょうけど？」

わたしはためらったが、さいわい夫人は答えを待たずにつづけた。

「あたしだってあんたには幸せになってもらいたいし、デ・ウィンターさんもとても魅力的なことはたしかだけど、ま、残念だわね。大きな間違いを犯してると思うわ

──きっとひどく後悔してよ」

夫人は白粉のケースを置くと、肩ごしにわたしを見た。夫人が遂《つい》に本心を見せたということかもしれない。こういう正直はうれしくなかった。わたしが黙ったままでいたので、多分不機嫌に見えたのだろう、夫人は肩をすくめると、鏡の前に立って、きのこみたいな帽子の位置を直した。

夫人が帰国してしまい、もう二度と会うこともないと思うと、ほんとうにうれしかった。夫人に雇われ、夫人のお金をもらって、口をきかない貧相な影同然に、ついて歩いた期間がどうにももったいなく思えてきた。

たしかにわたしは経験不足で、のろまで、はにかみやで青くさい。そんなことはよくわかっている。夫人に言われるまでもない。向こうもわかっていてわざとこういう態度にでているんだろう。中途半端《はんぱ》な理屈から、わたしたちの結婚に同性として反感を覚えているのだ。価値判断の秤《はかり》が揺るがされてしまったのだ。

まあ、気にしなければいいことだ。夫人のことも、棘《とげ》のある言葉も忘れよう。あのページを燃やし、灰を捨てたとき、わたしには新しい自信が生まれた。もはや、わたしたちふたりに過去はない。わたしと彼は、新しく出直すのだ。過去は、屑入《くずい》れの灰のように吹き飛ばされたのだ。わたしはミセス・デ・ウィンターになり、マンダレーで暮らすのだ。

もうすぐ夫人はいなくなる。わたしなしで、ひとりで寝台車にゴトゴト揺られていく。そしてわたしのほうは、ホテルの食堂の同じテーブルで彼といっしょに昼食を食べながら、将来のことを話し合う。大冒険がはじまるのだ。夫人が発ってしまえば、彼もようやく言ってくれるだろう。愛していることを。幸せであることを。いままでは時間がなかった。それに、容易に口にできることではない。ふさわしい時というものがある。

目をあげると、鏡の中の夫人と目が合った。寛大そうな笑みを浮かべて、わたしを見ている。

そうだ、きっと心の広いところを見せて、手を差しだして、幸運を祈ってくれるにちがいない。きっと何もかもうまくいくと励ましてくれる。だが、夫人は笑みを浮かべたまま、後れ毛を帽子の下に押しこんで、こう言った。

「どうして結婚しようなんていうのか、わかってるんでしょうね？　まさかあんたに恋したからだなんてうぬぼれたりしていないでしょうね？　空っぽのお屋敷がたまらなくなって、気が変になりそうだっただけなのよ。あんたが入ってくるまえ、デ・ウィンターさんも言ってたわ。あそこでひとりで暮らすのはもう堪えられないんですって……」

第七章

マンダレーに着いたのは五月の初め、マキシムによればその年最初のツバメとブルーベルとともに着いたとのことだった。夏の彩《いろど》りがほとばしる直前のいちばんいい時期で、谷間のアザレアが匂《にお》いたち、まっ赤なツツジが咲き誇っているだろうとのことだった。大雨のロンドンを朝、車で発《た》ち、マンダレーにはお茶に間に合う五時ごろ着いたのを覚えている。

妻になって七週間というのに、わたしは、相変わらず場違いな格好をしていた。黄土色のメリヤス編みのワンピースに小さなムナジロテンの毛皮を巻きつけ、足首まであるぶかぶかで寸胴《ずんどう》のゴム引きレーンコートを羽織っていた。丈が長いレーンコートは背が高く見えるし、その日の天候に敬意を表したつもりだったのだ。腕には大きな革のハンドバッグを提げ、長手袋を握りしめていた。

出発のとき、マキシムが言った。

「この雨はロンドンだけのものさ。見ててごらん、マンダレーに着くころにはお日様が出迎えてくれるから」

マキシムの言うとおり、エクセターで雨雲は別れを告げて後方に去り、みごとな青空がひろがった。行く手にはまっ白な道路が伸びている。

太陽を拝むことができると、うれしくなった。迷信めいているが、雨は悪意の予兆のように思え、どんよりしたロンドンの空にわたしは黙りこんでしまっていたのだ。

「元気でてきた?」とマキシムは言い、わたしはその手を取って笑顔を見せた。

彼にとってはなんでもないことなのだ。いつものように家にもどって広間に入り、郵便物を何気なく手に取って、ベルを鳴らしてお茶の用意をさせることなど。わたしがどれほど緊張しているか、察しているのだろうか。いまの「元気でてきた?」は、わたしの気持ちをわかっているということなのだろうか。

「大丈夫、もうすぐ着くから。きみもお茶が待ちきれないんだろう」

マキシムは言って手を離した。カーブにさしかかって減速する必要があったのだ。

わたしが押し黙っているのは、疲れているせいだと勘違いしているらしい。待ち焦《こ》がれていたはずのマンダレーに到着するのを、わたしがどれほど恐れているか、マキシムにはわからないのだ。マンダレーがいよいよ目前に迫ってきたいまになって、わたしは車が遅れてほしいと願っている。路傍の宿屋に車を停め、コーヒールームの素っ気ない暖炉の前に坐《すわ》っていたい。初めてマンダレーを訪れる、マキシム・デ・ウィンターの妻であるわたしではなく、旅なかばの旅行者、夫に恋している花嫁のままでいたかった。

途中、感じのよい村をいくつもとおり過ぎたが、コテージの窓はどれも暖かそうだった。赤ん坊を抱いた戸口の女性がわたしに笑いかけ、男が、手にしたバケツをガランゴロンいわせながら、向かいの井戸まで道路をわたって行く。

わたしたちもそういう人たち、それこそ彼らの隣人だったらよかったのに。夕方になるとマキシムは、コテージの門に寄りかかってパイプをくゆらせながら、自分が育てた背の高いタチアオイの自慢をし、わたしはわたしでぴかぴかのキッチンで忙しく立ち働いて夕食のテーブルを整える。食器棚には磨かれた皿が並び、チクタク時を刻む目覚まし時計がある。夕食後マキシムは暖炉の炉格子《ろごうし》に長靴の足を乗せて新聞を読み、わたしは抽斗《ひきだし》をあけて繕いものの山に手を伸ばす。そういう暮らしなら格式を考えねばならないというプレッシャーもなく、平穏で堅実で、気も楽なのではないだろうか。

「あと三キロぐらいだよ。あそこに見える丘の頂上にずっと木立がつづいているだろう？　谷になった向こうにちらっと海が見えるだろ？　あそこがそうだよ。あの中にマンダレーがある。あれはうちの林なんだ」マキシムは言った。

わたしは無理して笑顔を作ったが、何も答えなかった。どうにもならないパニックに襲われ、気分が悪い。期待に弾んだ気持ちも、誇らしさに幸福だった気分も、雲散霧消していた。まるで初めて学校にあがる子どもみたいな、新しい奉公先へむかう、いままで一度も家を離れたことがない、まったく経験のないメードのような気がした。わずか七週間という結婚生活でかろうじて手にしたように見えた落ち着きは、風になぶられるぼろきれさながらだ。作法の基本の〝き〟さえわからなくなり、右手と左手の区別もつかず、立つべきなのか腰掛けるべきなのか、どのスプーンとフォークを使えばいいのかすら、判断できない気がした。

マキシムがわたしを見て言った。

「レーンコートは脱いだほうがいいな。こっちでは雨はまったく降ってないし。それに、首の毛皮ずれてるよ。かわいそうに、やたらとせかして連れてきちゃったけど、ロンドンでどっさり服でも揃《そろ》えるべきだったね」

「あなたがかまわないなら、わたしはいいの」

「たいがいの女は服のことで頭がいっぱいだけどね」マキシムは心ここにあらずという感じで言う。

角を曲がると四つ辻《つじ》で、高い塀の一端が見えた。

いままでになかった興奮した口調でマキシムは言い、わたしは両の手で革張りの座席をきつく握りしめた。

「着いたよ」

カーブを曲がると、左手に、開け放たれた高さのある鉄の門扉《もんぴ》が現れ、その先に私道が伸びていた。脇《わき》には門番小屋が建っていて、車がとおり抜けると、暗い窓に並んで覗《のぞ》いている顔が見えた。裏から子どもが駆けだしてきて、好奇心で目を丸くしてこっちを見る。なぜ覗いているのか、なぜみつめていたのか、その理由がわかったわたしは、背もたれに隠れるように身を縮めた。心臓がドキドキした。

わたしがどんな女性だか、見たかったのだ。小さなキッチンで興奮して笑いながら話しているところが目に浮かぶ。

「帽子のてっぺんしか見えんかった。顔を見せてくれんかったな。ま、ええさ。あすになればわかる。屋敷からなんか言ってくるさ」

そう言い合っているにちがいない。

わたしがどんなに気後れしているか、マキシムもようやく気がついたのか、手を取るとそこに接吻《せっぷん》して、小さく笑いながら言った。

「みんなが少しばかり興味津々《しんしん》なのも、無理ないんだ。きみのことを知りたくてしょうがないのさ、勘弁してやってくれ。きっと何週間もきみの話題でもちきりだったと思うよ。だいじょうぶ、ありのままの自分でいれば、みんなきみを大好きになる。それに家のことは何も心配しなくていいんだ。ダンヴァーズさんが何もかもやってくれるから、任せておけばいい。ま、強烈な個性のもちぬしだし、最初のうちはとっつきにくい感じがするかもしれないけど、そういう人だと思って気にしなければいいんだ。あ、見て、そこの繁《しげ》み。紫陽花《あじさい》が咲くと、まるで青い壁みたいになるんだよ」

村の店で絵葉書を買い、それをためつすがめつしながら大満足で明るい日射《ひざ》しの中にでてきたはるか昔の自分を思いだしていたわたしは、何も答えなかった。(アルバムに貼《は》ろうっと。マンダレーか、なんてすてきな名前なの)

当時のわたしはそう思っていたのだ。それがいまやわたしの家になり、わたしはマンダレーの人間になり、

「夏のあいだずっとマンダレーにおります。是非遊びにいらしてください」

そんな手紙を書くことになるのだ。

そしてなじみもなく訳もわからないこの私道の隅々までいつか知り尽くすようになり、庭師たちが手を入れた部分、繁みを刈りこんだり、枝を切り落としたりしたとこ

ろひとつひとつに目を留めて、うなずきながら歩くようになるのだ。門番小屋にも何かのついでに気安く立ち寄って、「脚の具合はいかが」などと言い、おばあさんも好奇の目をむけたりせずに台所に招じ入れてくれるのだ。

家に帰るのがうれしいのだろう、微笑を浮かべているマキシム、気兼ねも気遣いもなく、ゆったりかまえているマキシムがうらやましかった。

自分も同じように笑みを浮かべてくつろげるようになる時、それはあまりに縁遠いはるか先のことのように思われ、一日も早くそういう時が来てくれますようにと願わずにはいられなかった。マンダレーに何十年も住んで、足取りのおぼつかない白髪頭《しらがあたま》の老婆《ろうば》になったっていい。ばかみたいに心のうちでびくびくしているいまの自分以外だったらなんだっていい。

派手な音とともに門扉が閉じられ、埃《ほこり》っぽかった街道も見えなくなると、マンダレーの私道が想像していたものとちがうことにわたしは気がついた。思い描いていたような、両側を芝生にはさまれ、熊手《くまで》や箒《ほうき》でこぎれいに整えられた、広びろとした砂利道ではない。

私道は大蛇のようにくねり、小径《こみち》ぐらいの幅しかないようなところもある。生い茂った木々の枝同士が揺れながら頭上でからみあって、教会の丸天井のようなアーチを作っている。これでは真昼の日射しすら、重なりあう厚い緑の層を通過できないだろう。暖かな木洩《こも》れ日も、思いだしたように私道を金色の網目模様に染めるのが精一杯だろう。

辺りは森閑として、風ひとつない。街道では陽気な西風が頬を撫《な》で、生け垣の草が一斉になびいていたのだが。車のエンジンですら低音を響かせ、ずっと静かに走っている。私道が小さな谷へくだっていくと、木々がますます迫ってきた。ブナの巨木が美しいなめらかな白い幹を見せて枝を差し伸べあい、名のわからないほかの木々も手が届くぐらいすぐそばに迫ってくる。車はずんずん進んで細い小川にかかった小さな橋を越えた。しかし、私道とも言えない道は、どこまでも蛇行し、鬱蒼《うっそう》と静まりかえった林を縫う魔法のリボンのように奥深く分け入って森の神髄にまで達するかのようで、いつまで経《た》っても開けた場所、屋敷が建っていそうな空間は現れない。

私道の異様なほどの長さが神経を逆撫でする。次のカーブだわ、その先の曲がり角よ、そう思っては身を乗りだし、そのたびに失望させられる。家も、草地も、広々とした明るい花壇も何も現れず、森閑とした深い林ばかりがつづく。門扉は遠い思い出となってしまい、表の街道に至ってはもはや別の時代、別世界のもののようにさえ思える。

と突然、暗い私道の先に青い空の切れ端と空間が見えてきた。鬱蒼と重なり合っていた木々がまばらになり、名もない灌木《かんぼく》が消え去ったかと思うと、頭上はるかにそびえる鮮血のようにまっ赤な壁に取り囲まれた。

ツツジの中に入ったのだ。いきなり現れたその姿に、わたしはうろたえ、衝撃さえ受けた。暗い林ばかりで心の準備ができていなかった。葉の一枚も小枝の一本も覗かせず、辺り一面深紅の花、花、花、とてつもなく絢爛《けんらん》豪華で、ものすごく、いっそ残忍とさえいえる、滴《したた》るような赤にわたしは仰天した。それはわたしの見知ったツツジとはかけ離れていた。

マキシムを見やると、笑みを浮かべている。

「気に入った?」

「ええ」

ほんとうにそう思っているのかどうか自分でもよくわからないまま、息を切らせてわたしは言った。

丸くきれいに整えられた花壇に並ぶ赤紫やピンクの、月並みで家庭的な灌木というのがわたしの描くツツジのイメージだった。が、ここにあるのは隊列を作って天高くそびえる巨大なモンスター、美しすぎて強烈で、植物などではない、とわたしは思った。

屋敷もうすぐだった。両側をまっ赤な壁にはさまれたまま、私道がひろくなって予想どおりのアプローチが現れた。最後のカーブを曲がると、そこがマンダレーだった。わたしが思い描いていたとおりのマンダレー、昔むかしのあの絵葉書のマンダレーだった。優雅で美しく、気品に満ちた申し分のない屋敷、平坦《へいたん》な草地とビロードのような芝生の窪地《くぼち》に建つその姿は、わたしが夢見た姿よりはるかに美しかった。テラスの下はなだらかに花壇へとつづき、花壇は海へ連なっている。

広い石段へ車は近づき、開け放たれたドアの前で停まった。ムリオン窓のひとつから、広間が人でいっぱいなのが見え、マキシムが小声で毒づくのが聞こえた。

「まったくもう、こういうのはごめんだってことぐらい百も承知してるはずなのに」

マキシムは乱暴にブレーキをかけた。

「どうしたの？　あの人たちは何？」

「こうなったら仕方ない」マキシムはいらだたしげだった。「ダンヴァーズさんが家中のスタッフと地所の連中を集めてお出迎えというわけだよ。だいじょうぶ、きみは何も言わなくていい。ぼくに任せなさい」

長いドライブでからだが冷え切っていたうえに、いささか気分が悪くなり、わたしはドアノブを探った。もたついているうちに従僕をしたがえて階段を降りてきた執事が、ドアを開けてくれた。年老いて親切そうな顔をしていた。わたしは手を差しだして笑いかけたが、目に入らなかったらしく、手は取らずに膝掛《ひざか》けと化粧道具入れを取ると、わたしに手を貸してくれながら、マキシムに顔をむけた。

「やっと着いたよ、フリス」マキシムは手袋をはずしながら言った。「ロンドンをでたときは雨が降ってたんだが、こっちは降らなかったようだね。みんな元気か」

「はい、おかげさまで。雨にも降られませんでした。このひと月ばかり雨が少のうございまして。お帰りなさいませ。だんな様も奥様もご健勝のことと存じあげます」

「ああ、おかげさまでね。いささか疲れてるし、お茶が待ち遠しいけどね。それにしても、こういうのは予想外だったよ」

マキシムは広間のほうに顎《あご》をしゃくった。

「ダンヴァーズさんの言いつけでして」執事は無表情に言った。

「やっぱりね」マキシムは唐突に言うと、わたしのほうを見て、「さ、おいで。さっさと済ませてお茶にしよう」。

わたしたちは並んで石段をあがった。その後にフリスと、膝掛けとレーンコートを手に従僕がつづいた。わたしは緊張のあまり喉《のど》が詰まり、胃のあたりに鈍い痛みを覚えた。

いま目を閉じてふり返ると、あのとき敷居に立っていた自分の姿が見えるようだ。汗ばんだ手で長手袋を握りしめていた、メリヤスのワンピース姿の、痩《や》せてぎこちないわたし。石造りの大きな広間にはペーター・レーリーやファン－ダイクがかかっており、図書室への扉が開け放たれていた。楽団用のバルコニーへとあがる麗《うるわ》しい階段も見えた。そして広間をぎっしりと埋め、奥の板石の廊下やダイニングルームにまであふれかえって、口を開けて好奇に満ちた目でわたしを見ている顔、顔、顔。まるで後ろ手に縛られた囚人を見ようと、断頭台に詰めかけた群衆みたいだった。

顔の海から誰かが進みでてきた。やせこけた、背の高い、黒ずくめの女性だった。突きでた頬骨と落ちくぼんだ大きな目が髑髏《どくろ》のようだった。紙のように白い皮膚に覆《おお》われた頭蓋骨《ずがいこつ》が、骨と皮ばかりのからだに乗っている。

女性が近づいてきた。相手の威厳と落ち着きを羨《うらや》ましく思いながら、わたしは手を差しだした。が、それを取った相手の手はぐにゃりとして重たく、冷え切っていて、生あるものとは思えなかった。

「こちらが家政婦頭のダンヴァーズさん」

マキシムが言うと、相手は死人のような手をわたしにあずけたまま、口を開いた。

落ちくぼんだ目でわたしの目をじっと見据えて離さず、わたしのほうがたじろいで視線を逸《そ》らすと、握った手がにわかに息づいて蠢《うごめ》き、わたしは居心地の悪さと屈辱感を覚えた。

いまその言葉を思いだすことはできないが、この日に備えて練習したありきたりの堅苦しいスピーチだった。スタッフを代表してわたしをマンダレーに歓迎する、というようなことを、その手と同様の冷たい死んだような声で述べると、返事を待っているのか、じっと立っている。

わたしはまっ赤になり、しどろもどろでお礼らしきものを述べたが、どぎまぎして手袋を両方とも落としてしまったのも覚えている。ダンヴァーズ夫人が拾ってくれたが、わたしに手わたすときに口元にかすかな軽蔑《けいべつ》の笑みを浮かべていた。わたしのことを育ちが悪いと思ったのがわかった。その表情にはこちらを動揺させるものがあり、夫人が挨拶《あいさつ》を終えて列の元の位置にもどってからも、黒ずくめの姿がひとり際《きわ》だって見え、黙っていてもわたしから目を離さないでいるのがわかった。

マキシムがわたしの腕を取って、短いお礼の挨拶をした。なんの努力も要さないで淀《よど》みなくすらすらとこれをこなし、それから、お茶のためにわたしを図書室へと連れていった。マキシムがドアを閉めると、やっとふたりだけになった。

暖炉の前にいたコッカー・スパニエル犬が二匹、出迎えてくれた。毛艶《けづや》のいい耳をうれしそうに後ろに折り、前脚でマキシムをしきりと探って、鼻面《はなづら》をその手に押しつける。わたしの番になると、ためらいがちに近寄ってきて、少し胡散臭《うさんくさ》そうに踵《かかと》のあたりを嗅《か》いだ。一匹は片目のつぶれた親犬で、じきにわたしに飽きて鼻を鳴らすとまた暖炉の前にもどってしまったが、若いほうのジャスパーは鼻面をわたしの手に押しつけ、人なつこそうな目をして顎を膝にあずけた。つややかな耳を撫でてやると、尻尾《しっぽ》をふった。

みすぼらしい毛皮と帽子を取り、ウィンドウシートに置いた手袋とハンドバッグの脇《わき》に放りだすと、わたしも元気がでてきた。

奥行きのある居心地のよい部屋だった。天井までびっしりと本が並び、男がひとりで暮らしていたら、入ったが最後、どっかり腰を落ち着けて二度とでてきそうにない。大きな暖炉の脇にはがっしりした椅子《いす》と、二匹のためのバスケットがあったが、椅子についた痕跡《こんせき》を見るにバスケットは使われていないらしい。縦長の窓は芝生に面していて、そのかなたに揺らめく海が見晴らせる。

部屋には古びた落ち着いた匂《にお》いがただよっていた。初夏のあいだ毎日のようにもちこまれる甘いライラックの香りやバラの花にもかかわらず、室内の空気はほとんど変わることがないように思えた。花壇や海からどれほど新鮮な空気が流れこんできても、読まれることもない黴《かび》くさい書籍や渦巻き模様の天井、暗い羽目板や重厚なカーテン、変わることのない部屋そのものに吸収されてしまうらしい。苔《こけ》むしたような古びた匂い、滅多に礼拝が行われることもなく、赤茶けた地衣類が壁面を覆い、窓にはツタの蔓《つる》が忍び寄っている、静かな教会のような匂いだった。ここは平安のための部屋、沈思黙考のための部屋なのだ。

しばらくしてお茶が運ばれてきたが、その用意はフリスと若い従僕の手になる格式あるちょっとしたショーで、ふたりがいなくなるまで、わたしの出番はまったくなかった。

マキシムは山のような郵便物に目をとおしていたが、そのあいだ、わたしはバターがしたたるクランペットをもてあそび、ケーキをつついて、灼《や》けるように熱いお茶を飲みこんだ。マキシムは時折目をあげてわたしに笑いかけては郵便物に目を落とす。この数か月でたまったものなのだろうが、わたしはマンダレーでのマキシムの生活をほとんど知らないことを思った。毎日どういう日課があるのか、マキシムの知り合いや友人たちのことも、男女を問わず、何も知らない。マキシムが何をどう支払っているのか、屋敷ではいつもどんな指示をだしているのか、皆目わからない。

この数週間はほんとうにあっという間だった。運転席のマキシムの傍らに坐《すわ》ってフランスとイタリアをとおり抜けながら、自分がどんなに彼を愛しているか、そればかり考えていた。彼の目でヴェニスを見、彼の言葉をこだまのようにそのまま返して、過去のことも将来のことも質《ただ》したりせず、生きているいま現在のささやかなすばらしさに満ち足りていた。

マキシムはわたしが思っていたよりずっと陽気だった。夢見たよりもはるかにやさしく、心楽しい数々の場面で若々しく情熱的で、わたしが最初に出会ったときのマキシム、ホテルの食堂で空を見つめてひとりテーブルにつき、謎《なぞ》めいた自分の内面に埋没していたマキシムとは全然ちがった。わたしのマキシムは声をたてて笑い、歌をうたい、水面に石を投げて遊び、わたしの手を取り、眉間《みけん》に皺《しわ》を寄せたりせず、重荷も背負っていなかった。恋人のマキシム、友人のマキシムとだけわたしは過ごし、彼には秩序だった生活が、これまでどおりつづけねばならない暮らしが、この数週間を過去のただの短いバカンスにしてしまうような、帰るべき日常があるのを忘れていたのだ。

わたしはマキシムが手紙を読むのを眺めた。ひとつに顔をしかめ、また別の一通には笑顔になり、次の一枚は無表情に片づけるのを見ながら、こうして幸運に恵まれなかったら、ニューヨークからだしたであろうわたしの便りもそこにあるはずだったのだと、思った。マキシムははじめ差出人を見て訝《いぶか》しみ、いまみたいに無関心のままに読んで、欠伸《あくび》でもして籠《かご》のほかの手紙の上に無造作に放り、ティーカップに手を伸ばしただろう。

そう思うと、全身が冷たくなった。いまこうしているわたしと、ほんとうに紙一重だったのだ。マキシムはいずれにしてもいまと同じようにお茶の席につき、これまでどおりの暮らしをつづけたはずだ。わたしのことはあまり思いもせず、少なくとも残念なことをしたなどとは考えもせずに。一方、わたしはニューヨークでヴァン・ホッパー夫人とブリッジをやりながら、来る日も来る日も、けっして来ない手紙を待っていただろうに。

わたしは椅子の背に身をあずけ、自分がほんとうにあの絵葉書のマンダレー、かの有名なマンダレーにいるのだという実感をつかもうと、部屋のあちこちに目をやった。こうして腰掛けている深ぶかとした椅子、天井まで届く膨大な数の本、壁の絵画、庭や林や、以前にマンダレーについて読んだこと、そのすべてがマキシムだけでなく自分のものでもあるのだと、マキシムと結婚したのだからわたしのものでもあるのだと、自分で自分に言い聞かせねばならなかった。

ここでともに年を重ね、わたしもマキシムも老人となって、別の犬たち、ここにいる二匹の後継者といっしょに、いまのようにお茶を飲むのだ。図書室にはいまと同じ古びた澱《よど》んだような匂いがただよっているだろうが、一時期、男の子たち（息子たちだ）が小さいころは見事に汚れて傷《いた》みも目立つだろう。泥だらけの長靴でソファーに寝ころんだり、釣り竿《ざお》やクリケットのバット、大きな折りたたみナイフだの弓矢のセットやらをもちこんだりする光景が目に浮かぶ。

きれいに磨きあげられていまは何も置かれていないそこのテーブルにも、むさくるしいケースに入った蝶《ちょう》や蛾《が》の標本が並び、その隣りには綿でくるんだ野鳥の卵の標本も置かれる。

「いい子だから、そういうがらくたはここに置かないで、勉強部屋にもっていってちょうだい」

そうわたしが言うと、大声をはりあげ、何か大声で言い交わしながら駆けだしてゆくが、お兄ちゃんたちとちがっておとなしいいちばん下の子は、ひとりだけあとに残って何かに没頭している……。

ドアが開き、フリスと従僕がお茶をかたづけに来て、わたしの夢想は破られた。後始末が済むと、フリスが、「奥様、ダンヴァーズさんが寝室をごらんになられますかとのことですが」と、わたしに言った。

　マキシムが郵便物から目をあげた。

「東の棟はどんな具合にしあがった？」

「たいへんよろしいかと存じます。もちろん職人が入っているあいだはえらいことになっておりましたし、一時《いっとき》はダンヴァーズさんもご帰宅に間に合わないのではと気をもんでいたんでございますが、先週の月曜に全員引きあげました。あちら側のほうがもちろんずっと明るうございますし、だんな様もとても快適かと存じます」

「何か改装でもしたの？」わたしは訊《き》いた。

「いや、大したことじゃないんだ」マキシムは手短だった。「東の棟のスイートをぼくらで使おうと思ったんで、内装に手を入れたり、ペンキを塗り直したりしただけなんだよ。母が元気だったころは来客用に使われていたんだけど、フリスが言うように東側のほうがずっと明るいし、バラ園もよく見えるんだ。手紙に目をとおしたらぼくも行くから、ちょうどいい、先に行って、ダンヴァーズさんと仲よくしておいで」

　わたしはまた緊張してきて、のろのろ立ちあがると、広間にでた。マキシムが済むのを待って、腕を取っていっしょに部屋を見に行きたかった。ダンヴァーズさんとふたりだけで行きたくない。

誰もいなくなった広間はがらんとしてやけに大きく見えた。敷き詰められた板石に靴底が鳴り、天井まで響く。わたしは教会にいるときのように意識してしまい、自分のたてる足音に気兼ねしてうしろめたくなった。歩くたびに間の抜けた靴音がする。フェルト底の靴をはいているフリスに滑稽《こっけい》だと思われているような気がした。

「とても大きなところですね」

またしても女学生のような、無理に明るい口調になってしまったが、フリスは大まじめで答えてくれた。

「はい、奥様。マンダレーは宏大《こうだい》なお屋敷でございます。もちろんもっとずっと広い邸宅もございますが、やはり広いです。この広間は大昔は宴会場として使われていたところでございます。現在でも、大がかりな晩餐会《ばんさんかい》や舞踏会などのイベントがあるときに使われます。それと、ご存じのように、ここは週に一度一般に公開されております」

「ええ」

自分のたてる足音を意識したまま、わたしは言った。

フリスの後をついて歩いていくと、相手はわたしのことを一般の見学者のように思っているのではないかという気がしてくる。実際、右や左に丁重に視線をやって壁の絵や武器を眺め、カーブした階段に手を触れているわたし自身、観光客のようにふるまっている。

階段の上で黒ずくめの人物が待っていた。白い頭蓋骨の落ちくぼんだ目がわたしにじっと注がれている。思わず鈍重そうなフリスを目で探したが、その姿はすでに広間の先の廊下に消えていた。

わたしとダンヴァーズ夫人だけになってしまった。わたしが広い階段をあがっていくあいだも、両手を前で組んでわたしの目を見据えたまま身じろぎもしない。わたしは笑顔を作ったが、向こうはにこりともしなかった。もっとも、それも道理で、こちらも取って付けたような無意味な笑いかただった。

「お待たせしてしまったかしら」わたしは言った。

「奥様のなさりたいようになさればよろしいのです。わたくしはお言いつけどおりにことを運ぶためにおります」

ダンヴァーズ夫人はそう答えると、楽団用バルコニーのアーチをくぐってその先の廊下へと折れた。

絨毯《じゆうたん》敷きの広い廊下を行ってから左に曲がって樫材《かしざい》のドアを抜け、細い階段を降りてからまた同じような階段をあがると、またドアがあった。夫人はこれを勢いよく開けると、脇にのいてわたしをとおした。そこは小さな控えの間、閨房《けいぼう》とも呼ばれるもので、ソファーに椅子と机が置かれていた。その奥が大きな窓のある、ふたり用の広い寝室とバスルームだった。

わたしはすぐ窓辺に行って、外を見た。バラ園とテラスの東部分が見おろせる。バラ園の先はなだらかな芝生の土手になっていて、近くの林まで伸びている。

「ここからは海が見えないのね」

わたしはダンヴァーズ夫人のほうにむきなおって言った。

「はい。こちらの棟からは見えません。波音さえも聞こえません。こちらの棟からだと、海がすぐ近くにあるとはおわかりにならないでしょう」

夫人はそう答えたが、何か言外の意味がこもっているかのような、妙な口調だった。いまこうしている部屋にはどこか劣った点があるとでもいうように、〈こちらの棟〉という部分を強調する。

「海は好きだから、残念だわ」

わたしがそう言っても夫人は応じず、両手を前で組んだまま、じっとわたしを見つめている。

「でも、とてもすてきなお部屋だし、快適に過ごせると思うわ。帰国に合わせて手を入れてくれたそうね」

「はい」

「まえはどんなふうだったのかしら」

「壁紙が藤色《ふじいろ》で、カーテンもちがっておりました。それでは暗いとだんな様は思われたようです。お客様がたまにお泊まりになるぐらいで、ほとんど使われていなかったのですが、だんな様から奥様のためにこの部屋を用意するようにとわざわざお手紙で指示がございました」

「それじゃあ、もともと主人の寝室ではなかったのね？」

「そのとおりです、奥様。こちらの棟のお部屋をお使いになったことは一度もございません」

「あら、そう、知らなかったわ」とわたしは言って、さりげなくドレッサーの前に坐って、髪を梳《す》きはじめた。

荷物はすでに解かれていて、ヘアブラシと櫛《くし》がトレイにでていた。マキシムがブラシと櫛のセットを贈ってくれたこと、それがこうしてドレッサーに置かれるかたちでダンヴァーズ夫人の目に入ってよかったと思った。新しく高価な品で、恥じることはないからだ。

「アリスがお荷物を片づけさせていただきました。奥様のメードが到着するまでアリスがお世話をいたします」夫人は言った。

わたしはまた笑顔を作って、ブラシを置いた。

「メードはいないのよ」わたしはぎこちなく言った。「アリスは家政婦《ハウスメード》でしょうけれど、わたしのこともアリスにお任せしたいわ」

夫人は、最初に会った際に、わたしが手袋を落とすというへまをしたときと同じ表情になった。

「お言葉ではございますが、ずっとというわけにはまいりません。奥様のようなお立場では、ふつうは専属のメードがいらっしゃるものです」

わたしは赤くなって、またブラシに手を伸ばした。その言葉にはすでにおなじみの棘《とげ》があった。

「どうしてもということなら、手配をしていただけるかしら。仕事を覚えたいという若い娘さんか誰かを」わたしは相手の目を見ないで、言った。

「奥様がお望みならばそういたします。決定権は奥様にございます」とダンヴァーズ夫人は言い、あとに沈黙がつづいた。早くいなくなってくれればいいのに。黒いドレスの前で手を組み、じっとわたしを見つめて、どうしていつまでもそこに立っている

「もう長いこと、誰よりも長くマンダレーにいらっしゃるんでしょうね」

わたしは気を取り直すように、言った。

「フリスほどではございません」と夫人。それにしてもなんと生気のない声、握手したときの手さながらになんと冷えびえした声なのだろう。

「フリスは、先代のご当主がご存命のころ、だんな様が幼いころからでございますから」

「それではダンヴァーズさんはそのあとからということになるのかしら」

「はい。そのあとからでございます」夫人は言った。

再び目をあげたわたしは、まっ白い顔のなかに陰気に沈む昏《くら》いその目に捉《とら》えられた。なぜかはわからないまま、不安と不吉な予感が胸に兆《きざ》した。笑みを浮かべようにも、自分への共感をわずかたりとも見せようとしない昏い目につかまってしまい、笑顔がどうしても作れない。

「先のミセス・デ・ウィンターが花嫁としていらしたときにまいりました」夫人は言った。

生気の感じられなかった単調な声に不意に活気がこもった。ざらついた声に生命力と意味が宿り、やせこけた頬骨のあたりも赤く染まった。

その変容ぶりはぎょっとするほど突然で、わたしは空恐ろしくなった。どうすればいいのか、なんと言えばよいのか、皆目わからない。

あたかも禁じられていた言葉を、長いこと抱えこんだまま押し隠すことができなくなった言葉を、ついに口にしてしまったかのようだった。目もけっして逸《そ》らそうとせず、憐《あわ》れみと軽蔑《けいべつ》が奇妙に入り交じった視線をじっとわたしに注いでいる。そうしているうちに、わたしは、自分が想像していた以上に無知で未経験だと思い知らされているような気にさせられた。

家政婦頭という立場特有の階級意識で、わたしのことを遠慮ぎみで内気なはにかみや、ちゃんとしたレディーでは断じてないと見下しているのがはっきりわかった。でも、それだけではない。その目には蔑《さげす》み以外のもの、かなりの嫌悪《けんお》、それこそ敵意がこもっているのではないか。

何か言わなくては――。いつまでもブラシをもてあそんでここに坐《すわ》っているわけにはいかない。わたしが相手を恐れ、信用できずにいることを、気取られてはいけない。

「ダンヴァーズさん」とわたしは呼びかけていた。「これからは仲よくしていただきたいし、お互いわかりあえるようになれればいいなと思っています。わたしは少しちがった生活をしてきて、こういう暮らしは初めてなものですから、大目に見てくださいね。それでもなんとかうまくこなせるようになりたいし、何より主人を幸せにしたいんです。お屋敷のことはダンヴァーズさんにお任せすればいいと、主人からも言われているし、これまでどおりにおねがいします。わたしは何も変えたりするつもりはないですから」

わたしは少し息を切らして、言葉を切った。これでよかったのかどうか、自信はなかったが、顔をあげてみると、夫人はもうその場を離れ、ドアノブに手をかけて立っている。

「かしこまりました。奥様のご満足のゆくようにできたらと存じます。もう一年ちかくわたくしが采配《さいはい》をふってまいりましたが、だんな様から苦情がでたことはございません。もちろん、亡《な》きミセス・デ・ウィンターがお元気のころはまったく様子がちがっておりました。おもてなしの機会がたいへん多うございまして、パーティーが始終ありました。わたくしもさせていただいてはおりましたが、ミセス・デ・ウィンターはご自身で取り仕切るのがお好きでしたから」

このときもわたしは、夫人が慎重に言葉を選んでいるという印象を受けた。わたしの頭の中を探りながら一語一語発し、自分の言葉がどういう効果をもたらすか、表情を観察している。

「ダンヴァーズさんにお任せするわ」わたしは繰り返した。「そのほうがいいの」

そう言うと、最初に広間で握手したときと同じ表情が顔に浮かんだ。どう考えても、嘲《あざけ》りと軽蔑に満ちた顔つきだった。わたしがけっして逆らわないこと、自分を恐れていること、それがわかっているとしか思えない。

「ほかに何かご用はございませんか」

夫人はそう言い、わたしは形だけ部屋を見まわした。

「いいえ、もう十分、何もないわ。とても快適だわ。とてもすてきに整えていただいて」――この最後の部分は、なんとか相手に認めてもらおうというわたしの必死の媚《こ》びだった。夫人はしかし、肩をすくめただけで、笑顔は見せてくれなかった。

「だんな様のお言いつけどおりにしたまでです」と夫人は言い、ドアノブに手をかけたまま、じっとしている。まだ言いたいことがあるが、言葉に迷っていて、わたしがきっかけを与えるのを待っている、とでもいう感じだった。

早くいなくなってくれればいいと思うのに、まるで黒い影のようにそこに立って、生気のない骸骨顔《がいこつがお》から覗《のぞ》くあの落ちくぼんだ目でじっとわたしを見つめ、値踏みしている。

「何かお気に召さないことがございましたら、すぐにおっしゃってくださいますね？」夫人は訊《き》いた。

「ええ。ええ、もちろんよ、ダンヴァーズさん」とわたしは答えたが、夫人が言いたかったのがこのことではないのはわたしにもわかって、再び沈黙がおりた。

「だんな様があの大きな衣装だんすはどうしたとおっしゃるようでしたら、動かすのは無理だったとお伝えください」夫人は突然言いだした。「移動させようとしたんでございますが、戸口が狭くてとおりませんでした。こちらのお部屋は西の棟より狭うございまして。こちらのスイートで何かだんな様のお気に召さないことがございましたら、わたくしに言ってくださいまし。どういうふうに整えればよいのか、よくわからなかったものですから」

「ご心配なく、きっと何もかも気に入ると思います。でも、ずいぶんご面倒をおかけしたみたいで、ごめんなさい。改装したり家具を入れ替えたりしているなんて知らなかったものだから——主人も気にしなくてよかったのに。西の棟も快適でしょうし、わたしはちっともかまわなかったのに」

夫人は妙な目つきでわたしを見ると、ドアノブをこねくりまわした。

「奥様にはこちらのほうがいいだろうと、だんな様は仰《おお》せでした。西の棟の部屋はたいへん古うございます。スイートも大きいですが、寝室もこちらの倍はありまして、天井に渦形装飾が施された、たいへん美しいお部屋でございます。つづれ織りの椅子《いす》も、彫刻が施されたマントルピースも、たいへん貴重なもので、お屋敷の中でいちばん美しいお部屋でございます。それに、窓からは芝生の向こうの海が見おろせます」

わたしは居心地が悪く、少しばかり気後れがした。どうしてこんなふうに密《ひそ》かな反感をこめて話すのだろう？　わたしにあてがわれた部屋がマンダレーの水準に達していない劣ったものであると、それこそ二流の人物にふさわしい二流の部屋であると、なぜにおわせるのだろう？

「主人もいちばん美しいお部屋は公開用に取ってあるんでしょうね」わたしは言った。

夫人はドアノブをまだいじっていたが、急に目をあげると、またわたしの目を見つめ、一瞬ためらってから口を開いた。その声はよりいっそう密やかでますます単調に響いた。

「寝室が公開されることはございません。広間と楽団用バルコニーと階下のお部屋だけです」夫人はここでいったん言葉を切ると、わたしを目で探った。「おふたりは西の棟をお使いでした。ミセス・デ・ウィンターがご存命中はあちらのお部屋を使っておいででした。いまお話しした広いお部屋、海を見おろすお部屋はミセス・デ・ウィンターの寝室でございました」

そのとき夫人の顔にさっと影が落ち、夫人は壁際《かべぎわ》まで目立たないように下がった。

足音がしてマキシムが部屋に入ってきた。

「どうだい？　いいかな？　気に入った？」マキシムはわたしに言い、小学生のようなはしゃいだ様子で辺りを見まわした。「まえからすごくすてきな部屋だと思ってたんだよ。長いこと客間にしておくなんて、もったいないことをしたけど、きっとなんとかなると思ってた。ダンヴァーズさん、ほんとうによくやってくれたね、満点だよ」

「ありがとうございます」

夫人は無表情のまま言い、向きを変えると、静かにドアを閉めてでていった。

マキシムは窓辺に行って、身を乗りだした。

「バラ園は大好きなんだ。枯れた花を摘んで歩く母の後を、頼りない小さな足でくっついて行ったっていうのが、ぼくの最初の思い出のひとつなんだよ。この部屋には何か安らかで幸せな雰囲気があるし、それに、静かだ。ここにいると、海まで五分しかないとはまずわからない」

「ダンヴァーズさんもそう言っていたわ」わたしは言った。

マキシムは窓辺を離れると、置いてある物に触れたり、壁の絵を眺めたり、たんすを開けてわたしの服をいじったりして、部屋中をうろついた。

「ダンヴァーズのばあさんは、どうだった？」マキシムは不意に言った。

わたしは顔を反対側にむけて、また鏡の前で髪を梳《と》かしはじめた。そして、しばらくしてから、言った。

「ちょっとだけ、よそよそしかったみたい。わたしが家のことに口出しすると思ったのかもしれないわ」

「そんなことしてもちっとも気にしないと思うよ」マキシムは言った。

目をあげると、マキシムは鏡に映ったわたしの顔を観察していた。それから向きを変えると、また窓辺に行って、静かに口笛を吹きながら、踵《かかと》を軸にしてリズムを取るようにからだを前後に揺らした。

「ダンヴァーズさんのことは気にするな。相当な変わり者だし、女同士だとやりにくいかもしれないけど、気に病むことはないんだ。ほんとうにいやなら、クビにすればいい。でもね、なんたって有能だし、ダンヴァーズさんがいれば家のことできみが煩《わずら》わされないで済むし。スタッフにはずいぶん威張りちらしてると思うけど、ぼくには強いことは言わないからね。そんなことしたらとうの昔にクビにしてたさ」

「わたしのことをもっとわかってくるようになれば、うまくいくと思うわ」わたしは急いで言った。「それに、最初は少しくらい反感を抱くのも当然のことよね」

「反感？　きみに？　どうして？　いったいどういうこと？」

窓辺のマキシムはそう言うと、半分怒ったような妙な表情で、顔をしかめてふりむいた。どうして気にするのだろう？　ちがうことを言えばよかった。

「だって、男の人ひとりだけのほうが家政婦さんとしても楽でしょ。そういうのに慣れてしまったんじゃないかしら。それに、わたしが尊大な態度にでるかと心配してたのかも」

「尊大？　きみがそんなばかばかしい……」マキシムは途中でやめ、こっちまでやってくると、頭のてっぺんにキスした。「ダンヴァーズさんのことなんていいさ。悪いけど、あんまり興味がもてないんだ。それよりおいで。マンダレーを少しでも見せたいんだ」

その晩はもうダンヴァーズ夫人に会うことはなく、ふたりとも話題にしなかった。夫人のことを頭から追いはらうと心が軽くなり、自分が闖入者《ちんにゅうしゃ》であるという思いが薄れた。マキシムに肩を抱かれて一階の部屋を巡って絵を見て歩いていると、わたしがなりたかった自分、マンダレーをわが家とする、夢に見た自分に近くなったような気がしてきた。

広間の板石に当たる靴音ももう滑稽《こっけい》に響かなかった。鋲《びょう》打ちの靴をはいたマキシムのほうがよっぽどうるさかったし、二匹の犬の乾いた足音も、快い、くつろいだ気分を醸《かも》しだしてくれた。

それに、最初の晩でまだ帰宅して間もないうえに絵を見ていて時間を取られ、時計を見たマキシムが夕食のために着替える時間がないと言ってくれたおかげで、メードのアリスに、何をお召しになりますかと訊かれて着替えを手伝ってもらう気まずさも免れ、ヴァン・ホッパー夫人が娘には似合わないからとくれた肩の露《あら》わなドレスを着てすっかり冷え切って、あの長い階段を広間まで降りていく必要がなくなったのも、うれしかった。

あの寒々しいダイニングルームでの堅苦しい晩餐《ばんさん》のことを考えると気が重くて仕方なかったのだが、着替えなかったというたったそれだけのことで、レストランでの食事と同様の、気楽なものになった。メリヤスのワンピースは着心地よく、わたしはイタリアやフランスで見たことをしゃべっては笑った。テーブルにはスナップ写真もひろげてみたが、フリスや従僕がいても、レストランのウェーターと同じようなもので、気にならない。それにふたりとも、ダンヴァーズ夫人のようにわたしをじろじろ見たりしなかった。

食後は図書室でくつろいだが、しばらくするとカーテンが引かれ、暖炉の火にさらに薪《まき》がくべられた。五月にしては肌寒く、赤々と燃える薪がありがたかった。夕食後にこうしてゆっくりするのは、わたしたちには目新しいことだった。イタリアでは徒歩や車であちこちうろついては、カフェを覗いたり、橋の欄干から身を乗りだして流れを見たりしたものだ。

マキシムはすぐに暖炉の左側の椅子にむかい、新聞に手を伸ばした。それから大きめのクッションを首の後ろにあてがって、煙草《たばこ》に火をつけている。

（これがマキシムの日課なんだわ。いつもこうしてるんだわ、何年とこういう習慣になっているんだわ）とわたしは思った。

マキシムはわたしを見ずにそのまま新聞を読みつづけた。主《あるじ》としての暮らしを再開し、ゆったりとくつろいでいる。わたしのほうは頬杖《ほおづえ》をついて、スパニエル犬のやわらかな耳をいじりながらくよくよ考えていたが、やがて椅子にこうして身を預けるのはわたしが初めてではないことに思い至った。わたしのまえにもここに誰かが坐り、わたしがもたれているクッションや手を置いている肘掛《ひじか》けにその痕跡《こんせき》を残したにちがいない。そこにある同じ銀のコーヒーポットからコーヒーを注ぎ、カップを口にもっていき、いまわたしがしているように、犬のほうに身をかがめただろう。誰かが背後のドアを開けてすきま風が流れこんできたかのように、わたしは無意識のうちに身をふるわせた。わたしはレベッカの椅子に坐っている。レベッカのクッションにもたれている。犬がやってきてわたしの膝《ひざ》に頭を乗せたのも、それが習慣だったから、過去にレベッカがここで砂糖をやったから、それを覚えているからなのだ。

第八章

来てみてはじめてわかったことだが、マンダレーでは、日課が驚くほど整然とこなされていた。あの最初の朝も、マキシムが朝食まえに早くも着替え、手紙に返信していたという記憶がある。銅鑼《どら》の音に急《せ》かされるようにして九時過ぎにわたしが降りてゆくと、マキシムは果物を剝《む》いていて、もう食べ終わるところだった。マキシムは顔をあげてわたしに笑いかけた。

「先に食べてても悪く思わないでくれ。慣れてもらうしかないんだ。朝食はいつものんびりしてる暇がなくてね。マンダレーのような地所を維持するのは、フルタイムの仕事なんだよ。コーヒーや温かいものはサイドテーブルに並んでる。朝はいつもセルフサービスなんだ」

時計が遅れていたとか、バスタブでのんびりしすぎたという言いわけも、手紙に目を落として何ごとかに顔をしかめているマキシムの耳には入らなかった。

わたしは朝食のすばらしさに心底感心し、いささか圧倒されたのをよく覚えている。銀製のおおぶりのポットに熱々のコーヒーと紅茶。ホットプレートにはスクランブルエッグやベーコンや魚料理が湯気を立てている。ほかにゆで卵が専用のヒーターに収まっており、銀製のボウルにはオートミール、別のサイドボードにはハムとコールドベーコンの大きな塊。テーブルにはスコーンとトースト、各種のジャムやマーマレードや蜂蜜《はちみつ》の瓶が並び、食卓の両端にはデザートの果物が山と盛ってある。イタリアやフランスではコーヒー一杯にクロワッサンと果物ぐらいだったマキシムが、自宅では、もったいないともおかしいとも思わず、毎日毎日、年々歳々、十余人分はあろうかという朝食の席についているのがなんとも不思議だった。

マキシムは小さな魚の切り身を食べたらしかった。わたしはゆで卵をひとつ取った。

これだけのスクランブルエッグにかりかりのベーコン、オートミールや残りの魚はいったいどうなるのだろう？　ひょっとしたらわたしが見ることも知ることもない下働きの奉公人がいて、朝食の残りをもらおうと勝手口で待ちかまえているのだろうか。それとも全部処分されて、ゴミ箱行きなのだろうか。答えは永遠にわからない。とてもそんなことを尋ねる勇気がないのは、自分でもよくわかっていた。

「きみに押しつけるような親類が山のようにいなくてほんとによかったよ」マキシムが言う。「滅多に会わない姉と、目がほとんど見えない祖母だけだからね。で、多分そう言ってくるだろうと思っていたんだけど、姉のビアトリスがお昼に来たいそうだ。きみに会ってみたいんだろう」

「きょう？」

わたしはすっかり意気消沈した。

「うん。今朝届いた手紙にそうあった。長居はしないさ。きみも姉が気に入ると思うよ。とっても率直で、思ったことをはっきり言うタイプなんだ。ごまかしたりは一切しない。きみが嫌いだったら、面とむかって嫌いと言ってくれる」

そんなことを聞いてもちっとも慰めにならない。心にもないことを言うのもそれなりのメリットはあるのでは、などと思ってしまう。マキシムは席を立つと、煙草《たばこ》に火をつけた。

「今朝は山ほど仕事があるんだ。適当に時間つぶしできる？　ほんとうは庭園を案内したかったんだけど、どうしても代理人のクローリーに会う必要があるんだ。なにしろ長いこと留守にしてしまったからね。ちなみにクローリーもお昼に来ることになってる。べつにかまわないね？　ひとりでもだいじょうぶだよね？」

「もちろんよ。だいじょうぶよ」わたしは言った。

　マキシムは手紙の束を手に部屋をでていったが、自分が想像していた最初の朝とはずいぶん違うと思ったことを覚えている。マキシムと腕を組んで海まで歩き、心地《ここち》好《よ》い疲労を味わって、もどってから少し遅めのお昼、ふたりだけのコールドランチを摂《と》り、そのあと図書室の窓から見えた栗《くり》の木陰でくつろぐ、というようなことをわたしは思い描いていたのだった。

　時間を稼ごうと、この最初の朝食をながながと摂っていたわたしは、使用人用の衝《つい》立《たて》の陰からフリスがでてきてこちらを見るまで、十時を過ぎていることに気がつかなかった。わたしは飛びあがるようにして席を立ち、こんなに遅くまでいてごめんなさい、と謝った。フリスは、きちんと礼儀正しいお辞儀をしただけで何も言わなかったが、驚いたような表情が一瞬その目に浮かんだ。

おかしなことを言ってしまったのかもしれない。ひょっとしたら、使用人に謝るのはよくないのかもしれない。下手に謝ったりすると、わたしへの評価が下がるのかもしれなかった。なんと言えばいいのだろう、どういう行動を取ればいいのだろう。それがわかればいいのに、と切に思った。ダンヴァーズ夫人が見抜いたように、フリスも察しているのだろうか。わたしには生まれもった気品や自信や落ち着きのある態度といった資質はなく、これから時間をかけ、苦労の末に身につけなければならないのだと。

それこそ部屋をでるとき前をよく見ていなかったわたしは、ドアの段に足を引っかけてつまずいてしまった。フリスが手を貸して落としたハンカチも拾ってくれたが、衝立の後ろにいたロバートという若い従僕は、横をむいて笑いをかみ殺した。広間を横切っていくと、ふたりの話し声が漏れ聞こえてきて、ひとりが笑い声をたてた。多分ロバートだろう。わたしのことを笑っているのかもしれない。

ひとりになろうと寝室へもどるつもりで二階へあがったのだが、ドアを開けると、メードたちが部屋を整えていた。ひとりが床を掃き、もうひとりがドレッサーにはたきを掛けていて、ふたりともびっくりしてわたしを見る。

わたしはすぐに退却した。なるほど、この時間に寝室に行くのはまずいわけだ。

「奥様」の行動としては想定外で、家事の遂行を妨げてしまうのだ。板石でも足音がしないスリッパなので助かったと思いながら、わたしはこそこそとまた下におりた。

こんどは図書室に行ってみたが、窓が開け放たれ、薪《まき》は置かれていたが暖炉に火は入っておらず、寒々としていた。

窓を閉めてからマッチを探したが、どこにもなく、困ってしまった。ベルを鳴らして使用人を呼ぶのは気が進まない。でも、ゆうべは赤々とした暖炉の火があれほど暖かく居心地のよかった図書室が、いまは、まるで氷室のようだった。寝室に行けばマッチがあるが、掃除をしているメードの迷惑になるので、これまた気が進まなかった。あの丸顔のふたりにまたびっくりされるのはいたたまれない。

そうだ、フリスとロバートがダイニングルームからいなくなったら、サイドボードのマッチを取ってこよう。

わたしは忍び足で広間にでて、耳をそばだてた。トレイを運ぶ音や話し声がする。まだ片づけている最中らしい。が、ほどなく静かになったので、ふたりが使用人用のドアから厨房《ちゅうぼう》に移動したと判断し、広間を横切ってダイニングルームに入った。思ったとおりサイドボードにマッチ箱がある。すばやく部屋を横切って手に取ったところへフリスがもどってきた。気がつかれないうちにポケットに突っこもうとしたが、驚いたようにフリスが手元を見ている。

「何かご用でございますか」

「あ、フリス、マッチがなかったもので」

ぎこちなく言うと、フリスは、すぐにマッチをもう一箱と、煙草を差しだしたが、これがまた気まずかった。わたしは煙草を吸わないのだ。

「いえ、あの、ほんというと、図書室がなんだか寒かったもので。外国にいたせいかしら、どうも肌寒く感じられたんで、暖炉に火を入れようかと……」

「普段図書室の暖炉に火を入れるのは午後になってからでございます」フリスは言った。「ミセス・デ・ウィンターはいつも居間《モーニングルーム》をお使いでした。あそこなら火が入っております。もちろん奥様が図書室にも火を入れてほしいということであれば、そうさせますが」

「あら、いいえ、そんな、とんでもないわ。モーニングルームに行きます。ありがとう、フリス」

「あちらには便箋《びんせん》や筆記用具も揃《そろ》っております。ミセス・デ・ウィンターは、手紙の返信やお電話などをいつも朝食後にモーニングルームで処理なさっておいでした。ダンヴァーズさんにご用がある場合は、内線電話もございます」

「ありがとう、フリス」

わたしは言って、自分を励まそうと小さくハミングしながら、また広間にでた。モーニングルームなど見たこともなく、マキシムが昨夜案内してくれなかったとはフリスには言えなかった。フリスがダイニングルームの入り口に立って見ているので、承知しているふうを装《よそお》わねばならない。広い階段の左にドアがある。どうかモーニングルームへ通じるドアでありますようにと心の中で祈りながら、なるようになれとそこを目指したが、開けてみると、雑多なものをしまっておくガーデンルームのようなところだった。

花を活《い》けるためのテーブルがあり、壁際《かべぎわ》には籐椅子《とういす》が重なっていて、フックには雨合羽《あまがっぱ》が二着ばかり引っかけてある。半ばやけになってでてきたわたしがちらりと見ると、フリスはまだ広間の向こうに立っている。ごまかせなかったのは明らかだった。

「モーニングルームは応接間をとおり抜けた先でございます。階段のこちら側、そこの、奥様の右手にあるドアでございます。二間つづきの応接間をとおり抜けてから、左でございます」

「ありがとう、フリス」

取り繕うのをあきらめたわたしは、しおらしく言った。

教えてもらったとおり応接間を抜けたが、縦横の比も絶妙で、たいへん魅力的な部屋だった。芝生のかなたの海が見晴らせる。一般にも公開されているにちがいない。案内役を務めるフリスがいれば、壁にかかった絵画の由来やいつの時代の家具なのか、説明してもらえるだろう。

それにしても、応接間が美しいのはよくわかったし、椅子やテーブルも値が付けられないようなものばかりなのだろうが、ここに留まりたいという気持ちにはなれなかった。そこの椅子に腰掛けたり、彫刻を施されたマントルピースの前に立ったり、テーブルに本を投げだしたりする自分がどうしても想像できない。よそよそしい雰囲気がただよっていて、まるで美術館のようである。アルコーブの前にロープが張られていたり、フランスのシャトーのガイドのような帽子とマント姿の警備員がドア脇《わき》の椅子に陣取っていても少しもおかしくない。

応接間を抜け、左に折れて、初めて見る小さなモーニングルームに行ってみると、暖炉の前に二匹の犬がいたので、ほっとした。若いほうのジャスパーが尻尾《しっぽ》をふりながらすぐに近寄ってきて、鼻先をわたしの手に押しつけた。見えない目でこちらに顔をむけた母犬は、辺りの匂《にお》いを嗅《か》いで自分の求めている相手でないと知ると、鼻を低く鳴らしてまた暖炉のほうをむいてしまった。するとジャスパーも離れていって、老犬の側に寝そべり、自分の脇腹を舐《な》めはじめた。

これが二匹の日課なのだ。フリスと同じで、犬たちも図書室の暖炉に火が入れられるのは午後になってからだと承知しているのだ。二匹は長い習慣からモーニングルームに来たのだ。

窓辺に立つまでもなくきっとツツジの群生が見わたせるという予感があったのだが、案の定、開いた窓の外にはまえの晩に見たあの濡《ぬ》れたように赤い花々の巨大な繁《しげ》みがひしめきあい、私道のアプローチ間近までひろがっていた。あいだには、小さな空き地のような空間があった。なめらかな苔《こけ》の絨毯《じゅうたん》の中央に、ごく小さなサテュロスの裸像が笛を唇にあてて立っている。まっ赤なツツジを背景に、自らの役を演じて踊るための小さな舞台のようだった。

図書室とちがい、澱《よど》んだような匂いはなかった。使い古した椅子もなく、読まれているのかどうか、長いあいだの習慣で、マキシムの父親、あるいは祖父かもしれないが、彼らの要望で置いてある雑誌や新聞が散乱するテーブルもない。優美ではかなげな、女の部屋だった。家具のひとつひとつをていねいに選んだ人の部屋、椅子や花瓶や小さな調度品に至るまで、すべてがそれぞれと、そして自分とも調和するように選んだ人の部屋だった。この部屋を整えた女《ひと》は、二流の品や凡庸なものには目もくれず、マンダレーの宝の中から、「これと、これと、これをいただくわ」と、いちばん気に入ったものを選び、たしかな直観で最上の品物だけに手を伸ばして取ってきたかのようだ。

どこを取っても様式や時代を混同している点はなく、結果として、一風変わった、目を瞠《みは》るような完璧《かんぺき》さが実現していた。一般公開されている応接間のようによそよそしく冷たいものではなく、生き生きとした鮮やかなもの、窓の下にひしめくツツジの群生が放つ艶《つや》やかさと煌《きら》めきと同じようなものが感じられる。

そのときになってわたしは、窓から見える小さな野外ステージを演出するだけでは飽き足らないのか、ツツジが部屋にまで侵入しているのに気づいた。あたたかそうな大輪がマントルピースからわたしを見おろし、ソファー脇のテーブルの鉢に浮かび、書き物机に置かれた金色の燭台《しょくだい》の脇に、すっきりと優美に立っている。

部屋はツツジであふれ、午前の光の中、壁面さえもその色を映じて豊かな赤味を帯びている。花はツツジだけだった。ひょっとしたらそこに何らかの意図があるのだろうか。この部屋は、ツツジを飾るというそれだけのためにしつらえられたのだろうか。ここ以外、屋敷のどこにもツツジは入りこんでいない。ダイニングルームにも図書室にも花はあったが、背景に溶けこむようにこぎれいに活けられており、こんなふうにあふれ返って目立っていない。

わたしは書き物机の前に腰をおろした。艶やかな色合いに染まったこの部屋が、同時にいかにも実務を取り仕切るのにふさわしいのが不思議だった。ツツジが目立ちすぎているとはいえ、申し分のない趣味で整えられたこの部屋なら、けだるいくつろぎのスペース、装飾的意味合いしかなさそうに思えるのに——。

この机もたしかに美しかったが、吸い取り紙の位置もいい加減に、ペンをもてあそびながらちょっとした手紙を書き散じては、いつまでも仕あげずに何日も放っておくような、見せかけだけのおもちゃではなかった。

机の小仕切りは「未返信」「要保管の手紙」「家事」「地所」「献立」「その他」「住所」に分類されており、ラベルはわたしが知っているあの殴り書きのような際だった手で書かれていた。これにはぎょっとして飛びあがりそうになった。詩集のページを燃やして以来初めてだったし、もう二度と見ることはないと思っていたのだった。

適当に抽斗《ひきだし》を開けてみると、こんどは開いた革表紙のノートに同じ文字が躍っていた。「マンダレーの来客記録」というもので、週ごと、月ごとに区分され、誰がいつ来ていつ発《た》ったか、どの部屋を使ったのか、何を食べたのかが一目でわかるようになっている。ページを繰ってゆくと、一年間の記録が網羅されていて、何月何日に（それこそ時間まで特定できそうだ）誰が宿泊し、どの部屋に滞在して、どういう料理をだしたのか、マンダレーの女主人がふり返ってわかるようになっている。

抽斗には、便箋もあった。下書き用の厚めのものと、住所と家紋の入ったマンダレー専用の便箋、それにアイボリーホワイトの名刺の小箱が並んでいる。わたしは薄紙をはがして、一枚取りだしてみた。「ミセス・M・デ・ウィンター」とあり、隅に「マンダレー」と入っている。また小箱にしまったが、なんだか人を欺《あざむ》いているような気持ちがして急にうしろめたくなったわたしは、抽斗を収めた。

自分がどこかのお宅に滞在していて、そこの女主人に、「ええ、お手紙ならどうぞわたしの机をお使いになって」と言われ、こっそりその人の私信を盗み見てしまったような、許しがたいことをしてしまったような気持ちがした。いまにも女主人が部屋にもどってきて、開いている抽斗の前に坐《すわ》っているところを見とがめられそうだ。

いきなり目の前の電話がけたたましく鳴った。

見つかったと思ったわたしは心臓が縮みあがって、恐怖のあまり飛びのきそうになり、ふるえる手で受話器を取りあげた。

「どちら様でしょうか。どなたにおかけですか」

妙な雑音のあと、男なのか女なのか、少しばかり耳障《みみざわ》りな低い声が聞こえた。

「ミセス・デ・ウィンターでいらっしゃいますか」

「おかけ間違いではありませんか。ミセス・デ・ウィンターは一年ほどまえに亡《な》くなりました」

そう言ってわたしは、受話器を呆《ほう》けたように見つめながら、ただそこに坐っていた。相手はさきほどより大きな声で訝《いぶか》しむように同じ名前を繰り返す。ようやく自分が取り返しのつかない失敗をしでかしたことに気づいた。言ってしまった言葉は、もう帳消しにできない。顔から火がでそうだった。

「ダンヴァーズでございます、奥様。内線電話でかけております」相手は言った。

ここまであからさまな失態、これほど間の抜けたことをしてしまったのでは、知らんぷりなどしたら、ますますばかにされる。わたしはへどもどしてつかえながら言った。

「ダンヴァーズさん、ごめんなさい。どうかしてました。電話のベルにびっくりしてしまって、わたしにかかってきたとは、内線だとはわからなかったもので――」

「お騒がせして申しわけありません」相手は言った。

知っているんだわ、抽斗を探っていたにちがいないと思っているんだわ。

「何かご用でもおありではないかと思いまして。それと、本日の献立はそれでよろしいかどうか、伺いたかっただけでございます」

「ああ、それならいいです、その、つまり、献立はそれでいいと思います。ダンヴァーズさんのいいと思うものにしてください。いちいち確認しなくてもけっこうですから」

「ごらんになったほうがよろしいかと思います」電話の声はつづける。「吸い取り紙のところに置いてあります。奥様の脇にございます」

必死で机の上を探しまわり、いままで気がつかなかった用紙がようやく目に入った。わたしは慌《あわ》てて目をとおした——エビのカレー風味、仔牛肉《こうしにく》のロースト、アスパラガス、チョコレートムース。昼食なのか夕食なのか、わからない。多分お昼だろう。

「あ、ダンヴァーズさん、これでけっこうです。とてもいいと思います」わたしは言った。

「変更なさりたいものがございましたら、おっしゃってください。すぐに指示をだしますから。それと、ソースについては、お気づきかと思いますが、お好みを指定できるように空白にしてございます。仔牛肉のローストにいつもどういうソースを添えるのか、わからなかったものですから。ミセス・デ・ウィンターはソースのお好みがたいへんむずかしゅうございまして、ご希望を必ず確認することになっておりました」

「ああ、そう、そうね――よくわからないので、普段添えているものにしてください。ミセス・デ・ウィンターが選んだと思うものにしてください」

「奥様のお好みはないのでございますか」

「ええ、ほんとにべつにありませんから」

「ミセス・デ・ウィンターでしたらワインソースをお選びになったかと思いますが」

「それなら、是非同じにしてください」

「お書きものの最中にお邪魔して申しわけございません」

「そんなことないです。気にしないでください」わたしは言った。

「郵便がでるのは正午でございます。ロバートがお手紙を回収にまいって、切手も貼《は》ることになっております。急いでおだしになりたいものがございましたら、内線でロバートにご連絡くだされば、すぐに郵便局まで人をやるようロバートが手配いたします」

「わかりました」

わたしは言い、しばらく待ったが、夫人は何も言わず、そのうちプツンという音がしたので、電話を切ったのがわかった。わたしも受話器を置いた。それから、すぐにも使えるよう机の吸い取り紙の上に重ねられた便箋《びんせん》に目を落とした。

目の前にある小仕切りの「未返信」「地所」「その他」などのラベルが、怠けているわたしを非難の眼差《まなざ》しで見つめているように思えた。わたしのまえにここに坐った女《ひと》は、わたしのように時間を無駄にしたりしない。内線電話に手を伸ばし、てきぱきとその日の指示をだし、献立を見て気に入らない一品に鉛筆で線を引いて消す。わたしみたいに、

「ええ、ダンヴァーズさん」

「もちろんです、ダンヴァーズさん」

などとは言わない。

指示が済むと、五通、六通、もしかしたら七通ほども手紙の返事を、わたしのよく知っているあの斜めにかしいだ奇妙な手で書くのだ。おおらかなペン運びなので、なめらかな白い紙を何枚も贅沢《ぜいたく》に使い、私信の末尾には、「レベッカ」と入れる。大きく斜めにかしいだRのせいでほかの文字が小さく見えるあの署名を。

わたしは手持ちぶさたをまぎらわそうと、指先で机をはじいた。小仕切りはどれも空っぽである。対処せねばならない「未返信」の手紙もないし、わたしが関知している支払いもない。急ぎのものがあればロバートに電話して、郵便にだす手配をしてもらうようにとダンヴァーズ夫人は言っていた。レベッカは急ぎの手紙をどのぐらいだ

したのかしら、宛先《あてさき》はどこだったのかしら。クチュリエだろうか。

「サテンの白いドレスは、火曜日必着でよろしく」

あるいは美容院かもしれない。

「来週の金曜に伺うので、三時にムッシュ・アントワーヌをお願いします。シャンプーと、マッサージ、セットとマニキュアで」

いや、この手のものは時間の無駄だ。フリスに言って、ロンドンに電話させたにきまっている。

「ミセス・デ・ウィンターの代理でお電話さしあげております」とフリスは言っただろう。

わたしはまだ指先で机をはじいていた。手紙をだす相手などひとりも思いつかない。ヴァン・ホッパー夫人ぐらいしかいない。こうして自宅の自分の机の前にいるというのに、好きでもない相手、二度と会うこともないヴァン・ホッパー夫人に手紙を書くしかすることがないという現実は、どこか滑稽《こっけい》で皮肉のようにも思われる。わたしは便箋を一枚引きはがし、ペン先が光る細いペンを手に取った。

「ヴァン・ホッパー様」

とわたしは書きはじめた。

そうして、航海がつつがなく終わり、お孫さんも回復していらっしゃいますように、ニューヨークでもお天気に恵まれますように、などとつかえつかえ、苦労して書きながら、自分の字がこせこせとして拙《つたな》く、個性も風格もなく、それこそろくに学問もない、いかにも二流の学校で教育された平凡な生徒の手というふうであることに初めて気づいたのだった。

第九章

私道のほうから車の音がした。わたしは突然パニックに襲われて立ちあがった。ビアトリスとご主人にちがいない。時計を見ると、十二時をまわったところだった。思ったよりずっと早い。しかもマキシムはまだもどっていない。どこかに隠れることができないだろうか。いっそ窓から庭にでてしまおうか。フリスがモーニングルームに案内してきて、「奥様はお外のようです」と言っても不自然ではないだろうし、ビアトリスたちも別段変に思わないかもしれない。

窓辺に駆け寄ると、二匹の犬が期待をこめて顔をあげ、ジャスパーのほうは尻尾《しっぽ》をふりながら付いてきた。

テラスとその向こうの小さなスペースにでて、ツツジの脇《わき》をすり抜けようとしたところへ話し声が近づいてきたので、わたしは部屋に取って返した。奥様はモーニングルームだとフリスから聞いたにちがいなく、庭をまわってくることにしたのだろう。わたしはあわてて広い応接間へ抜けて、手近にあった左の扉を開けた。長い石畳の廊下がつづいていて、わたしはそこを走った。ばかなことをしているのはよくわかっていたし、突然不安に駆られた自分に自己嫌悪《けんお》を感じたが、どうしてもビアトリスたちに対面する勇気がない。とにかくいまはだめだ。

廊下は裏手に通じているらしく、角を曲がるとまた階段があり、見たことのない使用人と鉢合わせした。モップとバケツを手にしている。流し場担当のメードかもしれない。こんなところでわたしを見かけるなんて思いもよらなかったのだろう、まぼろしでも見たかのように目を丸くしている。

「おはよう」

階段にむかいながらうろたえて言うと、

「おはようございます、奥様」

口をあんぐりあけ、階段をあがっていくわたしをまん丸の好奇の目で追いながら、相手はそう応《こた》えた。

階段の先には寝室が並んでいるだろうとわたしは踏んでいた。自分の部屋を探しだし、いよいよ昼食間近というころ、さすがにでていかないと失礼になるぐらいまで、しばらくこもっていればいい。

ところが、方向感覚が狂ってしまったらしく、階段の先のドアを抜けると、見たことのない長い廊下にでた。東の棟とどことなく感じが似ていたが、ずっと幅広で、壁の鏡板のせいで薄暗い。

どうしようかとためらってから左にむかうと、こんどは広い踊り場にでた。また階段だ。辺りは暗く静まり返っていて、人の気配もない。午前中にメードが掃除に来たにしても、作業を終えて階下に引きあげた後なのだろう。それにしても絨毯《じゅうたん》を掃除したばかりならただよっていそうな埃臭《ほこりくさ》さもなく、メードがいたという痕跡《こんせき》すら感じられない。どっちに行こうかと迷いながらも、わたしは、この静けさはただものではない、持ち主がいなくなってしまった空き家特有の重苦しさのようなものがある、と思った。

手近なドアを開けてみると、中はまっ暗だった。一条の光も鎧戸《よろいど》から漏れておらず、中央に、埃よけの白いカバーに覆《おお》われた家具の輪郭がおぼろにわかるだけで、むっとこもったような匂《にお》いがする。装飾品をベッドに集めて、上からカバーをかけたまま、使う人がいなくなった部屋の匂いだった。

過ぎた夏以来、カーテンも引いたままなのかもしれない。いま窓辺に行ってカーテンを開け、きしむ鎧戸を押しあければ、何か月も閉じこめられていた蛾《が》の死骸《しがい》が、最後に窓を閉めたときに吹きこんだ枯葉や絨毯に落ちたままになっているピンの脇に落ちてくるかもしれない。

わたしはそっとドアを閉め、おそるおそる廊下を進んだ。両側にドアが並んでいるが、どれも閉まっている。しばらく行くと、外壁に作られた小さなアルコーブに辿《たど》り着いた。大きな窓からようやく明るい日射《ひざ》しが流れこんできた。下を見ると、なだらかな芝生が海までひろがっている。明るい青色の海に白波が立っている。西風に煽《あお》られた波が、沖へと吹き飛ばされていく。

海は思っていたより、近かった。ずっと近い。芝生の端に見えるあの木立のすぐ先にあるとしか思えない。ほんの五分で届きそうだ。窓ガラスに耳を寄せると、入り江に砕ける波音が聞こえてきた。

屋敷を一周してしまって、西の棟の廊下に立っているのだ。ダンヴァーズ夫人の言うとおりだ。ここからは海の音が聞こえる。冬だったら、青い芝生を呑《の》みこみ、屋敷にまで迫ってくるように見えるかもしれない。いまも、窓ガラスは、強い潮風で息を吹きかけたように白く曇っていた。潮気を含んだ霧が海から運ばれてくるのだ。眺めているまに、勢いよく流れる雲の陰に太陽が一瞬隠れた。海はすぐさまどす黒い色に変わり、白波も突如として残忍で冷酷なものと化し、最初に見たときは楽しげに輝いていた海面が一変してしまった。

なぜかしらわたしは寝室が東の棟にあってよかったという気持ちになった。海の音より、バラ園のほうがいい。

踊り場までもどり、手摺《てす》りに手をかけていましも降りようとしたとき、背後の扉が開く音がした。

ダンヴァーズ夫人だった。

わたしも夫人も無言のまま、一瞬見つめ合った。相手の目に浮かんだものが怒りなのか好奇なのかは判然としなかった。わたしを認めた途端、能面のように表情を消してしまったからだ。何も言われていないのに、不法侵入の現場を押さえられたかのように恥ずかしくうしろめたくなり、顔が赤くなるのがわかった。心の内を悟られてしまう。

「迷子になってしまって。寝室に行こうとしていたんですけど」わたしは言った。

「お屋敷の反対側にでてしまわれたのです。ここは西の棟でございます」

「ええ、わかっています」

「お部屋にお入りになりましたか」ダンヴァーズ夫人は訊《き》いた。

「いえ、ドアを開けただけで中には……。カバーがしてあって、まっ暗でした。ごめんなさい、べつにどうこうするつもりはないんです。この棟は閉めきっておきたいのでしょう？」わたしは言った。

「お部屋をお使いになりたいということであれば、そのように手配いたします。わたくしに言ってください」と相手は言う。「どこも家具調度は整ってございまして、使うことができますから」

「いえ、そんなつもりで言ったわけでは……」

「西の棟を全部ご案内いたしましょうか」

わたしはかぶりをふった。

「いえ、遠慮しておくわ。下に行かないと」

階段を降りはじめると、夫人も脇についてくる。看守に付き添われた囚人のような気がしてきた。

「お時間があるときにおっしゃっていただければ、いつでもご案内いたします」

夫人はしつこく言い、なぜだかわたしは居心地が悪くなった。その執拗《しつよう》さにある記憶がよみがえった。子どものころ訪れた知人宅で、わたしより年長のそこの娘が、腕をつかみ耳元でこう囁《ささや》いた。

「鍵《かぎ》をかけて戸棚にしまってある本があるの。お母さんの寝室よ。覗《のぞ》いてみない？」

興奮した青白い顔、ぎらついた小さな目、わたしの腕をぎゅっとつかんでやたらに引っぱったことが思いだされる。

「カバーを外させますから、そうすれば使われていたときどんなふうだったか、ごらんになれます」ダンヴァーズ夫人は言った。「今朝ごらんにいれてもよろしかったのですが、モーニングルームでお手紙を書いていらっしゃるかと存じまして。わたくしの部屋にお電話くださればいつでもご案内いたします。お部屋の準備には時間はかかりませんから」

短い階段を降りきったところで、夫人はドアを開け、わたしがとおれるように脇に退いて、昏《くら》い目でわたしの顔を探る。

「ご親切にどうも。いつかお願いするわ」わたしは言った。

ふたり並んでその先の踊り場にでた。楽団用のバルコニーの背後にある、メーンの階段の上だということがわかった。

「どうして迷子になられたんでしょうね。西の棟に通じるドアはここは全然ちがいますのに」夫人は言った。

「こっちから行ったんではないんです」

「それでは裏の、石畳の廊下を使われたのですか」

「ええ」わたしは相手の目を見ずに言った。「石畳の廊下を行きました」

相手は、どうして突然パニックに襲われてモーニングルームを飛びだし、裏などに行ったのか、説明を待っているかのようにまだわたしを見ている。不意に、夫人は知っているのだと、ドアの隙間《すきま》から西の棟をうろついているわたしを最初から見ていたのだという気がしてきた。

「レイシー少佐ご夫妻が大分まえからお見えです。十二時過ぎに、車が到着するのが聞こえました」と夫人は言った。

「あら、そう、気がつかなかったわ」

「フリスがモーニングルームへご案内したと思います。そろそろ十二時半になろうかと存じますが、ここから先はおわかりになりますね？」

「ええ、ダンヴァーズさん」

そう言ってわたしは広い階段を降りて玄関広間にむかったが、階段の上に立っている夫人の目がわたしを追っているのがわかった。

こうなったらモーニングルームに行って、マキシムのお姉さんとご主人に会うしかない。いまさら寝室に隠れるわけにはいかない。応接間に入るとき肩ごしにさっとふり返ると、ダンヴァーズ夫人は黒装束の番兵のようにまだ階段の上に立っていた。

わたしはノブに手をかけたまま、ドアの向こうの人声のざわめきに耳を傾けてモーニングルームの外で少しだけ立っていた。部屋には大勢いるようだった。西の棟にいっていたあいだにマキシムが代理人を連れてもどってきたらしい。子どものころ、お客さんにご挨拶《あいさつ》なさいと呼ばれて行ったときの、具合が悪くなるような不安感がよみがえった。ドアノブをまわしてもたつきながら中へ入った途端、顔、顔、顔に迎えられ、突然の沈黙が落ちる――。

「やっとおでましだ」マキシムが言った。「どこへ行ってたんだい？　捜索隊をだすところだったよ。これが姉のビアトリス、こちらがガイルズ、そしてこちらがフランク・クローリーさん。あ、気をつけて、犬を踏みつけるとこだったよ」

ビアトリスは背が高くて肩幅が広く、目元と顎《あご》のあたりがマキシムにとてもよく似ていて、顔立ちは整っていたが、予想していたほどスマートな印象ではなかった。ジステンパーにかかった犬を一所懸命看病したり、馬のことに詳しくて、狩りの腕前も上々という、田舎暮らしが似合う活発なタイプに見える。

ビアトリスはキスはしなかった。わたしの目をまっすぐ見つめたまま、しっかり握手をした。それからマキシムのほうを見ると、

「予想と全然ちがうわ。話とまるでちがうじゃないの」

みなが笑ったので、わたしのことを笑っているのかもしれなかったが、よくわからないままわたしも笑った。そして、ビアトリスはどういう相手を予想していたのかしら、マキシムはなんと言ったのかしら、と心密《こころひそ》かに思った。

マキシムが促すようにわたしの腕に触れて、「こちらがガイルズ」と言った。

ガイルズは大きな手を差しだすと、指がしびれるぐらいわたしの手を握りしめた。角縁眼鏡の奥で、愛想のよい目が笑っている。

「フランク・クローリーさん」とマキシムが言い、わたしは代理人のほうにむきなおった。

ぱっとしない印象のやせた人で、喉仏《のどぼとけ》がやけに目立つ。わたしを見るその目に安堵《あんど》の色が浮かんだ。なぜだろうと思ったが、ちょうどフリスがシェリーのグラスを差しだし、ビアトリスが話しかけてきたので深く考えている暇がなかった。

「マキシムに聞いたんだけど、昨夜帰ってきたばかりなんですってね。そうと知ってたらいくらなんでもこんなにすぐに押しかけなかったんだけど。で、マンダレーはど

う？」

「とても美しいですけど、まだほとんど見ていないんです」わたしは答えた。

ビアトリスは思ったとおり上から下まで眺めまわしたが、ダンヴァーズ夫人のように悪意のこもった冷たい視線ではなく、率直でまっすぐなまなざしだった。それに、マキシムの姉なのだし、どんな相手なのだろうかとわたしを観察する権利がある。マキシム本人がやってきて腕を取ってくれたのも心強かった。

ビアトリスは首を傾けてマキシムを観察した。

「ずっと元気そうになったわね。ようやくあのやつれたような感じが取れたみたい！あなたのおかげね、きっと」わたしを見てうなずいて見せる。

「いつだって元気さ」マキシムはつっけんどんだった。「具合が悪かったことなんて一度もない。姉さんはガイルズみたいに体格がよくないと、すぐ病人扱いするからな」

「何言ってるの。半年まえはぼろぼろだったって、自分でもわかってるくせに。会いに来てあたしは仰天したのよ。神経衰弱で倒れるんじゃないかと思ったわよ。ガイルズ、あなたも加勢してよ。このまえ来たとき、マキシムはひどい様子だったわよね？で、このままじゃ参ってしまうって、言ったわよね？」

「いや、まあ、まるで見ちがえるようだよ、マキシム。外国に行って正解だったな。ほんとに元気そうだと思わないかい、クローリー？」ガイルズは言った。

腕に触れているマキシムのからだがこわばったので、感情を抑えようとしているのがわかった。どういうわけか、健康のことを話題にされるのが歓迎できないどころか、腹が立つらしい。しつこくこだわるビアトリスも気が利《き》かない。

「マキシムはとても日に焼けてるんです」わたしははにかみながら言った。「七難隠すと思っているみたいで。ヴェニスではわざわざバルコニーで朝ご飯を食べてまで焼こうとしていたんですよ。日に焼けたほうがかっこよく見えると思ってるらしくて」

みな笑い、クローリー氏が、

「この時期ヴェニスはすばらしかったでしょうね、ミセス・デ・ウィンター」

「ええ、お天気には恵まれました。悪かったのは一日だけよね、マキシム？」

マキシムの健康問題から、なにより安全なイタリアの話や無難なお天気の話題へとうまいぐあいに逸《そ》れていって、会話は気楽になり、無理する必要がなくなった。マキシムと義姉夫婦はマキシムの車の調子についてあれこれしゃべり、クローリー氏は運河にはもうゴンドラはなくてモーターボートばかりというのはほんとうなんですか、と訊いてきた。氏にしてみればたとえカナル・グランデに汽船が停泊していようがどうでもよかったのだろうが、わたしを助けようと、マキシムの健康問題から話題を逸らすというわたしの小さな奮闘に助太刀しようと、そんなことを言ってくれたのだ。見た目はぱっとしないクローリー氏だが、味方をしてくれたのはありがたかった。

「ジャスパーは運動不足だわね」ビアトリスが足先でジャスパーをつつく。「まだ二歳にもならないっていうのに、太りすぎよ。マキシム、餌《えさ》は何やってるの？」

「姉さん、勘弁してくれよ、お宅の犬と同じさ。かっこつけて、ぼくより動物に詳しいっていう顔はしないでもらいたいね」

「何よ、ふた月も留守にしておいて、ジャスパーが餌に何もらってるか、わかるわけないでしょ。まさかフリスが一日二回、門まで私道を散歩させてるっていうんじゃないでしょうね。ずっと運動させてないのは毛並みを見ればわかるわ」

「姉さんとこのバカ犬みたいにがりがりにやせてるより、デブ犬になったほうがよっぽどいいね」

「あら、聞き捨てならないわね。うちのライオンは、クラフツのドッグショーでこの二月に一等をふたつも取ったのよ」

また辺りに緊張がただよってきた。マキシムの口のあたりがきつく結ばれている。きょうだいというものは、いつもこんなふうにやり合って、端で聞いている者をハラハラさせるものなのだろうか。早くフリスが昼食の用意ができたと知らせに来てくれたらいいのに。それとも銅鑼《どら》の音で知らされるのだろうか。マンダレーでは何がどうなっているのか、わたしにはわからないのだった。

「お宅からここまでどのぐらいあるんですか」わたしはビアトリスの隣りに腰をおろして言った。「朝は早くお出になったんですか」

「うちはトラウチェスターの反対側、隣りの郡なの。八十キロあるわ。狩りをするならうちのほうがずっといいのよ。マキシムが解放してくれたら是非遊びにきてちょうだい。馬ならガイルズが見繕ってくれるから」

「ごめんなさい、狩りはしないんです」とわたしは白状した。「乗馬も、子どものころ少し習いましたけど、本格的じゃなかったし、あまり覚えてません」

「再開したらいいじゃない。田舎にいるのに馬に乗らないなんて、暇をもてあますわ。マキシムから絵を描くと聞いたけど、それはもちろん結構な趣味だと思うけど、運動にならないでしょ? 何もすることのない雨の日にはいいだろうけど……」

「姉さん、みんながみんな姉さんみたいなアウトドア派じゃないんだからね」マキシムが言った。

「あんたに言ってるんじゃないの。あんたときたらマンダレーの庭をうろうろしてればご機嫌なんだから。みんな知ってるわ。早足になったとこだって見たことないわよ」

「わたしも散歩はとても好きなんですよ」わたしはすばやく言った。「マンダレーなら、どんなに歩きまわっても飽きるってことは絶対ないと思います。もっと暖かくなったら泳げるし」

「それは希望的観測ってものよ」ビアトリスは言った。「ここで泳いだことなんてまずなかったと思うわ。水がひどく冷たいし、浜は小石よ」

「そんなこと平気です。わたし泳ぐの大好きなんです。潮の流れが強すぎなければいいの。入り江で泳いでもだいじょうぶかしら」

誰も何も言わない。わたしは自分が何を言ってしまったか、突然気づいた。動悸《どうき》がして、狼狽《ろうばい》のあまりまっ赤になったわたしは、身をかがめてジャスパーの耳を撫《な》でた。

「ジャスパーこそ泳いで贅肉《ぜいにく》を落としたらいいわね」ビアトリスがあたりの沈黙を破った。「でも、入り江はおまえにもちょっときついかな。おお、ジャスパー、いい子だね。そうら、そら」

わたしとビアトリスは目を合わせないようにして、犬を撫でた。

「それにしても腹が減ったなあ。お昼はどうなってるんだろ？」マキシムが言う。

「マントルピースの時計だと、一時になったところですけど」クローリー氏が言った。

「あの時計はいつも進むのよね」とビアトリス。

「この何か月間ずっと正確だよ」マキシムが言った。

ちょうどそのときドアが開いて、フリスが昼食の用意ができたと知らせにきた。

「そういえば手を洗いたいな」

ガイルズが自分の手に目をやって言った。

みな立ちあがり、深く安堵して応接間から広間へと歩いていった。ビアトリスがわたしの腕を取って、男性陣より少し先を行った。

「それにしてもフリスはいつ見ても変わらないわね。こっちもすっかり小さな女の子にもどったような気になるわ」ビアトリスは言う。「ところで、こんなこと言って気にしないでほしいんだけど、あなた、思ってたよりもずっと若いのね。マキシムから歳《とし》は聞いていたけど、まるっきり子どもじゃないの。ねえ、弟のこと、熱愛してるの？」

思いもよらない質問だった。ビアトリスはわたしが驚いたのを見てとったらしく、軽い笑い声をたててわたしの腕を握りしめた。

「答えなくていいのよ。気持ちはわかるから。あたしもお節介よね。気にしないでね、弟のことがとてもたいせつなのよ。顔を合わせるたびにつまらないことでケンカになっちゃうんだけど。元気そうになったのは、ほんとうにあなたのおかげよ。去年のいまごろはみんなマキシムのことをひどく心配してたのよ、あなたもみんな聞いているでしょうけど」

このときにはもうダイニングルームに来ていて、使用人もいたし、男性たちも追いついたので、ビアトリスはそれ以上何も言わなかった。

わたしは腰をおろしてナフキンをひろげながら思った。去年のことをわたしが何も知らないこと、入り江で起きた事故の詳細をまったく知らないこと、マキシムが何も語ってくれず、わたしもけっして尋ねないことをビアトリスが知ったらなんと言うだろうか。

お昼は恐れていたよりずっと順調にいった。ビアトリスもようやく気配りを見せてくれたのか、言い争いも少なかったし、マキシムとふたりでマンダレーのこと、ビアトリスの馬の話、花壇のことや共通の友人についてしゃべり、わたしの左に坐《すわ》ったフランク・クローリーはとりとめのないことを話題にしてくれた。気を遣う必要がなかったので、ありがたかった。ガイルズの関心は会話より食事にむいているようだったが、ときどきわたしの存在を思いだすらしく、思いついたままに話しかけてくる。

ロバートが冷たいスフレのお代わりを勧めると、ガイルズは言った。

「マキシム、料理人はずっと同じ人なんだろう？　まともな料理がでてくるのはイギリスじゃもうマンダレーぐらいだって、いつもビーと言ってるんだけど、このスフレの味もなつかしいよ」

「料理人は定期的に替えてると思うけど、料理の水準は変わらないんだ。ダンヴァーズさんが全部レシピを保管してて、指図してる」

「あのダンヴァーズさんは驚くべき人物だよね？」ガイルズがわたしに言った。

「ええ、そうですね。すごい人だと思います」

「しかし絵にはならんよなあ」ガイルズは大声で笑った。

フランク・クローリーは何も反応しなかった。顔をあげるとビアトリスがわたしを見ていたが、視線を外して、マキシムに何か話しかけた。

「ミセス・デ・ウィンターはゴルフをなさるんですか」クローリー氏が言った。

「いえ、残念ながらしないんです」

わたしはそう答えながら、ダンヴァーズ夫人から話が逸れてほっとした。ゴルフなどやったこともないし、何もわからなかったが、いくらでも氏の話を聞くつもりだった。退屈かもしれないが、ゴルフならたしかで安全で気まずいことにはならない。

チーズとコーヒーになり、そろそろ席を立つべきかと思って、マキシムのほうを何度も見てみたが、なんの合図もない。そのうちガイルズが雪の吹きだまりから車を掘りだすというわけのわからない話をはじめたので（どうしてそんな話になったのか……）、わたしは丁重に耳を傾け、テーブルの反対端のマキシムがそわそわしだしたのに気がついたが、ガイルズの話にときどきうなずいて見せたり笑みを浮かべたりしていた。

ようやくガイルズが言葉を切り、マキシムと視線が合った。かすかに顔をしかめて、顎《あご》をしゃくってドアを示す。

わたしはすぐに席を立ったが、慌《あわ》てて椅子《いす》を引いたせいかテーブルを揺すってしまい、ガイルズのポートワインがひっくり返った。

「あら、たいへん」

どうすればいいのか、わたしはまごまごしてナフキンに手を伸ばしかけた。

「いい、いい、フリスが片づける。まかせといたほうがいい。姉さん、庭を案内してやってくれないかな。まだほとんどどこも見せてないんだ」とマキシムは言ったが、なんだかげっそりと疲れたような顔つきになっている。

わたしは誰も来なければよかったのに、などと考えてしまった。きょう一日はもう台無しだ。もどったばかりというのに、お客の相手は手に余った。わたしも疲れていたし、気分が塞《ふさ》いだ。庭に案内してくれと言ったときのマキシムは怒っているようにも見えた。ワイングラスを倒すなんて、わたしったら、なんて間抜け！

わたしはビアトリスとテラスにでて、なだらかな芝生を歩いた。

「マンダレーにすぐ帰ってきたのはどうかと思うわ」ビアトリスは言う。「三、四か月ぐらいイタリアをうろうろしてから、真夏にでももどればよかったのに。あなたにしたってそのほうが楽だったろうし、マキシムのためにもずっとよかったと思うわ。最初のうちはここはやっぱりいろいろたいへんだと思うのよね」

「あら、そんなことないですよ。わたし、マンダレーのことは大好きになると思うし」

ビアトリスは答えず、わたしたちは芝生を行ったり来たりしたが、しばらくすると、「あなたのことを少し聞かせて」とビアトリスが言いだした。「南仏《なんふつ》で何をしてたの？　マキシムの話ではとんでもないアメリカ女と暮らしてたそうだけど」

わたしはこれまでの事情やヴァン・ホッパー夫人のことを説明した。ビアトリスは同情して聞いてくれたが、別のことに気を取られているのか、どこか上の空だった。

わたしが言葉を切ると、

「そうね、たしかに突然の展開だったわね。でも、あたしたちみんなも大よろこびだったし、ふたりとも幸せになるといいわね」と言う。

「ありがとうございます」わたしは言った。「どうもありがとうございます」

それにしてもビアトリスはなぜ「ふたりとも幸せね」と言わず、「なるといい」などと言ったのだろう。わたしは親切で率直なこの義姉がとても好きになったが、ビアトリスの口吻《こうふん》にはかすかな迷いがただよっているようで、わたしを不安にさせる。

ビアトリスはわたしの腕を取ってつづけた。

「ほんというと、マキシムから南仏であなたを見つけた、とっても若くてとってもきれいだという手紙をもらったときは、ちょっとショックだったのよ。てっきり厚化粧のモダンガールかと、ああいうところで出会う典型的なタイプ、派手な社交好きだろうと思ってたから、モーニングルームに現れたあなたを見て、腰を抜かすぐらいびっくりしたわ」

ビアトリスは笑った。つられてわたしも笑ったが、わたしの姿にがっかりしたのか、ほっとしたのか、それは言ってくれない。

「マキシムはね、ほんとに悲惨な目に遭ったの。あなたのおかげで忘れることができたと思いたいわ。マンダレーにはもちろん弟も深い愛情があるし」

ビアトリスがこの調子で以前のことを、何気なく自然に話しつづけてくればいいと半分期待しながらも、心の奥底では聞きたくない、知りたくないという思いがあった。

「あたしたち姉弟は全然似てないのよ」ビアトリスは言う。「性格が正反対なの。あたしはなんでも顔にでてしまう。相手のことが好きか嫌いか、怒ってるのか嬉《うれ》しいのか。抑制ってものがないのね。でも、マキシムはまったくちがうの。すごくもの静かで、感情を全然ださない。何考えてるのか、さっぱりわからない。あたしはちょっとしたことでもすぐカッとなって爆発するけど、あとはけろりとして引きずらないの。マキシムが腹を立てるのは年に一回か二回ぐらいしかないんだけど、いったん怒ったらそれはもう、怒るなんてもんじゃないのよ。でも、あなたに腹を立てることは絶対ないと思うわ、とっても穏和そうでかわいらしいもの」

ビアトリスは笑顔になってわたしの腕を親しげに撫でた。

穏和――なんとも穏やかで安らかに聞こえる。膝《ひざ》に編み物をのせた、落ち着いたもの静かなたたずまいの人。けっして不安にならず、判断に迷って苦しむこともない人。わたしのように、期待にふるえたり、必死になったり、怯《おび》えて爪《つめ》を噛《か》んだり、どっちに行けばいいのか、どの星を頼りに進めばよいのか思い惑う、そんなこととは無縁の人……。

「こんなこと言って気にしないでほしいんだけど、その髪、なんとかしたほうがいいと思うわ」ビアトリスはつづけた。「パーマでもかけたらどうかしら。だってぺしゃんこだもの。帽子をかぶったら最悪でしょうね。髪を耳の後ろにかけてみたらどう？」

わたしは言われたとおりにし、お眼鏡に適《かな》うかどうか返事を待った。ビアトリスは首を傾けて、しげしげと観察した。

「だめ、余計ひどいわ。きつく見えて似合わない。パーマをかけてふわっとさせればいいの、それだけよ。あのジャンヌ・ダルク・スタイルというの、あれはいただけないわ。マキシムはなんと言ってるの？　そのヘアスタイル、似合うって？」

「さあ？　何も言われたことないんです」

「あら、そう。ま、いいと思ってるのかもしれないわね。あたしの言うことなんて当てにしないほうがいいわ。それより、ねえ、ロンドンやパリで服を買ったの？」

「それが時間がなくて。マキシムが早くうちに帰りたいって言って。あとでカタログを頼めばいいし」わたしは言った。

「その格好を見れば、服にはまったくかまわないのがわかるわ」

わたしは申しわけなさそうに、フラノのスカートに目をやった。

「そんなことありません。すてきなものはとても好きです。いままで服にかけるお金があまりなくて」

「マキシムもなんだってあのままロンドンに一週間ばかり滞在して、まともな服を揃《そろ》えるようにしてあげなかったのかしら」ビアトリスは言う。「ずいぶん勝手よね。それに弟らしくないわ。いつもはすごくうるさいのよ」

「そうなんですか。うるさいなんて感じたことないですけど。わたしが着ているものなんて、全然目に入ってないんじゃないかしら。何も気にしてないと思います」

「あら、そう？　ま、弟も変わったのかもしれないわね」

ビアトリスは視線を外すと、口笛を吹いてジャスパーを呼び、ポケットに手を突っこんで屋敷を見あげた。

「西の棟は使ってないそうね」

「ええ、東の棟のスイートを使ってます。模様替えしたんです」

「あら、そう？　知らなかったわ。またどうして？」

「マキシムの思いつきなんです。そのほうがいいみたいで」

ビアトリスは何も応じず、窓を見あげたまま、口笛を吹いている。

「ダンヴァーズさんとは、どう、うまくいきそう？」不意にビアトリスが言った。

わたしは腰をかがめてジャスパーの頭を撫《な》で、その耳をさすった。

「まだあまり接触がないんですけど、ちょっと怖い感じです。ああいう人にはいままでお目にかかったことないし」

「それはそうでしょうよ」ビアトリスは言った。

ジャスパーが、大きなすがるような目で、少し意識したようにわたしを見あげている。わたしはすべすべした頭のてっぺんにキスして、黒い鼻面《はなづら》に手をやった。

「怖がることなんてないのよ。それと、何があっても相手にそれを悟らせてはだめよ。あたしはもちろんダンヴァーズさんと関わったことなんてないけど、関わるのはごめんだわ。あたしに対してはいつも丁重なんだけどね」

わたしはジャスパーの頭をまだ撫でていた。

「好意的だった？」ビアトリスが言った。

「いえ、あまり」とわたしは言った。

ビアトリスはまた口笛を吹きはじめ、足先でジャスパーの頭をこするようにした。

「必要以上に接触しないほうがいいと思うわ」

「そうですね。家のことは手際《てぎわ》よく片づけてくれるみたいだし、わたしが口出しする必要はないですし」

「ああ、そんなことは気にしないと思うわよ」

ゆうべマキシムもそう言っていた。ふたりが同じ意見なのもおかしなものだ。ダンヴァーズ夫人にとっては、口出しされるほどいやなことはないのでは、とわたしは思っていたのだが。

「ま、しばらくすればダンヴァーズさんも気持ちの整理をつけるだろうと思うけど、最初はちょっといやな目に遭うかもしれないわね。なにしろ気が変になるくらい妬《ねた》ましくてならないのよ。そうじゃないかと心配してたのよね」

「え？ どうして妬んだりするんです？」わたしはビアトリスを見あげて言った。「マキシムはダンヴァーズさんに取りたてて好意を感じているふうにも見えませんけど」

「そうじゃないのよ、マキシムじゃないの。そりゃあ、ダンヴァーズさんだって一目置くぐらいのことはしていると思うけど、それだけよ」ビアトリスはかすかに顔をしかめて、わたしのことをためらいがちに見た。「要するにあなたがここにいること自体に反感を抱いているのよ。問題はそこなの」

「どうして？　どうしてわたしに反感を抱くんです？」

「知ってるかと思ってたわ」ビアトリスは言った。「マキシムが話したものと思ってたのに。ダンヴァーズさんはね、それはもうレベッカを崇拝してたのよ」

「ああ、そう、そうだったんですか」わたしは言った。

わたしたちはまだジャスパーを撫でまわしていた。注目を浴び慣れていないジャスパーは、ひっくり返って、有頂天になっておなかを見せる。

「男性陣がやってきたわ」ビアトリスが言った。「栗《くり》の木陰に椅子をだしてもらいましょうよ。ガイルズもまあ、ひどく太ったもんね。こうしてマキシムと並んでるとみっともないわねえ。フランクはオフィスにもどると思うけど、あの人も退屈な人よね、気の利《き》いた口のひとつもきけないし。ヤッホー！　みなさん方、何話してたの？　世の中をこきおろしてたんでしょ」

ビアトリスは笑いながら言い、男性たちがぶらぶらやってきた。みな所在なげで、ガイルズが枝を投げてやると、ジャスパーが追いかけてゆく。全員がジャスパーを目で追った。クローリー氏は腕時計に目を落とした。

「わたしはそろそろ失礼しないと。どうもごちそうさまでした」

「ちょくちょくいらしてくださいね」わたしは言って、握手を交わした。

ビアトリスたちも帰るのだろうか。ふたりがお昼のために来たのか、ゆっくりするつもりで来たのかよくわからないが、帰ってくれればいいと思った。イタリアにいたときのようにマキシムとふたりだけになりたかった。

ロバートが栗の木陰に用意してくれた椅子や敷物の上で、一同くつろいだ。ガイルズは横になると帽子を顔に乗せ、しばらくすると口をあけたまま鼾《いびき》をかきはじめた。

「うるさいわよ、ガイルズ」ビアトリスが言う。

「眠ってなんていない」ガイルズはそう呟《つぶや》いて目を開けたが、またすぐ閉じてしまう。ガイルズは魅力的ではないとわたしは思った。ビアトリスはどうしてこんな男と結婚したのだろう？　恋に落ちたとは到底思えない。ビアトリスのほうもわたしについて同じようなことを考えていたのか、ときどき、（いったいマキシムは彼女のどこがよかったのかしら）とでもいうような、当惑して考えこんだような視線を当ててくる。でも、好意の感じられる眼差《まなざ》しで、意地の悪いものではなかった。

ビアトリスたちは祖母の話をしている。

「おばあさんに会いに行かないとな」マキシムは言い、

「かなり耄碌《もうろく》してきたわ。食べ物をぼろぼろこぼすの、かわいそうに」とビアトリス。

わたしはマキシムの腕に寄りかかり、顎《あご》を上着の袖《そで》に擦りつけるようにして、ふたりの会話を聞いていた。マキシムはビアトリスと話をしながら、ぼんやりとわたしの手を撫でさする。

（わたしがジャスパーにするみたい。こうしてマキシムに寄り添うわたしはジャスパーなんだわ。気がむくとマキシムは撫でてくれる。そのときだけマキシムと近くなれたみたいでうれしいの。マキシムはわたしがジャスパーを好きなように、わたしのことを好きなんだわ）

風もやんで、眠気を誘うような安らかな午後になっていた。刈られたばかりの芝生の甘く濃厚な匂《にお》いが夏を思わせる。ガイルズが頭の上を飛びまわるミツバチを帽子をふって追いはらった。

日向《ひなた》は暑すぎたのだろう、舌を垂らしたジャスパーが駆けおりてきて、わたしの脇《わき》にどさりと腰をおろし、申しわけなさそうな大きな目を見せて、脇腹を舐《な》める。ムリオン窓に日が注ぎ、青い芝生とテラスがガラスに映っているのが見える。手前の煙突のひとつから煙が立ちのぼっている。決められたとおり、図書室の暖炉に火が入れられたのだろうか。

ツグミが芝生の上を横切って、ダイニングルームの外に立っているモクレンの木に留まった。やさしいほのかな香りが、坐《すわ》っているわたしのところへもただよってくる。

辺りは静けさに包まれていた。潮が引いたのだろう、下の入り江を洗う波音がかすかに聞こえてくる。またミツバチの羽音が聞こえてきたかと思うと、栗の花の蜜《みつ》を求めて頭上にしばし留まった。

（夢見ていたのはこれだわ。こうあってほしいと思ったマンダレーでの暮らし、いまがそれだわ）とわたしは思った。

口も開かず、話にも耳を傾けず、ずっとこうして坐ったまま、この貴重な瞬間を永遠に留めておきたい。

いまは誰もが安らかで、頭上で羽音をたてているミツバチと同じように満ち足りて眠たげだが、このあとすぐに何もかも移ろってしまう。あすがやってきて、そして次の日が、さらに次の年がやってくる。そうしてみな変わってしまい、いまここでこうしているように坐ることはもうないかもしれない。どこかへ去ってしまう人もいるだろうし、苦しんだり、死んでしまったりする人だっているかもしれない。わたしたちの前には未知の未来がひろがっており、それはわたしたちが望んだもの、計画したものではないかもしれない。

でも、いまこの瞬間はそうではない。何ものにも壊すことはできない。わたしたちふたり、わたしとマキシムは手と手をつないでこうして坐っており、過去も未来も何ひとつ関係ない。マキシムがいまこのときを思いだしたり、考えたりすることはきっとないだろうが、時という流れに浮かんだえもいわれぬこのひとときはゆるぎない。でも、マキシムはそれを大切に思うこともない。いまも私道の下草を刈り取るという話をしていて、賛成したビアトリスが自分なりの思いつきを口にする。そして芝をつまみ取ってガイルズに投げつけたりしている。彼らにとっては、なんということはない昼食後のひととき、ある日の午後三時十五分過ぎ、ほかの日でも、別の時刻でもかまわないことだ。わたしのように、切り取って大事にしまっておきたいとは思わない。彼らはわたしとちがって不安ではないのだから……。

「さ、そろそろお暇《いとま》したほうがよさそうね。夕食にはカートライト夫妻を招《よ》んでるのよ」

ビアトリスがスカートに付いた草をはらいながら言った。

「ヴェラは元気?」マキシムが尋ねた。

「そうね、昔と一向に変わってないわ。いつもからだのことばっかり言ってる。ご主人のほうはひどく老《ふ》けたわね。ふたりともあなたたちの様子を聞きたがるわ」

「よろしく言っておいて」マキシムが言う。

みな立ちあがり、ガイルズは帽子をはたいた。マキシムは伸びをしながら欠伸《あくび》をした。日も陰ってきた。空を見ると、すでに様子が変わって、うろこ雲がでている。小さな雲が列を成して流れてゆく。

「風向きが変わったな」とマキシム。

「雨に遭わないといいんだが」ガイルズが言う。

「上天気もここまでのようね」とビアトリス。

みなぶらぶらと車が置いてある私道へむかった。

「東の棟を改装したの、見せてなかったね」とマキシムは言う。

「いらっしゃいませんか。すぐ済みますから」

わたしの提案でビアトリスとわたしは玄関広間を抜けて広い階段をあがり、男たちも後を付いてきた。

ビアトリスが何年ものあいだここに暮らしていたと思うと妙な感じがする。この同じ階段を、幼いビアトリスは乳母と駆けおりたのだ。ここで生まれ育ち、全部知り尽くしていて、いくら経《た》ってもわたしなどが及ばないぐらい、ここの人間なのだ。心の裡《うち》にたくさんの思い出を秘めていることだろう。過ぎ去った日々を、三つ編みのやせっぽちの女の子だったころを思い起こすことはないのだろうか。四十五のいまの自分、すっかり生活ができあがって別人のように逞《たくま》しい女となったいまの自分とはかけ離れたような日々を。

部屋に着くと、低い入り口にガイルズが身をかがめながら、

「いやあ、これはいい、すごくよくなったよね、ビー？」

「あら、まあ、マキシム、あんたも奮発したもんね。新しいカーテンに新しいベッド、新しいものばかりじゃないの」ビアトリスは言った。「ガイルズ、あなたが足を痛めて寝こんだとき、この部屋を使ったの、覚えてる？　あのころはひどくみすぼらしい感じだったわ。ま、母も快適を追求する人じゃなかったし、考えてみれば、あんたもお客にこの部屋をあてがうことはなかったわよね、マキシム？　満杯でどうにもならないときだけ独身男が押しこまれたのよね。何はともあれ、とてもすてきよ。バラ園も見おろせるし——まえからこの部屋のいい点だったわ。白粉《おしろい》はたいていいかしら？」

男たちは階下へむかい、ビアトリスは鏡を覗《のぞ》いた。

「ダンヴァーズさんが全部やってくれたの？」

「そうです。すばらしい出来だと思います」

「当然よ、それだけの訓練はしてきてるんだから。それにしても、いくらかかったのかしら。相当な金額ね、きっと。訊《き》いてみた？」

「いえ、それは……」

「ま、ダンヴァーズさんも費用のことなんて気にしなかったと思うけど」ビアトリスは言う。「櫛《くし》をお借りしてもいい？　すてきなブラシのセットね。結婚祝い？」

「マキシムがくれたんです」

「そう。あたしも気に入ったわ。そうそう、あたしたちからも何かあげないと。何がいい？」

「いえ、そんな、特にないですし、気を遣っていただかなくても」

「ばかなこと言わないで。いくら結婚式に招ばれなかったからって、お祝いをあげないほどケチじゃないのよ」

「式のことは気になさらないでくださるといいんですけど。マキシムが外国で済ませたいって言って」

「気になんてしてないわよ、もちろん。合理的でいいと思うわ、ふたりとも。それに、結婚式は何もこれが……」ビアトリスは途中までしか言わず、ハンドバッグを取り落とした。「んもう、留め金を壊しちゃったかしら？　あ、いえ、だいじょうぶ。なんの話をしてたんだったかしら……。あ、そうそう、結婚祝い。何がいいかしら。あなた、宝石なんて興味なさそうよね」

わたしは黙っていた。

「とにかくふつうの若いカップルとはまるでちがうから思案するのよね。このあいだ友人の娘さんが結婚したんだけど、お祝いは人並みにリネン類や、コーヒー茶碗《ぢゃわん》のセットとか食卓の椅子《いす》とかそういうものだったわ。あたしはなかなかすてきな床置きのスタンドランプをあげたの。ハロッズで五ポンドだったわ。そうそう、ロンドンで服を買うなら、あたしの行きつけのマダム・カルーにしなさいね。センスがすごくいいし、ぼったりしないから」

ビアトリスはドレッサーから立ちあがると、スカートの皺《しわ》を伸ばした。

「お客さんをたくさん招ぶつもり？」

「わかりません。マキシムから何も聞いてないんです」

「弟も変わってるから、予想がつかないのよね。一時《いっとき》はもう家中お客であふれてて、どこを探しても寝るところもないなんてこともあったんだけど、いくら考えてもあなたがそういう……」ビアトリスは唐突に言葉を切って、わたしの腕を撫《な》でた。「ま、いいわ。そのうちね。乗馬も狩りもしないのは残念だわ、すごく楽しいのに。ところでヨットはやらないわよね？」

「ええ」わたしは言った。

「ああ、よかった」

ビアトリスはドアまで移動し、わたしも後について廊下を行った。

「気がむいたら遊びにいらして」ビアトリスは言った。「人にはね、自分から来てもらうことにしてるの。招待状なんてだしてる暇ないわ、人生は短いのよ」

「ありがとうございます」

階段から玄関広間を見おろすと、マキシムたちが外の階段に立っていた。

「ビー、早く！」ガイルズが大声で呼んだ。「ぽつぽつ来はじめたんで、幌《ほろ》をあげたよ。マキシムが晴雨計が下がってるって」

ビアトリスはわたしの手を取って、頬に軽くキスをした。

「さよなら。不躾《ぶしつけ》なこと訊いたり、言うべきじゃないようなことを言ったとしたら、ごめんなさいね。マキシムに聞けばわかるけど、昔からあたしは気配りに欠けるのよ。それに、さっきも言ったけど、あなた、予想とは全然ちがったから」

ビアトリスは口笛を吹くように唇をすぼめて、わたしをまっすぐに見つめ、おもむろにバッグから煙草《たばこ》をだして、ライターで火をつけた。それからカチリと蓋《ふた》を閉め、階段を降りながら言った。

「あなたはね、レベッカとはまるっきりちがうのよ」

外の階段にでると、雲の峰に太陽が隠れて、小雨が降っていた。椅子を取りこもうと、ロバートが芝生を急ぎ足で横切っていった。

第十章

私道のカーブの先に消えた車を見送ると、マキシムがわたしの腕を取って言った。

「やれやれだ。急いでコートを取っといで。外にでよう。雨ぐらいなんだ。散歩に行こう。ぐだぐだしてるのはもうたくさんだ」

青白く強《こわ》ばった顔つきをしている。実の姉と義兄というのに、ビアトリスとガイルズの相手をするのがどうしてそんなに疲れるのだろう?

「待ってて、二階のコート取ってくるから」わたしは言った。

「レーンコートならフラワールームにいくらでもあるから、それを着なさい。女っていうのは、いったん寝室に入ると三十分ぐらいでてこないからな」マキシムはじれったそうに言う。「ロバート、奥様のためにフラワールームからレーンコートを取ってきてくれないか。人がおいてったのが、半ダースぐらいかかっていると思う」

マキシムは私道にでて、もうジャスパーを呼んでいる。

「さ、おいで、この怠け者。少しは脂肪を落とさないと」散歩に連れていってもらえるとわかったジャスパーは、どうかしたかと思うほど吠《ほ》えたてて、ぐるぐる走りまわっている。

「静かにしろ、このバカ犬」マキシムは言った。「いったいロバートは何してる？」

レーンコートを手にしたロバートが広間から走りでてきた。襟を合わせるのにもたついたが、わたしは急いで袖《そで》をとおした。ぶかぶかで長すぎるが、取り替えている暇はない。わたしたちは連れ立って芝生を横切り、林にむかった。ジャスパーが先を駆けてゆく。

「家族にちょっとでも会うとどうも尾を引くんだな」マキシムは言う。「ビアトリスは人間としてはすばらしいんだけど、必ずへまをやらかすんだ」

何がまずかったのかよくわからないが、ここは訊《き》かないほうがいいだろう。お昼まえに健康のことを言われたのがいやだったのかもしれない。

「姉さんのこと、どう思った？」マキシムはつづける。

「とても好きよ。すごく感じよくしてくださったし」わたしは言った。

「お昼のあと庭で姉はなんの話をした？」

「うーん、べつに。しゃべったのはわたしのほうだったかな。ヴァン・ホッパーさんのことや、わたしたちの出会いとか、そういう話をしたんだけど、わたしが予想とは全然ちがったっておっしゃってた」

「どういうのを予想してたんだい、え？」

「もっとずっとスマートで、洗練された人じゃないかしら。派手な社交好きって、言ってらした」

マキシムはすぐには応じず、かがんでジャスパーのために棒きれを投げた。

「ビアトリスも時々ほんとうに頭が悪いと思うことがあるよ、まったく」

芝生の先は草地の土手になっていて、そこをのぼって林に足を踏み入れたが、木々が密生していて暗く、わたしたちは小枝や落ち葉を踏みしだいて進んだ。早蕨《さわらび》の青い芽やじきに開くブルーベルがところどころ顔をだしている。ジャスパーは鼻を地面につけて、おとなしい。わたしはマキシムの腕を取った。

「わたしの髪、好き？」

マキシムは呆気《あっけ》に取られて、わたしを見おろした。

「髪？　いったいぜんたいなんだってそんなこと訊く？　もちろん好きだよ。何かまずいとこでもあるのかい？」

「あ、ううん。ちょっと訊いてみただけ」

「おかしな子だね、きみも」

少し開けたところにでると、道が二手に分かれていた。ジャスパーはためらわずに右手を行く。

「そっちじゃないよ、もどっといで、こら」マキシムは呼んだ。

ジャスパーは尻尾《しっぽ》をふってふり返ったが、こっちに来ない。

「なんであっちに行きたがるのかしら？」わたしは訊いた。

「歩き慣れてるんだよ」マキシムは短く言った。「あっちは、ボートが置いてあった小さな入り江にでるんだ。ほらジャスパー、おいで」

わたしたちは黙ったまま左手の小径《こみち》を進んだ。しばらくして肩ごしにふり返ってみると、ジャスパーは付いてきていた。

「ここを行くと、まえに話した小さな谷にでるんだ。アザレアの匂《にお》いを楽しめるよ。雨だけど、かえって香りが引き立つと思う」マキシムは言う。

機嫌よく楽しそうで、わたしの知っている大好きなマキシムにもどっている。マキシムはフランク・クローリーを話題にして、几帳面《きちょうめん》で頼りになり、マンダレーをこよなく愛している実にいい奴《やつ》なんだ、などという話をする。

（これならいいわ、これならイタリアにいたときみたい）

わたしはマキシムを見あげて笑いかけ、あの変に強ばった表情が消えたのにほっとして、マキシムの腕を握りしめた。そして、

「あら、そう?」

「まあ、ほんとう?」

「まあ、そうなの」

などと相づちを打ちながらも、ついビアトリスのことに頭がいってしまう。どうしてビアトリスがいるとマキシムの気持ちが乱れるのだろう? 義姉がいったい何をしたというのだろう? 年に一度か二度ぐらいマキシムが激怒するという話も気になった。

姉なのだから、マキシムのことは当然よくわかっているはずだ。でも、わたしの思っているマキシム、わたしが抱いているイメージとそぐわない。ふさぎこんだり、不機嫌になったり、それこそいらだっているマキシムならわかるが、ビアトリスが言うように激怒するところ、激情に駆られるというのは想像できない。ビアトリスも誇張したのかもしれない。身内のことは案外よくわかっていないことがあるものだ。

「ほら、見て」

マキシムが不意に言った。

わたしたちは鬱蒼《うっそう》とした林の斜面に立っていたが、小径はそのまま小川の流れる谷間へくだっていた。生い茂る暗い樹木や絡《から》み合う下草が姿を消し、細い道の両側に並んでいるのはアザレアとツツジだった。私道をまっ赤に染めていた巨木とは打って変わった美しく優美な姿をして、サーモンピンクや白や山吹色の、繊細でたおやかな頭をやわらかな初夏の雨に垂れている。

辺りには目くるめくような甘い匂いが立ちこめていた。小川の流れとアザレアのエッセンスが溶け合い、雨滴と足元の湿っぽい苔《こけ》の絨毯《じゅうたん》とが渾然《こんぜん》一体となっているかのようだ。小川のせせらぎと静かな雨音しか聞こえない。

「〈幸せの谷〉と呼んでいるんだ」

口を開いたマキシムも、辺りの静けさを破りたくないのだろう、そっとやさしい声だった。

わたしたちは、すぐ近くの白い花々を見おろして、無言のままじっと立ち尽くした。しばらくしてから、マキシムが落ちていた花びらを拾ってくれた。つぶれて傷つき、縁はまるまって茶色く変色していたが、掌《てのひら》にこすりつけてみると、生きている元の木と同様、みずみずしくも甘い匂いが立ちのぼってきた。

そのとき小鳥たちのさえずりがはじまった。

まずクロウタドリの澄んだ涼やかな声が小川のせせらぎにかぶさるように響いたかと思うと、背後の林からすぐに相棒が応《こた》え、しばらくすると静かだった辺りの空気が鳥の歌声で沸き返った。谷間におりてゆくわたしたちを歌声が追いかけてくる。白い花びらの香りもまとわるようにして離れない。魔法にかけられた場所にいるかのようで、心が妖《あや》しく波立った。〈幸せの谷〉がこれほど美しいとは思いもよらなかった。

午後の早い時間とは打って変わって、雲が垂れこめたどんよりした空も、降りしきる雨も、谷間のやさしい静けさを侵すことはできない。小川のか細い流れと雨音が溶け合い、クロウタドリの澄んだ歌声がハーモニーを奏《かな》でるようにしっとりした辺りの空気にしみわたる。

密生したアザレアの、しっぽりと濡《ぬ》れた花々をかすめるように歩いてゆくと、花弁の雫《しずく》が手に落ちてくる。足元の濡れそぼった茶色い花びらの残り香が、泥臭い厚ぼったい苔、蕨の茎や曲がりくねった木の根の、太古からただよっているような濃い匂いと混じり合う。

わたしはマキシムの手を握ったまま、一言も発していなかった。〈幸せの谷〉の魔法にかけられていたのだ。これこそがマンダレーの神髄、わたしがこれから知るようになり愛するようになるマンダレーだった。

私道にはじめて入ったときの記憶をわたしは忘れ去った。群れをなすようにして迫る暗い木々を、絢爛《けんらん》豪華で毒々しいほどのツツジを。あの宏大《こうだい》な屋敷、足音が鳴り響く広間、埃《ほこり》よけのシーツに覆《おお》われた西の棟の不気味な静けさ。わたしのことを知らない部屋べやをさまよい、わたしの物ではない椅子《いす》に坐《すわ》って机にむかうわたしは、そこでは侵入者。でも、ここはちがう。〈幸せの谷〉はよそ者を拒まない。

小径の端まで来ると、花が天蓋《てんがい》を作っていた。腰をかがめてくぐり、髪の雫をはらって背筋を伸ばすともう谷を抜けていた。目の前は、何週間もまえのあの午後、モンテカルロでマキシムが話してくれた小さな細長い入り江だった。足元は白い小石で、アザレアも、木々もない。前方の岸辺に波が砕けている。

わたしのとまどった顔を見おろして、マキシムがほほえんだ。

「ちょっとしたショックだろ？　いきなりだから、心の準備ができないよね。落差が激しくて痛いぐらいだろう？」

マキシムは小石を拾って、ジャスパーのために遠くへ放り投げた。

「そーら、取ってこい！」

黒い耳をなびかせて、ジャスパーが一目散に駆けだした。

魔法が解けてかき消えた。わたしたちは生身の人間に、浜辺で遊ぶただのカップルにもどった。何度も小石を投げ、波打ち際《ぎわ》で水切り遊びをし、流木を拾う。潮が変わり、ひたひたと満ちてきた。小さな岩が隠れ、海草が揺れる。大きな板きれが流れてきたので、満潮になっても届かない位置まで運びあげた。マキシムが笑いながら額にかかる髪をはらってわたしをふりむき、わたしは波しぶきがかかったレーンコートの袖《そで》をたくしあげた。そしてふとあたりを見まわすと、ジャスパーの姿がない。名前を呼んで口笛を吹いたが、現れない。入り江の開口部の岩に波が砕けている。

わたしはそっちを心配そうに見た。

「だいじょうぶ。落ちたなら気がついたはずだ」マキシムが言った。「ジャスパー、こら、ジャスパー、どこなんだい？　ジャスパー、ジャスパー？」

「〈幸せの谷〉にもどったのかしら」

「ついさっきまであそこの岩のそばでカモメの死骸《しがい》を嗅《か》ぎまわってた」

わたしたちは浜辺を辿《たど》って、谷間のほうへもどった。

「ジャスパー、ジャスパー？」マキシムが呼んだ。

浜の右手に岩が小山を成していて、その向こうから、鋭く吠える声が短く聞こえた。

「いまの聞いた？　ここを乗り越えたんだわ」

わたしは鳴き声がしたほうへ、滑りやすい岩を這《は》うようにしてのぼりはじめた。

「よせ。そっちはだめだ」マキシムがぴしゃりと言う。「ジャスパーのことはほっとけ」

わたしはマキシムを見おろしてためらった。

「転落したかもしれないじゃない。かわいそうよ。連れにいくわ」

ジャスパーがまた吠えたが、こんどはもっと遠くから聞こえてくる。

「ほら、また鳴いてる。連れてくるわ。危険はないわよね？　潮が満ちて取り残されてるなんてことないわよね？」

「ジャスパーならだいじょうぶさ。ほっときゃいい。自分で帰ってくるさ」マキシムが怒ったように言う。

わたしは聞こえない振りをして、岩をよじのぼりはじめた。

ごつごつした大岩が視界を遮っている。濡れた岩にすべったりつまずいたりしながら、わたしはジャスパーの声がしたほうへ進んだ。ジャスパーを放っておくなんて、マキシムも薄情だ。どういうつもりだろう？　潮も満ちてきているというのに。

視界を遮っていた大岩の脇《わき》に辿り着き、その向こうに目をやると、驚いたことにそこも入り江になっていた。形状は似ていたが、もっと広くて湾曲している。ボートを繋留《けいりゅう》しておけるよう石の防波堤が伸びており、小さな天然の港を形作っている。ブイも見えたが、ボートはなかった。下はやはり白い小石だったが、浜は急で、いきなり海に落ちている。海草が満潮時の位置に打ちあげられていたが、岩山にも届きそうな勢いで樹木がその線まで迫っている。林の縁には防波堤と同じ石でできた、ボート小屋とコテージを兼ねたらしい、屋根の低い長細い建物がたっていた。

浜には男がいた。ゴム長に暴風雨帽《サウウエスター》をかぶっている。漁師だろうか。ジャスパーがその回りを走っては長靴に嚙《か》みつくようにして吠《ほ》えたてている。男はまったく頓着《とんちゃく》せずに、腰を曲げて小石を掘り返している。

「ジャスパー、ジャスパー、おいで!」わたしは声を張りあげた。

犬は顔をあげて尻尾をふったが、言うことをきかない。波打ち際の男をかまうのをやめない。

肩ごしにふり返ってみたが、まだマキシムは来ない。わたしは浜まで岩の山をおりていった。小石を踏みしめる音に、男が顔をあげた。障害があるのだろう、小さな細い目をして、口が赤く濡れている。男は歯のない歯茎を見せて、わたしに笑いかけた。

「こんちは。ひどいお天気」

「こんにちは」わたしは言った。「そうね、あまりいいお天気じゃないわね」

相手はずっと笑みを浮かべたまま、わたしを興味ぶかそうに見ている。

「貝ほってんの。貝、ないね。朝からずっとほってんの」

「あら、そう。見つからなくて残念ね」

「そうなの。ここ貝ないね」

「さ、おいでジャスパー。もう遅いわ。ほら、おいで」

腹立たしいことにジャスパーはどうかしてしまったようだ。海と風に興奮したのか、ばかみたいに吠えたてて後ずさり、めったやたらと浜を駆けまわる。これではいくら呼んでも付いてきそうにないし、引き綱ももってきていなかった。

わたしはまた腰をかがめて空《むな》しく掘りはじめた男に、「何か紐《ひも》もってない？」と話しかけた。

「あ？」

「何か紐もってない？」わたしは繰り返した。

「ここ貝ないね」男は首をふりながら言う。「朝からずっとほってんの」

男はうんうんとひとりうなずきながらわたしを見て、涙のにじんだような薄青い目をこすった。

「犬をつなぐものがほしいの。呼んでも来ないのよ」わたしは言った。

「あ？」

男は呆《ほう》けた笑みを見せるばかりだ。

「わかったわ。もういいの」

男はあやふやな顔でわたしを見ていたが、身を少し乗りだして、わたしの胸をぽんと突いた。

「ワンちゃん知ってる。お屋敷のワンちゃん」

「そうなのよ。いっしょに連れて帰りたいの」

「あんたのワンちゃんちがう」

「デ・ウィンターさんの犬なのよ」わたしはやさしく言い聞かせた。「お屋敷に連れて帰りたいの」

「あ？」男は言った。

もう一度ジャスパーを呼んだが、風に舞う羽根を追いかけている。

紐か何かあるかもしれないと、わたしはボート小屋にむかった。以前はきちんとした庭もあったのだろうが、いまや草が伸び放題でイラクサに覆われ、窓には板が打ち付けてある。きっと鍵《かぎ》がかかっていると思って、大して期待せずにドアの掛け金に手をかけると、動きは悪かったが、驚いたことに開いた。戸口は低く、わたしは首を縮めて中に入った。

ロープや滑車《ブロック》やオールなどの、埃まみれになったボート用品があるだろうと思っていたら、埃はたしかに積もっているし、ところどころ泥も落ちてはいるものの、ロープやブロックの類《たぐい》は見当たらず、コテージの室内は玄関から端まで家具調度で占められていた。隅には机、壁際にはソファーベッド、テーブルに椅子もある。皿やカップが置かれた戸棚、それに本が並んだ書棚があって、その上には帆船の模型がいくつか飾ってある。

一瞬、誰かが住んでいるのかと思ったが（浜辺のあの気の毒な男が住処《すみか》にしているのかもしれない）、もう一度よく見まわすと、最近使われたような形跡はなかった。暖炉の中の錆《さび》の浮いた炉格子《ろごうし》に炎の気配もなく、埃だらけの床には足跡ひとつない。戸棚の食器は湿気で変色している。辺りには黴《かび》くさい異臭がただよっていて、帆船の模型にはか細い索具《リギン》のように蜘蛛《くも》の巣がからんでいる。住む者はなく、来る者とてないのだ。ドアを開けたときも、蝶番《ちようつがい》の軋《きし》む音がした。屋根に当たる雨は虚《うつ》ろに響き、窓の板を叩《たた》く。ソファーベッドの布地はネズミにでも齧《かじ》られたらしく、ぎざぎざになった穴やぼろぼろの縁が見える。

コテージはじめじめしていた。暗く重苦しく、ひんやりしていて、いやな感じがする。長居する気にはなれない。屋根に当たる虚ろな雨音が部屋中に反響し、錆びた炉格子に落ちる雨垂れもたまらなく気味が悪い。

紐でもないかとあちこちに目をやったが、引き綱に使えそうなものは何ひとつなかった。奥にもうひとつドアがあった。思ってもみないものが、見たくないものがあるのではないかという妙な不安にとらわれ、わたしはおそるおそる開いた。危害を加えるものが、恐ろしいものが潜んでいるような気がした。

もちろん、ただのばかげた妄想で、扉を開くとそこはごく普通のボート用品置き場だった。予想どおりのロープやブロック、それに帆《セール》が二、三枚、フェンダー、小型の平底舟《パント》、塗料の缶など、船をもっているとたまってしまうがらくたがころがっている。丸めた麻紐が棚にあって、その脇に錆びついた折りたたみナイフもあった。ジャスパーにはこれで十分だ。わたしはナイフを開いて適当な長さに麻紐を切ると、部屋のほうへもどった。相変わらず雨が屋根を叩き、炉格子に落ちてくる。わたしは破れたソファーや黴の吹いた食器、帆船の模型にかかる蜘蛛の巣を見ないようにして、大急ぎでコテージをあとにすると、軋む門扉を抜けて、白い浜に立った。

浜の男は掘るのをやめて、わたしを見ている。その脇にジャスパーもいた。

「さ、行きましょう、ジャスパー。いい子ね、おいで」

こんどはジャスパーもおとなしく言うことを聞いてくれたので、首輪を掴《つか》むことができた。

「コテージに紐があったわ」わたしは男に言った。

相手は何も答えない。わたしは首輪に紐をゆるく結んだ。

「それじゃあね」

わたしはジャスパーを引っぱりながら言った。

男はわけのわからない細い目でじっとわたしを見つめて、うなずいた。

「あすこに入ってったの、見た」

「そうね。でも、だいじょうぶ。デ・ウィンターさんはかまわないわ」

「あの女はもうあすこに来ない」男は言う。

「そうね、もう来ないわね」

「海でね、いなくなっちゃったんだよね？　もう帰って来ないね」

「そうね、帰って来ないわね」わたしは言った。

「おいら、なんも言わんかったよ」

「もちろんよ、心配することないのよ」わたしは言った。

男は口の中でぶつぶつ言いながらかがむと、また掘りはじめた。

浜の小石を踏んでいくと、ポケットに手を突っこんだマキシムが岩山のところで待っていた。

「ごめんなさい」わたしは言った。「呼んでもジャスパーが来なかったんで、紐を探してたの」

マキシムはいきなり踵《きびす》を返すと、林のほうに歩きだした。

「岩を越えて行くんじゃないの？」

「意味がないだろ、もうこっちに来てるんだから」マキシムはそっけなく言った。

わたしたちはコテージの前を過ぎて、林の小径《こみち》に入った。

「手間取ってごめんなさい。ジャスパーがいけないのよ。だってあの男の人にやたらと吠えかかるんだもの。あの人、誰？」

「ベンだよ。気の毒な男だけど、何も悪さはしないさ。以前うちの森番をしていた年取った親父《おやじ》さんがいて、一家でうちの農場のそばに住んでる。その麻紐どうした？」

「浜辺のコテージでみつけたの」

「ドア、開いてたの？」マキシムは訊《き》いた。

「押したら開いたの。紐はセールとか小さなボートがあるほうの部屋でみつけたの」

「ああ、そう、なるほど」マキシムは短く言い、少し間をおいてから付け加えた。

「コテージは施錠してるはずだ。ドアが開いていたのはおかしい」

関わるべきことでもないので、わたしは黙っていた。

「ベンがドアは開いてるって教えてくれたの？」

「ううん。何を訊いてもわからないみたいだったわ」

「わからない振りをしてるだけさ。ベンはその気になれば、筋道だった会話はできる。始終出入りしてるのがばれるとでも思ったんだ」

「そんなことないと思うわ」わたしは言った。「ひと気なんてまるでなくて、荒れ果ててるもの。埃《ほこり》だらけだったし、足跡もなかった。それにひどく湿気てたから、本も椅子《いす》もあのソファーもだめになっちゃうと思うわ。ネズミもいるみたいで、カバーが齧られてたわ」

マキシムは返事をせず、急な登りなのにものすごいスピードで歩いてゆく。こちらの道は〈幸せの谷〉とはまったく様相がちがった。鬱蒼《うっそう》としていて、脇を彩《いろど》るアザレアもない。太い枝から大粒の雫《しずく》が落ちてきて首筋を伝った。冷たい指で触れられたようで気持ちが悪く、わたしは身ぶるいした。慣れない岩の上を這《は》いまわったため足も痛い。ジャスパーは舌を垂れて、遅れ気味だ。はしゃぎすぎてくたびれたのだろう。

「そら、もっと急げ、ジャスパー」マキシムが言った。「もっと速く歩かせろよ。紐を引っぱったらいいじゃないか。姉さんの言うとおりだな。肉が付きすぎてる」

「あなたのせいよ。ものすごい早足なんだもの、付いていけないわ」

「勝手に岩をのぼったりせずにぼくの言うことを聞いていれば、いまごろもうちに着いてた。ジャスパーならひとりで帰れたさ。まったくもう、なんだって探しになんて行ったんだ」

「転落でもしたのかと思ったのよ。それに潮も心配だったし」

「潮の危険があるなら、このぼくが放っておくとでも思うのかい？」マキシムは言った。「岩をのぼるなって言ったのに、くたびれて文句言ってる」

「文句なんて言ってないわ」わたしは言った。「こんな速度で歩かれたんじゃ、鋼鉄の足の持ち主でも疲れるわよ。それに、後に残ったりしないでいっしょに探しに来てくれると思ったんだもの」

「あのバカ犬を追いまわしてくたびれるのはごめんだね」

「海岸で流木を拾うのは平気で、ジャスパーを追いまわすとくたびれるの？　ほかに言いわけがないからそんなこと言うんだわ」

「言いわけ？　いったいなんだってぼくが言いわけなんてする？」

「知らないわ」わたしはげんなりして言った。「もうやめましょう」

「そうはいかない。きみがはじめたんだ。言いわけをしようとしてたって、どういう意味？　なんの言いわけ？」

「わたしといっしょに岩を乗り越えていかなかった言いわけじゃない？」

「それじゃあ訊くけど、どういう理由でぼくがあっちの浜に行きたくなかったと思うわけ？」

「ああ、マキシム、わかるわけないでしょう？　読心術はできないわ。行きたくないのがわかっただけ。顔に書いてあったもの」

「何が？」

「いま言ったでしょう？　行きたくないのがわかったの。お願い、もう、やめましょう。この話はうんざり」

「女ってのは、言い負かされるとすぐそう言うんだ。わかったよ、ぼくはあっちの浜に行きたくなかった。こう言えば満足かい？　あそこにも、あのコテージにも、死んだって近寄りたくないんだ。ぼくと同じ思いをしてたら、きみだって行きたくないし、話題にもしたくないし、考えたくもないさ。どうだ！　いま言ったことを気が済むまでよく反芻《はんすう》してみたらいい」

マキシムは蒼白だった。うちひしがれたようにこわばった目に、初めて出会ったときと同じどうにもならない暗い色が浮かんでいる。

わたしは手を差しだし、マキシムの手を取って、強く握った。

「お願い、マキシム、お願い」

「なんだよ」マキシムは乱暴に言った。

「そんな顔しないで。つらすぎるわ」わたしは言った。「マキシム、お願い、いま言ったことは全部忘れましょう。くだらないケンカだったわ。ごめんなさい。悪かったわ。仲直りしましょう、お願い」

「あのままイタリアにいればよかったんだ。マンダレーにもどってくるべきじゃなかった。帰ってくるなんて、ぼくは大バカ者だ」

そう言うと、マキシムはいっそう早足になって、行く手の木々を押しのけるようにしてずんずん歩きはじめた。

付いていくには走るしかなかった。わたしは息を切らし、涙をこぼしそうになりながら、紐《ひも》の先の哀れなジャスパーを引きずるようにして、走った。

ようやっと小径の頂きに辿《たど》り着くと、もう一方が右の〈幸せの谷〉に伸びているのが見えた。最初ジャスパーが行きたがった小径を来たというわけだ。ジャスパーがこちらを選んだ理由もわかった。よくなじんでいる浜とあのコテージがあるからだ。通い慣れたルートなのだ。

屋敷前の芝生にでたが、わたしたちは一言も口をきかないまま、横切った。マキシムの顔は無表情に固まっていて、わたしには目もくれずに玄関広間から図書室に直行してしまった。

広間にはフリスがいた。

「すぐにお茶の用意をしてくれ」

マキシムは言って、図書室のドアを閉めた。

わたしは涙をこぼすまいと必死になった。フリスには見られたくない。涙なんて見せたら、ケンカしたと思われてしまう。そして使用人部屋のみんなにこう言うかもしれない。

「いまさっき奥様が広間で泣いておられた。どうもあまりうまくいっていないようだ」

フリスがやってきてレーンコートを脱ぐのに手を貸してくれたが、顔を見られないようにわたしは反対のほうをむいた。

「フラワールームにしまってまいります」

「ありがとう」横をむいたままわたしは言った。

「お散歩にはあいにくのお天気でございましたね」

「ええ、そうね、いまひとつだったわ」わたしは言った。

「奥様のハンカチでしょうか」

フリスが床に落ちたものを拾ってくれた。

「ありがとう」

わたしはポケットにしまった。

二階にあがるべきか、マキシムがいる図書室に行くべきかわたしは迷っていた。フリスはコートをしまいに行った。わたしは爪《つめ》を噛《か》みながら、決心がつかずに突っ立っていた。もどってきたフリスは、まだそこにいるのを見て驚いたような顔をした。

「図書室に火を入れてございますよ、奥様」

「ありがとう、フリス」

わたしは広間をのろのろと図書室へむかった。ドアを開けると、マキシムがいつもの椅子に坐《すわ》っていた。足元にはジャスパー、老犬のほうはバスケットだった。新聞は肘掛《ひじか》けにおいたままだ。わたしは脇《わき》に膝《ひざ》をついて、顔を近づけて囁《ささや》いた。

「わたしのこと、怒らないで」

マキシムは両手でわたしの顔を包むと、疲れて強《こわ》ばった目でわたしを見た。

「怒ってなんていないさ」

「でも、いやな思いをさせたわ。怒らせたのと同じよ。ぼろぼろに傷ついて、ずたずたでしょう？　見てたまらないわ。わたし、あなたをとっても愛しているの」

「そうかい？」マキシムは言う。「ほんとう？」

マキシムはわたしをきつく抱きしめ、暗い、不安げな目で探るように見る。痛みにさいなまれている子どもの目、不安におののく子どものような目だ。

「どうしたの？　なんでそんな目をするの？」

マキシムが答えるまえにドアが開く音がしたので、わたしは咄嗟《とっさ》にしゃがむと、薪《まき》に手を伸ばして火にくべる格好をした。ロバートをしたがえたフリスが入ってきて、お茶の儀式がはじまった。

前日の手順が繰り返される。テーブルが移動され、雪のように白いテーブルクロスが掛けられ、ケーキやクランペットが並べられて、お湯の入った銀のケトルが保温用の炎の上に置かれる。ジャスパーは尻尾《しっぽ》をふり、耳を後ろに反らして、期待に満ちてわたしの顔をじっと見あげる。

ふたりだけになったのは、五分ほど経《た》ってからだったと思うが、再びマキシムのことを見ると、顔色もよくなり、行き場を失ったように疲れた目つきは消えていた。マキシムはサンドイッチに手を伸ばした。

「お昼に連中がどやどややってきたのがいけなかったんだな。ビアトリスに会うといつも神経を逆撫《さかな》でされる。子どものころもよく取っ組み合いのケンカをしたよ。姉のことはとても好きなんだけどね、近所に住んでないのは救いだな。それで思いだしたけど、そのうちおばあちゃんに会いに行かないと。お茶を注いでくれる？　さっきはぼくが悪かったよ」

これで落着。この件はおしまい。二度と話題にしてはいけない。

マキシムはカップごしに笑いかけると、肘掛けの新聞に手を伸ばした。いまの笑顔がわたしへのごほうび。ジャスパーの頭を撫でるのと同じ。

そうら、いい子だ。静かにして、もううるさくしないで。

またジャスパーになってしまった。元の木阿弥《もくあみ》。わたしはクランペットを取って、二匹に分けてやった。食欲がなくて、ほしくない。からだじゅうの力が抜けたみたいに、ぐったりと疲れてしまった。

新聞を読んでいるマキシムに目をやると、次のページをめくっている。クランペットのバターで指がべとついたので、ポケットのハンカチを探ると、でてきたのは、レースの縁取りをした端切《はぎ》れほどの小さなものだった。わたしは眉間《みけん》に皺《しわ》を寄せてじっと見た。わたしのハンカチではない。そのとき、広間でフリスが拾ってくれたことを思いだした。レーンコートのポケットから落ちたのだろう。裏返すと、薄汚れて綿ゴミがついていた。ずいぶん長いことポケットに入っていたにちがいない。隅にモノグラムの刺繡《ししゅう》が入っている。斜めの大きなRに「de W」がからめてあったが、R以外の文字は小さく、Rの尻尾が縁のレースと反対方向に流れていた。キャンブリックの切れ端のような、ほんとうに小さなハンカチ。丸めてポケットに入れられたまま、忘れ去られていたのだ。

最後にハンカチが使われて以来、あのレーンコートに袖《そで》をとおしたのはわたしが初めてだったにちがいない。身につけていた女《ひと》は、背が高く、ほっそりとしていたはずだが、肩幅はわたしより広い。コートはぶかぶかで丈が長すぎたし、袖は手首より先まであった。ボタンが取れているところもあったが、そのひとはそんなことはおかまいなしに、ケープのように羽織ったのだろう。あるいは前をゆったり大きくあけたま、ポケットに手を突っこんで着たのかもしれない。

ハンカチにはピンクの染《し》みがついていた。口紅の跡だ。唇に当ててから丸めてポケットに押しこんだのだ。わたしはハンカチで指を拭《ぬぐ》った。かすかな残り香がした。

知っている匂《にお》い、嗅《か》いだことのある匂いだ。思いだそうとして、わたしは目を閉じた。つかみどころのない、はっきりとはわからないかすかな香り。でも、嗅いだことがある。それこそこの日の午後に触れたばかりのような気がする。

そうだ。この残り香は〈幸せの谷〉のアザレアの匂い、つぶれた白い花びらと同じ匂い……。

第十一章

初夏のこの時期、西の地方ではよくあることだったが、それから一週間ものあいだ雨模様の冷たい日がつづき、わたしたちが浜辺に行くことはなかった。

テラスや芝生にでると、いやな灰色をした海が見える。岬の灯台をまわりこみ、大きなうねりとなって湾に流れこむ様子が目にはいると、あの小さな入り江に大波が打ち寄せて岩に砕け、急勾配《きゅうこうばい》の浜まで激しく勢いよく迫るところをどうしても思い描いてしまう。テラスに立って耳を澄ませると、陰鬱《いんうつ》な海の遠鳴りが響いてくる。くぐもったような音が絶えず聞こえてくる。カモメもまた荒天に追われて内陸に飛来し、翼をばたつかせて鳴きながら家の上を旋回する。

海鳴りが堪えられないという人たちの気持ちがわかるようになってきた。時としてうら悲しい調べを奏《かな》でることもあるし、あの永遠に寄せては返す唸《うな》るような濤声《とうせい》、その執拗《しつよう》さ自体が神経に障《さわ》ってくる。寝室が東の棟にあって、窓から身を乗りだせばバラ園が見おろせる部屋でほんとうによかったとわたしは思うようになっていた。

このごろあまり眠れないことがあり、そんなとき、わたしは夜中にそっとベッドを抜けだし、窓辺に立つ。窓枠に肘《ひじ》をついて寄りかかると、辺りは安らかに静まり返っている。

静止することを知らない海の音はせず、波音が聞こえないので心も穏やかになる。林のあの急な小径《こみち》を頭の中で辿《たど》り、灰色の入り江と廃屋のようなコテージに意識が連れもどされることもない。コテージのことは考えたくなかった。日中はそれでなくても思いだしてしまうことが多く、テラスから海が見えるたび、その記憶がわたしをさいなんだ。

食器に吹いた青黴《あおかび》、模型の帆船の小さなマストにからまる蜘蛛《くも》の巣、ネズミに齧《かじ》られたソファーベッドの穴、そういうものが甦《よみがえ》り、屋根を叩《たた》く雨音が聞こえてくる。それに、ベンのこと、涙のにじんだような薄青く細い目、うまれつきなのに、なぜかずるそうに見えてしまうあの笑み。

思いだすと心が乱れ、いやな気持ちになった。そして忘れてしまいたいくせに、どうして自分が動揺するのか、なぜこんなふうに不安でいやな気持ちになるのか、理由も知りたかった。見ないように認めないようにしようとしても、頭の片隅で、好奇の種が少しずつ密《ひそ》やかに、怯《おび》えを孕《はら》んで膨らんでゆく。

「こういうことを口にしてはいけません、子どもの立ち入ることではありません」

そう聞かされた子どもをさいなむ不安と不審にわたしも取りこまれてしまった。林の小径でマキシムが見せた、あの追いつめられたような、絶望的な目つきを忘れることができない。「帰ってくるなんて、ぼくは大バカ者だ」というあの言葉を、忘れることができない。

すべてわたしのせい、あの入り江に行ったわたしが悪かったのだ。わたしが再び過去への扉を開けてしまった……。

マキシムは立ち直り、いつもの自分にもどってはいたが、そしてふたりとも、眠ったり、食事をしたり、散歩したり、手紙を書いたり、村までドライブしたり、という日課をいっしょにこなしていたが、そのせいで、わたしとマキシムのあいだには壁ができてしまった。

壁の向こう側をマキシムはひとりで歩き、わたしは近寄ることができない。

そのうえわたしは、何気ない会話のどうということのない展開、無頓着《むとんちゃく》な一言で、マキシムがまたあの目つきをするのではないかと怯えるようになってしまった。海という言葉が少しでもでるのを恐れるようになってしまった。海からボートに、事故に、溺死《できし》に話がつながってゆくかもしれない……。

ある日のこと、昼食に来たフランク・クローリーまでもがわたしを恐怖に陥《おとしい》れた。五キロほど離れたケリス港でのヨットレースのことを話題にしたからだ。

いっぺんで心臓のあたりが苦しくなったわたしは、目の前の皿をひたすら見つめていたが、マキシムはというと、そのまま自然に会話をつづけ、別段気にしていないようだった。このあといったいどうなるんだろう、話はどこにころがっていくのだろう、とわたしは冷や汗をかいていたのに。

チーズまで進んだところで、フリスは退室していた。ふたりの話を聞きたくなかったわたしは、欲しくもないチーズのお代わりのために席を立ってサイドボードに行ったのを覚えている。テーブルの会話が聞こえないように、小さく鼻歌までうたっていた。

わたしはどうかしていた。ばかげた取り越し苦労、病的に神経過敏な反応で、ふだんは機嫌のよい人間であるわたしらしくもないが、どうにもならない。どうすればいいのかも、わからなかった。

引っこみ思案でぎこちないところもますますひどくなり、来客があると、黙りこくってしまう。

思い起こせばあの最初の数週間は、ずいぶんと近在の人たちの訪問を受けたものだ。出迎えて握手を交わし、型どおりに半時間をこなすのだが、相手が何かまずい話をもちだしはしないかという新たな不安のせいで、想像以上の苦役になった。私道からタイヤの音が聞こえ、呼び鈴が鳴り響く、そのときの恐怖といったら。寝室に駆けこみ、大あわてで鼻の頭に白粉《おしろい》をはたき、髪にさっと櫛《くし》をとおす。と、当然のごとくドアがノックされ、銀盆に乗った名刺が運ばれてくる。

「ええ、すぐに行くわ」

階段を降り、玄関広間を横切っていく自分の大きな靴音。そして図書室の扉を、あるいは（こっちのほうがずっといやだったが）あの寒々しい、生活臭のない大きな応接間のドアを開けると、見知らぬ女性がひとり、時にはふたりばかり、場合によっては夫婦連れが、待っている。

「初めまして。ごめんなさい、主人は庭にでておりまして、フリスが探しに行っております」

「是非とも花嫁さんにご挨拶《あいさつ》をと伺いました」

軽い笑い声があがり、口早にお愛想を交わすと、間があって、仕方なく部屋を見まわす。

「マンダレーはいつ来てもすてきですね。うっとりしてしまいますよね」

「そうですね、ええ……」

気に入ってもらおうと内気なりに必死になって、女学生が使うような言葉をつい口走ってしまう。こういうときでなければ絶対口にしない言い回しだ。

「もうサイコーです」

「なんたって抜群です」

「断然ご機嫌です」

「すごすぎます」

果ては柄付き眼鏡を手にした公爵《こうしゃく》だかの未亡人にむかって、

「チャオ！」

マキシムがやってきてほっとしたのもつかの間、こんどは相手がまずいことを口にしないかとはらはらし、すぐに押し黙ってしまう。両手を膝《ひざ》に置いて笑顔を貼《は》りつけたわたしを前にして、客はマキシムのほうにむきなおり、わたしの知らない人たちゃ行ったことのない場所についてしゃべり、時折、いぶかしげな戸惑った視線をわたしに当てる。

帰路、車の中でこう言い合っているところが目に浮かぶ。

「まあ、ほんとうに退屈な奥さんだったわね。ほとんど口をきかなかったじゃありませんか」

そのあと、最初にビアトリスの口から聞いて以来取り憑《つ》いて離れないあの一言、誰の目からも口からも読み取れるあの言葉がでるにきまっている。

「レベッカとはまるっきりちがうわ」

わたしはまた、たまたま耳にしたひとことや問いかけ、うっかり聞き流してしまいそうなこと、そういう断片的な情報を拾い集めて、密かにためこんだりもするようになった。その場にマキシムがいないと、耳にするのはふらちで心に刺さる快感、こっそり手に入れた後ろ暗い知識となるのだった。

訪問を受けた以上はこちらからも訪ねねばならず、マキシムは礼儀には几帳面《きちょうめん》で絶対大目にみてくれないので、マキシムが同道できないときは、ひとりで型どおりにこなさねばならない。

たとえばそうした訪問先で、話題を探していると、間ができたりする。

「マンダレーではまた盛大なおもてなしをなさるおつもりですか」

相手は言い、わたしは答える。

「さあ、どうでしょう、いまのところ主人は何も言わないものですから」

「それはそうでしょう、まだ早すぎますものね。でも、以前はお客さんで満室なんてことがよくあったようですよ」

そこでまた間がある。

「ロンドンからも大勢いらして、すばらしいパーティーが開催されたものです」

「ええ、そうらしいですね。わたしも聞いています」とわたしは言う。

さらにまた間があり、相手は、亡《な》くなった人について口にするときや教会などで使うひそめた声音になって、

「それはもう魅力的な方で、たいそうな人気者だったんですのよ」

「ええ、それはもうそうでしょう」

わたしは言い、息を継いでから手袋の下の腕時計にちらりと目をやる。

「そろそろ失礼しないと――もう四時をまわったころでしょう」

「お茶を召しあがっていらっしゃいませんか。うちではいつも四時十五分にいただきますの」

「ありがとうございます。でも、とんでもない、主人とあの、約束して……」

語尾はうやむやのまま立ち消えになるが、言わんとしていることは伝わり、わたしが相手の誘いを本気にしていないこと、相手は相手でマキシムとの約束なんてありはしないとわかっていることをお互い了解しながら、双方立ちあがる。

わたしはときどき思ったものだ。車に乗りこんで戸口で見送る相手に手をふったわたしが、慣例に逆らい、ドアを開けて車から降りて、「やっぱり帰るのはやめます。応接間にもどってゆっくりしましょう。なんなら夕食もごちそうになるし、泊まっていってもいいんです」などと言ったらどうなるかしら、と。

相手は仰天しつつも、体面を考えて凍りついた顔に歓迎の笑顔を呼びもどし、田舎特有のもてなしの精神を発揮して、「まあ、是非そうなさって。なんてすてきな思いつき!」などということになるのだろうか。

試してみる勇気があったらいいのに、と思いつつ、わたしは結局車のドアを閉め、きれいに均《なら》された砂利道を走り去る。そして相手はほっと溜息《ためいき》をもらして自室に引きあげ、いつもの自分を取りもどす。

「ご主人はマンダレーの仮装舞踏会を再開なさるおつもりはないんでしょうか。このまえのはそれはすてきで、生涯忘れられないと思います」

と言ったのは、大聖堂のある、近くの町の主教夫人だった。

わたしは何もかも承知しているふうを装《よそお》って、笑みを浮かべてこう言うしかなかった。

「まだ決めていないんです。することや話し合うことがあれこれいっぱいあるものですから」

「それはそうでしょう。でも、やめてしまうのは惜しいですわ。奥様からも働きかけてくださいな。去年はもちろんありませんでしたけど、二年まえに主人と伺ったときは、それはもうすてきでしたのよ。マンダレーはああいう催しにはぴったりの舞台ですもの。ダンスは広間で行われたんですが、ため息がでるぐらい美しかったし、楽団用バルコニーで楽団がほんとうに演奏して、いかにもぴったりの演出でした。あれだけのことを執り仕切るのはたいへんな才覚が必要でしょうけれど、わたしたちみんなほんとうに楽しみましたのよ」

「ええ、そうですね」わたしは言った。「主人に相談してみます」

わたしはラベル分けされたモーニングルームの小仕切りを思った。山と積まれた招待状、氏名と住所の長いリストが目に浮かぶ。机の前に坐《すわ》って名前の脇《わき》にチェックを入れ、招待状に手を伸ばし、インク壺《つぼ》にペン先を浸して、あの斜めにかしいだ大きめの筆致で、自信をもってきぱきとかたづけていく女の姿が見える。

「夏にはガーデンパーティーに伺ったこともありました」主教夫人は言った。「いつものことですが、何もかも美しく整えられていて、お花もいちばんの見頃だったし、すばらしい上天気でした。バラ園に小さなテーブルが並んでいて、お茶はバラを見ながらいただくようになってましたの。とてもユニークですてきな趣向でしたわ。なにしろ、あの方はたいへんに有能でいらしたから……」

夫人はまずいことを言ったかと少し顔を赤らめて言葉を切ったが、ばつの悪い間を避けようと、わたしはすぐさまうなずいて見せ、大胆に、平然と、言ってのけた。

「レベッカはすばらしい方だったのでしょうね」

遂《つい》にその名を口にしたことが自分でも信じられなかった。さあ、どうなる？　なにしろ名前を言ったのだ。声にだして言ったのだ。とてつもない解放感があった。お清めをして、堪えがたい痛みを取り除いてもらったような心持ちだった。レベッカと、わたしは声にだして言ったのだ。

異様に上気した顔を見られてしまったかもしれないと思ったが、夫人はそのまま自然に会話をつづけた。鎧戸《よろいど》を閉めた窓の外で盗み聞きする者のように、わたしは浅ましくも耳を傾けた。

「それではお会いになったことはありませんの？」

かぶりをふると、夫人はどうつづければよいのかいまひとつ自信がもてずに、少しためらった。

「主人がこちらに着任したのはまだ四年まえのことでして、個人的にはあまりよく存じあげなかったんですけれど、仮装舞踏会とガーデンパーティーでは、ご本人が出迎えてくださいましたし、一度冬に夕食に伺ったことがあります。そうですね、バイタリティーあふれる、とってもすてきな方でしたわ」

「それになんでも上手だったようですね」何も気にしていないんだと思ってもらえるような、さりげない口調でわたしは言い、手袋の縁をもてあそんだ。「頭がよくて、美しくて、そのうえスポーツ好きという人は滅多にいるものじゃありませんよね」

「ええ、それはそうかもしれませんね」主教夫人は言った。「たしかにすばらしい才能に恵まれていました。まっ白いドレスに黒い髪がふわりとかかったあの舞踏会の夜のお姿がいまも目に見えるようです。階段の下に立って、みなさんと握手をしてらしたんですが、仮装もとてもよくお似合いで、ほんとうにお美しかったですね、それはもう」

「家のこともご自分で采配《さいはい》をふっていらしたんですよ」レベッカのことは始終話題にしていて、別段どうということもない、というような笑みを浮かべて、わたしは言った。「あれこれ工夫する必要があって、時間もかかるでしょうに。わたしときたら家政婦頭に任せきりにしてしまって」

「そんな、なんでもかんでも全部自分でやるというわけにはいきませんよ。それにまだとてもお若いし。そのうち落ち着かれたらきっと、ね。だいいち、ご趣味があると伺いましたけど？　写生がお好きだとか」

「ああ、そんなこと、大したことじゃありません」

「でも、すてきな才能じゃございません？　誰でも絵が描けるというわけじゃありませんもの。やめてしまうのは惜しいですし、マンダレーならきれいなところがたくさんあって、題材には事欠きませんでしょう？」

「そうですね、ええ、そうですね」

わたしは主教夫人の言葉に落ちこんだ。色鉛筆と折り畳み式のスツールを小脇に抱え、夫人が言うところの〈すてきな才能〉なるものを手に芝生をぶらついている自分の姿が反射的に目に浮かんだ。〈すてきな才能〉なんてまるで持病か何かみたいに聞こえる。

「スポーツはおやりになりまして？　乗馬や狩りは？」夫人は訊《き》いた。

「いえ、そういうことはまったく」わたしは言い、「歩くのは好きですけれど」と、情けない尻《しり》すぼみを付け加えた。

「一番いい運動ですよ。主人もわたしもよく歩きます」夫人はきびきびした調子で言った。

シャベル帽とゲートルという主教の出《い》で立ちで、夫人に腕を貸して大聖堂の周囲をぐるぐる歩きまわるのかしら、とわたしは思ったが、夫人は、何年もまえに休暇先のペニン山脈で山歩きをして夫婦で日に三十キロ以上歩いたことについて話しはじめた。愛想笑いを浮かべてうなずきながら、ペニン山脈ってどこだったかしら、アンデス山脈みたいなところだったかな、などと考えていたが、あとで、学校で使っていた地図帳にあったピンク色のイギリスの中央に、刷毛《はけ》で描いたような印で示されていた丘陵だったことを思いだした。そうして思い浮かぶのは帽子とゲートルという主教の姿ばかりなのだった。

お定まりの間があり、わたしは腕時計に目をやったが、見るまでもなく応接間の時計が耳障《みみざわ》りな音で四回鳴った。わたしは椅子《いす》から立ちあがった。

「ご在宅でいらして、よかったですわ。奥様も遊びにいらしてください」

「主人が多忙なのがなんですが、是非伺いたいものですわ。ご主人様にどうぞよろしくお伝えください。それと、舞踏会を復活なさるよう頼んでくださいな」

「ええ、お任せください」

すべて承知している顔をしてうそをつく。

帰りの車中、爪《つめ》を噛《か》みながら、わたしは談笑する大勢の仮装した人たちで沸き返るマンダレーの広間の様子を思い描いた。バルコニーには楽団員が居並び、壁際《かべぎわ》に立食用の長いテーブルを用意して、夕食には応接間が使われたことだろう。階段の下では、笑顔のマキシムが客と握手を交わしながら、隣りのすらりとした背の高い女《ひと》に顔をむける。白いドレスに黒い髪（と主教夫人は言っていた）のそのひとは、招待客への気配りを怠らず、あちこち目を配り、肩ごしに使用人に何か言いつける。不器用とは無縁、いつも優雅で、踊ると白いアザレアのような残り香をその場にただよわせる。

「マンダレーではまた盛大なおもてなしをなさるおつもりですか」

ケリスの反対端に住んでいる婦人を訪ねたときも、例によってほのめかしとも、詮《せん》索《さく》とも取れるような同じ口調に出合った。

相手は、頭のてっぺんから爪先《つまさき》までわたしの服装を観察する。探るような、吟味するような目つき。妊娠したかどうか、どの新妻にもむけられるおなかのあたりへのすばやい一瞥《いちべつ》。

わたしはその人にまた会いたいとは思わなかった。もう一度会いたいような相手はひとりとしていなかった。この人たちがマンダレーを訪問するのは、好奇心と詮索好きから。わたしの顔立ちや作法やスタイルを批判したいから。マキシムとわたしがどういうふうに接しているか、仲がよさそうかどうか、観察したくて来るのだ。帰宅してから、わたしたちのことを、「以前とはえらい違いだわ」などと俎《まないた》に乗せたくて来るのだ。わたしとレベッカを比較したくて来るのだ……。

礼儀だからとこちらからも訪問するのはもうやめよう、とわたしは決めた。マキシムにもそう言おう。失礼で不作法だと思われたってかまわない。この際もっと批判する種、あれこれ言い合う種を提供してあげればいいのだ。育ちが悪いと言えばいい。「やっぱりね。だって、どういう素性なんだか」などと言い、笑って肩をすくめる。「まあ、ご存じありませんの？　デ・ウィンターさんがモンテカルロかどこかで拾ったんですのよ。文無しで、どこぞのおばあさんのお相手をつとめてたとか」

さらに笑い声があがり、一座はばかにしたように目を見ひらく。

「まさか、ほんとう？　男ってまあ、何を考えているんだか。よりによって好みのうるさいあのマキシムがねえ。レベッカのあとによくもまあ……」

なんでも好きに言えばいい。もうどうでもよい。わたしは気にしない。

車が門扉《もんぴ》を通過し、わたしは身を乗りだして、かがんで庭の花を摘んでいる門番小屋の女性に笑いかけた。車の音で身を起こした相手は、笑顔が目に入らなかったらしく、わたしが手をふると、ぽかんとして目を瞠《みは》った。わたしのことがわからなかったようだ。車は私道を走ってゆき、わたしは再び座席に身を沈めた。

狭いカーブを曲がると、少し先を歩いている男の姿が見えた。代理人のフランク・クローリーだった。フランクは車に気づくと立ち止まり、運転手は速度を落とした。わたしに気づくと、フランク・クローリーは帽子を取って笑顔になった。会えてうれしそうだ。わたしはフランク・クローリーが好きだった。ビアトリスのように、退屈でつまらないとは思わなかった。わたし自身面白みがないからかもしれない。わたしもフランクもつまらない人間だ。ふたりとも言うことが何もない。似たもの同士なのだ。

仕切りのガラスを叩《たた》いて、わたしは運転手に停まるよう言った。

「ここで降ろして。クローリーさんと歩いて帰るわ」

フランクがドアを開けてくれた。

「ミセス・デ・ウィンター、ご訪問にいらしてたんですか？」

「ええ、そうなのよ、フランク」

マキシムがフランクと言うのでわたしもそう呼んでいたが、フランクのほうはいつもミセス・デ・ウィンターと呼ぶ。そういう人なのだ。無人島に放りだされ、ふたりで生涯親しく暮らしたとしても、きっとミセス・デ・ウィンターのままだと思う。

「主教様に会いに行ったんだけど、お留守で、奥様だけだったわ。おふたりとも歩くのがお好きなんですって。ペニン山脈に行って、日に三十キロとか歩くこともあるそうよ」

「あのあたりは知らないんですが、とてもいいところらしいですね。伯父が住んでいたことがあります」

安全で、型どおりで、きわめて妥当。いかにもフランク・クローリーらしい受け答えだった。

「主教の奥様に、いつマンダレーで仮装舞踏会を開くのかって、訊かれたわ」わたしは目の端でフランクを見ながら言った。「このまえのにいらしてとても楽しかったっておっしゃってた。仮装舞踏会をするなんて、知らなかったわ」

フランクは一瞬ためらってから答えた。少し困ったような顔をしている。

「ああ、はい」間をおいてからフランクは言った。「マンダレーの舞踏会はだいたいが毎年恒例のものでして、近郷近在から人が集まって来ました。ロンドンからも大勢来まして、かなり大がかりでした」

「準備がたいへんでしょう?」

「はい」

「レベッカがほとんどやってたんでしょうね」わたしはさりげなく言った。

わたしは前方に伸びる私道をまっすぐ見つめていたが、フランクがわたしの表情を探るようにこっちを見ているのはわかった。

「みんなで一所懸命やりました」フランクは静かに言った。

はにかみがただよう、変に抑えたような口調で、わたしは自分のことを思わせられた。ふと、レベッカに恋していたのでは、と思いついた。わたし自身がそういう立場にあったら使いそうな口吻《こうふん》だった。もしそうなら、新しい可能性があれこれ思い浮かぶ。ひどく内気で退屈なフランク。けっして誰にも、ましてやレベッカ本人には思いを明かさなかったろう。

「舞踏会なんてあっても、わたしはほとんど役に立たないと思うわ。その手の準備や仕切ったりするの、まったく苦手だもの」

「何もなさる必要はありませんよ。ご自分らしくなさっているだけで花を添えますよ」

「そう言ってくれるのはうれしいけど、それもあまりうまくできそうにないわ」

「申し分なくできると思いますね」フランクは言った。

フランクはほんとうに親切で、思いやりがある！　本気にしかかったが、いくらフランクでも騙《だま》されない。

「マキシムに舞踏会のこと、もちかけてくれない？」

「ミセス・デ・ウィンターからおっしゃったらどうです？」フランクは答えた。

「そうね。でも、それは気が進まないの」わたしは言った。

そのあとしばらくは無言のまま私道を行ったが、レベッカの名前を口にだすことをためらっていたのを、まず主教夫人に、そして次はフランクに言ってしまうと、また口にしたいという欲求が高まってきた。口にすると、奇妙な満足感があり、興奮剤のような作用を及ぼす。あと少ししたら、また言ってしまいそうだ。

「このあいだ浜辺にでてみたの。防波堤のあるほうなんだけど、ジャスパーに手を焼いたわ。あの少し発達の遅れた男の人に吠《ほ》えかかって」

「ああ、ベンのことですね」フランクはすっかり安心したらしく、気安い声音になっていた。「いつも浜辺でごそごそやってますが、気のいいやつで、怖がる必要なんてありません。虫も殺さないようなやさしい男ですから」

「べつに怖くなんてなかったけど」

自分を励ますため小さくハミングして、わたしは間をおいた。

「それよりあのコテージ、あのままじゃだめになっちゃうと思うわ」わたしは軽い調子で言った。「ジャスパーをつなぐんで、紐《ひも》でもないかと中へ入ってみたら、食器は黴《かび》だらけだったし、本も台無しになりそうよ。どうしてほうってあるのかしら、もったいないわ」

すぐに答えないのはわかっていた。フランクは靴紐を結ぼうと身をかがめた。わたしは繁《しげ》みの葉を観察する振りをした。

「なんとかするつもりがあるなら、マキシムが言うと思いますよ」

フランクは靴紐をいじくったまま、言った。

「あそこにあるのはみんなレベッカの物なのかしら」わたしは訊いた。

「はい」とフランクは言った。

わたしは葉っぱを捨てると、また一枚摘んで、ひっくり返した。

「あのコテージ、何に使ってたのかしら。ただのボート小屋かと思ったら、中は住めるようになってたわ」

「元々はボート小屋だったんです」フランクはまた気詰まりな声になった。気が進まない話をするときの、苦しげな声音だった。「それを彼女があいうふうに改造して、家具や食器を入れさせたんです」

〈彼女〉とはまた妙だ。フランクならレベッカ、もしくはミセス・デ・ウィンターと言いそうなのに。

「よく使われてたのかしら」

「はい」フランクは言った。「よく使ってらっしゃいました。月夜のピクニックとか、それに――ま、いろいろです」

わたしたちはまた並んで歩いていた。わたしはまだ鼻歌をうたっていた。

「まあ、おもしろそう。月夜のピクニックなんてすごく楽しそうだわ」わたしは明るく言った。「フランクもいらしたことあるの？」

「一度か二度」

すっかりおとなしくなり、いかにも気がすすまない様子だったが、わたしは見て見ぬ振りをした。

「小さな港みたいになってるけど、どうしてあそこにブイがあるの？」

「ボートを繋留《けいりゅう》してあったんです」

「ボートって？」とわたしは訊いた。

「彼女のヨットです」フランクは言った。

わたしは一種異様な昂《たか》ぶりに揺さぶられていた。フランクが話したくないのはよくわかったが、質問をつづけるしかない。気の毒だったし、そんな自分に呆《あき》れ果てたが、やめられない。

「ヨットはどうなったの？　溺《おぼ》れたとき乗っていたのはそのヨットなの？」

「はい」フランクは静かに言った。「転覆して沈んで、投げだされたんです」

「どのぐらいの大きさだったの？」

「三トンぐらいで、小さなキャビン付きでした」

「どうして転覆したの？」

「あの入り江はけっこう突風が吹いたりするんです」

岬の先の海峡へと伸びる、白波の立った緑色の海原をわたしは思い浮かべた。丘の灯台からいきなり突風が吹きおろしたのだろうか。横倒しになった小さなヨットは、白いセールを砕ける波に浸してふるえていたのだろうか。

「誰も救助に行けなかったの？」

「事故を目撃した人はいません。海にでたことを誰も知りませんでした」フランクは言った。

わたしはフランクのほうを意識して見ないようにした。驚きの色を見られたくなかった。事故はヨットレースの最中に起きたのだとばかり思っていた。ケリスのほかのヨットもでていて、みんなが崖《がけ》から見物していたのだと思っていた。ひとりだったとは知らなかった。あの入り江で、たったひとりだったとは――。

「お屋敷では知っていたのでしょう?」わたしは言った。

「いえ。そういうふうにおひとりででかけることがよくあったんです。夜よなかにもどってきて、浜辺のコテージに泊まるんです」

「怖くなかったのかしら」

「彼女が?」フランクは言った。「怖いものなんて何もありませんでしたよ」

「それで――マキシムはそんなふうにひとりでいなくなったりしても、平気だったの?」

フランクはしばらく間をおいてから、「わかりません」と素っ気なく言った。誰かをかばっているみたいだった。マキシムかレベッカか。あるいは自分自身を裏切りたくなかったのかもしれない。様子がおかしい。どういうことだろう?

「それじゃあ、沈没して岸まで泳ごうとして溺れたのね?」

「そうです」フランクは言った。

突風を受けたセールがいきなり恐ろしい力でのしかかってきて、海水がコックピットに一気に流れこみ、衝撃で震動しながら小さなヨットが海中に没していくところがまざまざと浮かんだ。入り江はひどく暗かったはずだ。泳ごうにも、岸ははるか遠くに思われたことだろう。

「遺体はいつ発見されたの？」

「ふた月ばかりしてからです」

ふた月。水死者というのは、二日後に発見されるものだとばかり思っていた。潮が満ちてきたときに、海岸に打ちあげられるものと思っていた。

「どこで発見されたの？」

「エッジクームの近く、六十五キロぐらい海峡を行ったところです」

七つのとき、休みの日にエッジクームに行ったことがある。桟橋があって、ロバがいる、広いところだった。ロバに乗って砂浜を行った覚えがある。

「二か月もしてからどうして本人だとわかったの？　どうやって確認したの？」

なぜフランクは口を開くたびに、まるで言葉を吟味するみたいに一拍おくのだろう？　やはりレベッカが好きだったのだろうか。それほどまでに応《こた》えたのだろうか。

「マキシムが身元確認のためエッジクームまで行ったのです」フランクは言った。

急に質問をつづけるのがいやになった。自分が厭《いと》わしく、胸が悪くなった。これではまるで交通事故の怪我人《けがにん》を見ようと寄ってくる野次馬に紛れた見物人だ。貧民街の安アパートで同じ住民が死んだというので、遺体を見せて欲しいと言っているのと同じだ。自分がたまらなくいやだった。わたしが発した質問は、恥ずべきもの、卑《いや》しいものだ。フランクはきっとわたしを軽蔑《けいべつ》している。

「こんなつらい話、思いだしたくないわね」わたしは急いで言った。「あのコテージをなんとかできないかと思っただけなの。湿気で家具とかだめになってしまうのは、いかにももったいないから」

フランクは黙っていた。からだじゅうがほてって居心地が悪くてたまらない。空き家のコテージを気に掛けてあれこれ尋ねたのでないのは、フランクにだってわかるはずだ。わたしの態度に唖然《あぜん》とし、押し黙っているのだ。せっかく気兼ねのない、安心していられる友人関係だったのに。フランクは味方だと思っていたのに。これですべて台無しになり、二度と以前のように接してくれなくなってしまうかもしれない。

「この私道って屋敷までほんとうに遠いわよね」わたしは言った。「王子様が迷ってしまうあのグリム童話の森の小径《こみち》のことをいつも思いだすわ。いつ歩いても思っているより遠くて、木が迫ってきて暗いんだもの」

「そうですね、ちょっと普通じゃありませんね」とフランクは言った。

また何か訊《き》かれるのではないかと、警戒を解いていないのがわかった。ひどく気詰まりで、このままにしてはおけない。恥の上塗りになるかもしれないが、なんとかしなければ。

わたしは捨て鉢になって言った。

「フランク、なんと思っているかわかるわ。なんだってあんなふうに根ほり葉ほり訊いたか、理解できないんでしょう？　怖いもの見たさと浅ましい好奇心からだとでも思ってるのでしょう？　でも、誓ってもいい、そうじゃないの。わたし、ただ——なんというか、自分がとても不利な立場にあるように思えるときがあるの。こういう生活をするような環境で育ってこなかったものだから、マンダレーの暮らしは、なかなか馴染《なじ》めないのね。

きょうもそうだけど、人を訪ねて行くと、わたしに務まるんだろうかって相手が眺めまわしているのがわかるのよ。『いったいマキシムはどこがいいと思ったのかしら』って、そう言ってるところをつい想像してしまうの。

すると自分でもわからなくなって、不安になって、やっぱりマキシムと結婚すべきじゃなかったんだ、わたしたちは幸せになれないんだっていう気持ちに取り憑《つ》かれて、怖くなってしまうの。だってね、フランク、誰かに初めて会うたびに、みんな同じことを考えているってわかるんだもの——わたしがレベッカとはまるっきりちがうって」

わたしは息を弾ませて言葉を切った。一気にまくしたてていささか恥ずかしくなったが、もう後もどりはできない。フランクはとても心配そうな、困惑した顔をわたしにむけた。

「お願いですから、そんなふうに思わないでください。わたしとしては、マキシムと結婚なさったことをそれはもううれしく思っていますし、ミセス・デ・ウィンターの存在がマキシムにとってどんなに大きな意味があることか。ご結婚は大成功に決まっています。それにわたしから見れば、ミセス・デ・ウィンターのようにマンダレーにその——」フランクは言葉を探して顔を赤らめた。「なんというのか、精通していらっしゃらない方を目にするのは、とても新鮮で、心楽しいですし、もしこのあたりの人たちが批判でもしているような印象を与えているのだとしたら、ま、なんというか実に失敬な連中だとしか言いようがありません。わたし自身は批判めいた物言いはまったく耳にしておりませんし、万が一そんなことがあったら、二度と言えないようにしてやりますよ」

「まあ、フランク、どうもありがとう。ずいぶん気が楽になったわ。わたしもばかだったわ。わたし、人に会うのは苦手で。いままでしたことがないもので……。それに、こういう世界に生まれ育って、なんの努力もしなくても自然にできる人がいたときのマンダレーのことを、どうしても考えてしまって。自信とか優雅さ、美しさとか知性とかウイット、わたしにはないそういうものを、それこそ女としていちばん大事なものを、彼女は備えていたんだって、毎日つい考えてしまうの。それはね、フランク、とてもつらいことなのよ」

フランクは、心を痛めたような、心配そうな顔で黙ったままだ。そしてハンカチを取りだして鼻をかんだ。

「そんなことをおっしゃってはいけません」

「どうして？　ほんとうのことじゃないの」わたしは言った。

「ミセス・デ・ウィンターは、同じように大事な、いえ、むしろもっとたいせつな美質を備えていらっしゃいます。わたしは独り者で、女性のことはよく知りませんし、ご存じのようにマンダレーでは静かに暮らしていますし、あまりよく存じあげないわたしがこんなことを言うのは失礼かもしれませんが、どれほどすばらしい美しさや機知よりも、やさしさとか誠実さ、それに言わせていただければ慎み深さのほうが、男にとって、夫にとって、はるかに価値があるものだと思います」

ひどく動揺したらしく、フランクはまた鼻をかんだ。わたしよりよほど心を乱された様子だ。それを見てわたしは落ち着きを取りもどし、いくぶん優越感を覚えた。

フランクはなんだってこれほど騒ぐのかしら？　考えてみれば、大したことは話していない。レベッカの後釜《あとがま》にすわって、劣等感を覚えていると白状しただけだ。それに、フランクが言挙《ことあ》げしたわたしの美質は、レベッカだってもっていたはずだ。あれだけ友人がいて、絶大な人気があったのだから、やさしくて誠実だったにきまっている。ただ、フランクのいう慎み深さがどういうことを意味するのか、よくわからない。お手洗いに行く途中で誰かと鉢合わせしたら気恥ずかしくなるようなことと関係している気がするものの、わたしは元もとこの言葉がよく理解できていないように思う。

フランクには気の毒をした。それをビアトリスなどはなんの話題もない退屈な男と評していたのだ。

「いえ、まあ、それは、どうかしら」いささかきまりが悪くなって、わたしは言った。「とりたててやさしいとかことさらに誠実だとも思えないし、慎み深いといっても……。だってこれまでのわたしじゃ、ほかになりようもないでしょう？　もっとも、あんなふうにモンテカルロで慌《あわ》ただしく結婚したり、ヴァン・ホッパーさんがいたとはいえ、そもそもホテルにひとりで滞在してたのは、慎み深いとは言えないと思うけど、それは勘定に入れていないのよね？」

「ミセス・デ・ウィンター、まさかおふたりの出会いに何か疚《やま》しい点があるとわたしが一瞬たりとも考えたことがあるなどとお思いではないでしょうね」フランクは声を潜めて言った。

「もちろんよ」わたしは厳かに言った。

まったくフランクときたら！　どうやらショックを受けたようだ。それに、〈疚しい〉なんて、いかにもフランクらしい物言いで、こっちも反射的にいかがわしいことを連想してしまうではないか。

「それより」とフランクは困惑したまま言いかけて、ためらった。「ミセス・デ・ウィンターがそんなふうに思っていらっしゃることをマキシムが知ったら、とても心を痛めて、きっとひどく心配します。そんなこと、想像もしていないと思いますけど」

「マキシムには言わないでね」わたしは慌てて言った。

「もちろん言いませんよ、見損なわないでください。ただ、わたしはマキシムをよく知っているし、これまでいろいろな、その、気分をくぐり抜けてきたのを見ています。マキシムが、ミセス・デ・ウィンターがこんなふうにその——過去のことで思い悩んでいると知ったら、ものすごく心を痛めて苦しむと思います。それはまちがいありません。

いまはとても元気で健康そうに見えますが、ミセス・レイシーが言うように、去年はほんとうに倒れる寸前だったんです。マキシムの前で言ったのはまずかったですけど。

だから、ミセス・デ・ウィンターの存在がマキシムのためになるんです。なんといってもお若くて潑剌《はつらつ》としていて、それに地に足が着いていて、過ぎたあのできごととはなんの関係もありません。わたしたちみんなが、そしてありがたいことにマキシムが忘れ去ったように、ミセス・デ・ウィンターも忘れることです。過去を蒸し返したいと思っている者はいません。ましてやマキシムは忘れたいんです。わたしたちみんなを過去から遠ざけることこそがミセス・デ・ウィンターのお役目なんです。連れもどすことではありません」

まったくそうだ、フランクの言うとおりだ。フランクはほんとうにいい人。友人であり、味方だ。わたしは自分のことばかり考え、劣等感にさいなまれて、神経過敏になっていただけなのだ。

「もっとまえに話せばよかったわ」わたしは言った。

「そうですね。そうすればいらぬ心配をなさらずに済んだかもしれません」

「ずいぶん気が晴れたわ。おかげでずっと楽になったわ」わたしは言った。「それに何があっても、フランク、あなたはお友だちでいてくれるわよね？」

「ええ、そうですとも」フランクは言った。

鬱蒼《うっそう》とした私道を抜けて、再び明るい場所に足を踏み入れると、ツツジが出迎えてくれたが、花の盛りはもう過ぎようとしていた。満開をとおり越して、色が抜けはじめている。来月になれば派手な顔から一枚一枚花びらが落ち、庭師が箒《ほうき》で片づけるだろう。その美しさは移ろいやすく、長つづきするものではない。

「フランク」とわたしは言った。「この話を打ち切るまえに、それこそこれっきりにするまえに、ひとつだけ質問したらほんとうのことを言うって約束してくれる？」

フランクは少し疑《うたぐ》るようにわたしを見て、立ち止まった。

「それはフェアじゃないですよね。お答えできないこと、とても無理なことをお尋ねになるかもしれないですから」

「そういう質問じゃないわ。個人的なこととかプライバシーに関わるようなことじゃ全然ないの」

「わかりました、それならどうぞ」

私道のカーブを曲がると、低くひろがる芝生に抱かれたマンダレーが穏やかに安らかに、そこにあった。毎度のことだったが、その優美で完璧《かんぺき》なシンメトリー、明快で淡泊なたたずまいに驚かされる。

日射《ひざ》しを受けてムリオン窓がきらめき、苔《こけ》むした石壁は飴色《あめいろ》のやわらかい光を発しているようにも見える。図書室の煙突から煙が一筋立ちのぼってゆく。

親指の爪《つめ》を嚙《か》みながら、わたしは目の端でフランクを捉《とら》えた。そして、どうでもよい、きわめてさり気ない調子で言った。

「レベッカって、とてもきれいだった?」

フランクは間をおいた。屋敷のほうに顔をむけていて、表情が見えない。

「そうですね」フランクは嚙みしめるように言った。「そうですね、いままであれほど美しい人にはお目にかかったことがないと思います」

わたしたちは玄関の階段をあがって広間に入り、わたしはベルを鳴らして、お茶の用意を頼んだ。

第十二章

その後ダンヴァーズ夫人に会うことはあまりなかった。

夫人はひとりでいることが多いらしく、毎日その日の献立を形式的にわたしに提出し、内線でモーニングルームに電話をしてきたが、接触するのはそれぐらいだった。

また、わたしのためにマンダレーの地所に住んでいる人の娘で、クラリスという若い子をみつけてくれた。クラリスはおとなしくて礼儀正しい、感じのいい娘《こ》で、メードとして働くのはこれが初めて、こちらが脅《おびや》かされるような、かくあるべしという規範をもちあわせていないのもありがたかった。

屋敷内でわたしに畏怖《いふ》の念を感じていたのは、このクラリスだけだと思う。クラリスにとってわたしはご主人様で、デ・ウィンター夫人であり、ほかの使用人の噂話《うわさばなし》にも揺るがない。二十五キロほど離れた伯母のところにしばらく身を寄せていたためマンダレーは久しぶりで、ある意味、わたしと同じように新参者だった。クラリスとはわたしも自然体でいられ、「クラリス、ストッキングを繕ってくれる？」などと平気で頼める。

それにくらべてハウスメードのアリスは気位が高く、繕い物を頼むぐらいなら自分でしたほうがよほど気が楽で、シュミーズやネグリジェをこっそり抽斗《ひきだし》から抜きだして繕ったりしたこともあった。

一度アリスがわたしのシュミーズを腕にかけて、質素な素材と申しわけばかりのレースの縁取りを眺めているところを目撃したことがあるのだが、アリスのその表情をけっして忘れないと思う。たいへんなショックを受けたような顔をしていた。自分自身の誇りを傷つけられたのかと思うほどだった。

わたしはそれまで下着のことなど深く考えたことがなかった。清潔できちんとしていればいいと思い、素材やレースが付いているかどうかなど気にしたことがなかった。雑誌などにでてくる花嫁は、セットになった何ダースという下着類を嫁入り衣装として用意するというのに、わたしは面倒で何もしていなかった。でも、アリスの表情が教訓になって、すぐにロンドンの店に下着のカタログを送ってくれるよう手配した。注文する品を決めたころには、クラリスがやってきてアリスが担当から外れた。クラリスのために新しく下着を揃《そろ》えるのは無駄遣いもいいところだという気がしたわたしは、結局注文はせず、カタログを抽斗に片づけてしまった。

アリスは下着の話をほかの人にもしたのだろうか。男性がいないときを見計らって、使用人部屋で、外聞を憚《はばか》るように声を潜めてもちだしたりしたのかしら、とわたしはしばしば思った。アリスの立場では冗談めかして扱うことはできないだろう。たとえば、フリス相手に、「シュミーズなーんてね」と、ふざけ半分に言い合うとは考えられない。わたしの下着はずっと深刻な問題、非公開で聴取される離婚訴訟にちかいものだったと思う。

なんにしてもアリスがわたしの世話をクラリスにゆずってくれてほっとした。クラリスなら本物とまがいもののレースの区別はつかない。クラリスを雇ってくれるとはダンヴァーズ夫人も気が利《き》く。きっと似合いの相手だと思ったのだろう。

わたしを嫌って反感を覚える理由がわかったので、多少やりやすくなっていた。わたし個人がいやだというより、わたしの立場を嫌悪《けんお》しているのだ。レベッカに取って代わったのだから、誰であれ憎いわけだ。少なくともあの日昼食に訪れたビアトリスの口から聞いた話は、そういうことだとわたしは理解していた。

「知らなかったの？　ダンヴァーズさんはね、それはもうレベッカを崇拝してたのよ」

そうビアトリスは言っていた。

思いもよらない言葉だったので、そのときはショックを受けたのだが、よく考えてみた結果、ダンヴァーズ夫人に抱いた当初の恐れはだんだん薄れ、むしろ気の毒になってきた。夫人の気持ちがわかる。わたしが〈ミセス・デ・ウィンター〉と呼ばれるたびに、傷ついているにちがいない。

毎朝内線電話をしてきて、わたしが、「ええ、ダンヴァーズさん」と言うたび、別の声を思い起こしているのだろう。

部屋べやを歩いてウィンドウシートに置かれたベレー帽や椅子《いす》の上の編み物といったわたしの痕跡《こんせき》を目にするたび、以前に同じようにした別の人のことを思っているにちがいない——会ったこともないわたしがレベッカのことを考えてしまうように。ダンヴァーズ夫人はレベッカの足さばきや喋《しゃべ》り方を知っている。瞳《ひとみ》の色や笑顔、髪の感じを知っている。わたしはそのどれも知らない。でも、時としてレベッカはわたしにとっても、ダンヴァーズ夫人にとってと同じぐらい存在感があるように思われた。

過去は忘れろ、とフランクは言っていた。

わたしだって忘れたかったが、フランクは毎日わたしのようにモーニングルームで過ごして、レベッカが手に取ったペンや吸い取り紙に触れなくてもいい。目の前にある小仕切りのレベッカの字を見つめなくていい。マントルピースの燭台《しょくだい》、時計、花が活《い》けられた花瓶や壁の絵を眺めて、来る日も来る日も、それらがレベッカの選んだレベッカのもので、わたしのものではないことを思い知らされなくてもいい。ダイニングルームのレベッカの席につき、レベッカが手にしたナイフとフォークを使って、レベッカのグラスから飲まなくてもいいのだ。フランクはレベッカのコートに袖《そで》をとおし、ポケットにレベッカのハンカチを見つけたりしないし、図書室のバスケットに寝そべった老犬が、わたしの足音、女性の足音を聞きつけて見えない目をあげ、辺りを嗅《か》いで求めている相手ではないと知ると再び首を垂れてしまうのを、毎日確認しなくてもいいのだ。

どれも小さなこと、それ自体は些末《さまつ》でなんの意味もないことだった。が、それらはわたしの目に入り、耳に聞こえ、触れるところにあるのだった。

わたしだってレベッカのことなど考えたくなかった。幸せになりたいだけ、マキシムを幸せにして、ふたりで心をひとつにしたいだけ、それ以外の望みなどどこにもなかった。でも、レベッカのことが思い浮かんだり夢にでてくるのはどうにもできない。レベッカが歩いたところを歩き、レベッカが横たわったところで休んで、自分がマンダレーの、わが家であるはずのマンダレーの、お客のような気持ちになるのはどうしようもない。

わたしは女主人の帰りを待っている客人だった。些細なもののいいや使用人のなにげない返答が毎日、四六時中、わたしにそのことを思い知らせる。

夏の朝、ライラックを腕いっぱい抱えて図書室に入ったわたしは言う。

「フリス、ライラックを入れられる背の高い花瓶はない？　フラワールームにあるのはどれも小さすぎるのよ」

「ライラックにはいつも応接間にある大理石の花瓶が使われております」

「あら、でもいいの？　割れたら困るでしょう？」

「ミセス・デ・ウィンターはいつも大理石の花瓶を使っておいででした、奥様」

「ああ、そう、わかったわ」

そうしてすでに水の入った大理石の花瓶が運ばれてくる。藤色《ふじいろ》のライラックの香りが辺りに満ちてきて、開け放った窓から流れこむ刈ったばかりの芝の匂《にお》いと混じり合うなか、わたしは甘い香りのライラックを一本一本花瓶に挿しながら、

（レベッカもこうしたんだわ。いまわたしがしているように、一本一本この白い花瓶に活けたんだわ。わたしが最初じゃない。これはレベッカの花瓶、レベッカのライラックなんだわ）

　と思ってしまう。

　あの鍔《つば》の広いガーデニング用の帽子、フラワールームの戸棚の陰にある古びたクッションの下に押しこめられているのをいつか見かけたあの帽子をかぶり、わたしと同じようにぶらりと庭にでて、口笛を吹きながら、あるいは鼻歌でもうたいながら、犬たちについておいでと声をかけ、わたしがいま手にしている花鋏《はなばさみ》をもって、レベッカもライラックの繁《しげ》みまで芝生を横切ったことだろう。

「フリス、窓際《まどぎわ》のテーブルの書見台をどかしてもらえないかしら、ライラックを置きたいの」

「大理石の花瓶なら、ミセス・デ・ウィンターはいつもソファーの後ろのテーブルに置いてらっしゃいました、奥様」

「あら、そう……」

無表情のフリスを前に、花瓶を抱えたままわたしはためらう。わたしが窓際の小さいほうのテーブルに置きたいと言えば、もちろん言うとおりにしてくれる。すぐに書見台をどかしてくれる。

「わかったわ」とわたしは言う。「こっちの大きなテーブルに置いたほうが映えるかもしれないわね」

そうして大理石の花瓶は、以前と同じように、ソファーの後ろのテーブルに置かれるのだ……。

ビアトリスは結婚祝いの約束を忘れなかった。

ある朝、ロバートが抱えきれないほど大きな小包が届いた。わたしはモーニングルームでその日の献立に目をとおしたところだったが、まえから小包が大好きという子どもっぽいところがわたしにはあって、わくわくしながら紐《ひも》を切り、ダークブラウンの包み紙をはがした。どうやら本のようだ。思ったとおり、あらわれたのは本だった。それも分厚い四冊。『絵画の歴史』。一巻目に、「こういうのが好きだといいのだけど」というメッセージが書かれた便《びん》箋《せん》が一枚入っていて、「愛を込めて、ビアトリスより」と署名してあった。

ウィグモア通りの店で買っているところが目に浮かんだ。少しばかり男っぽい、ぶっきらぼうな感じで辺りを見まわし、

「絵が好きな人に贈る本がほしいんだけど」

「それでしたら、こちらにどうぞ」

店員が言い、ビアトリスは少し胡散臭《うさんくさ》そうに本を手に取る。

「ま、お値段は手頃だけど。結婚祝いの品なの、見映えがするものがいいのよ。これは絵画のことを網羅してるの?」

「さようでございます。絵画についての定本となっております」と店員は言う。

ビアトリスはメッセージを書き、小切手を切って、「マンダレー、デ・ウィンター夫人」という宛先《あてさき》を告げたにちがいない。

わざわざ行ってくれたなんてビアトリスもいい人だ。わたしが絵が好きだというので、ロンドンの店まででむいて買ってくれたと思うと、その律儀《りちぎ》さに感傷的な気分に

なってしまう。雨の日に、わたしが神妙な顔つきで挿絵を眺め、絵の具箱と画用紙を取りだして、模写をするところでも思い描いていたのだろう。

ああ、ビアトリス！　ばかみたいだが、不意に涙がでそうになった。

わたしは重い四冊を抱えて、どこか置くところはないかしらとモーニングルームを見まわした。

はかなげで繊細な部屋は場違いだったが、いまはわたしの部屋なのだし、まあ、いいだろう。

わたしは画集を机に並べた。互いに寄りかかる形で不安定だったが、どんな感じかしらと、少しさがって眺めてみた。その動作がいきなりすぎたのかもしれないが、いちばん手前の一冊がぐらりとなると、残りも次々と倒れ、小さな磁器のキューピッドをひっくり返してしまった。机の置物は燭台以外、この像だけだったのだが、キューピッドは屑籠《くずかご》に当たって床に落ち、こなごなに砕けた。

いけないことをした子どもみたいに、わたしは急いでドアに目をやり、しゃがんで破片をかき集めてから、封筒を探してそこに入れ、机の抽斗の奥に隠した。それから画集を抱えて図書室に行き、棚にスペースを見つけて並べた。

わたしが誇らしげに見せると、マキシムは笑った。

「いやあ、姉さんもきみが気に入ったんだよ、これは。なにしろ本なんて死んでも読まない人だからな」

「お義姉《ねえ》さんは何か——その、わたしをどう思ったかおっしゃってなかった？」

「お昼に来た日？　いや、べつに」

「手紙でもあったかなと思ったんだけど」

「姉とは親族の一大事でもないかぎり手紙のやりとりはしないんだ。手紙なんて時間の無駄だよ」マキシムは言った。

わたしのことは一大事ではないのかもしれない。でも、わたしがビアトリスで弟がいて、その弟が結婚したら、何かしら感想を述べるとか、ひとこと書いてよこすぐらいのことはすると思う。もちろん、相手を気に入らず、弟にふさわしくないと思ったなら、別だが……。それでもビアトリスはわざわざロンドンまで行ってわたしのために本を買ってくれたのだ。わたしが気にくわなかったら、そんなことはしないだろう。

図書室に昼食後のコーヒーのトレイを運んできたフリスが、マキシムの背後にしばらくとどまってこう言ったのはその翌日のことだったと記憶している。

「だんな様、お話があるのですが」

新聞を読んでいたマキシムは目をあげ、ちょっと意外そうに言った。

「なんだい、フリス？」

唇をとがらせ、厳かなこわばった顔をしたフリスを見て、わたしは反射的に奥さんが亡《な》くなったのだ、と思った。

「ロバートのことなんですが、ダンヴァーズさんとちょっとしたもめごとがございまして、ロバートはずいぶんと気分を害しておるようなんでございます」

「やれやれ」マキシムは言ってわたしに顔をしかめて見せた。

わたしは腰をかがめてジャスパーの頭を撫《な》でた。気まずい瞬間をやり過ごすいつもの手だ。

「それがでございますね、モーニングルームから貴重品を掠《かす》めたとダンヴァーズさんがロバートを追及いたしまして。あの部屋に花を活けた花瓶を置くのはロバートの仕事なんですが、今朝そのあとダンヴァーズさんが行ってみると、調度品がひとつなくなっているのに気づいたそうです。ダンヴァーズさんによるとそのうはちゃんとあったとのことで、ロバートが盗《と》ったか、割ってしまってそのことを隠しだてしていると しか思えないと、詰め寄ったんでございます。ロバートはそんなことは絶対していないと強く抗弁しまして、涙ながらにわたくしのところにやってまいった次第です。昼食のときもいつものロバートではなかったことにだんな様もお気づきになったかもしれませんが」

「仔牛《こうし》のスライスを給仕していたときに、どうして肉だけで皿をいっしょにくれないのかと思ったんだがね」マキシムも低い声で言う。「ロバートがそんなに感じやすいとは知らなかったよ。ま、ほかの者のしわざだろう。メードとか」

「それがですね、ダンヴァーズさんはメードがそうじするまえに部屋に行ったとのことで、きのう奥様が最後にお使いになって以来、ロバートが花瓶をもちこむまで誰も出入りしていないんでございます。というわけで、わたくしもロバートも不愉快な立場に置かれておりますわけで」

「それはそうだな。仕方ない、ダンヴァーズさんを呼んできて突き止めるしかないだろう。ちなみに問題のものはなんなんだい？」

「書き物机に置いてあった磁器のキューピッドでございます」

「ああ、あれはまずい。うちの宝物のひとつだったね。見つけださないと。すぐにダンヴァーズさんを呼んできてくれ」

「かしこまりました」

フリスが退室して、わたしたちだけになった。

「まったくもう、なんて厄介なんだ。あのキューピッドはとても高価な品だし、使用人のものめごとはうんざりだ。だいたいなんだってぼくに言ってくるのか、こういうことはきみの仕事なんだけどね」

わたしは首までまっ赤になって、撫でていたジャスパーから目をあげた。

「あの、あなた、言おうと思っていたんだけど、その——忘れてしまって。実を言うと、きのうモーニングルームにいたときわたしがキューピッドを割ってしまったの」

「きみが？　フリスの話を聞いていたときにどうして言わない？」

「わ、わからない、なんだか言いだせなくて。ばかだと思われそうで」

「こうなったらますますばかだと思われるよ。フリスとダンヴァーズさんを前に説明しないとならないからね」

「そんな。お願い、マキシム、あなたから言って。わたしは二階にいるから」

「あほみたいなこと言うんじゃない。ふたりを怖がっているみたいじゃないか」

「怖いもの。というか、怖いわけじゃないけど、その……」

ドアが開いて、フリスがダンヴァーズ夫人を招じ入れた。緊張気味にマキシムのことを見ると、半分おもしろがって、半分怒ったように肩をすくめた。

「ダンヴァーズさん、どうやらまったくの勘違いだったようだ。キューピッドを割ったのは家内で、言うのを忘れていたそうだ」

全員がわたしを見た。小さな子どもにもどってしまったような気がした。顔もまだ赤い。

「ごめんなさい。ロバートのせいになるとは思わなかったもので」わたしはダンヴァーズ夫人の表情を窺《うかが》いながら言った。

「修繕することは可能でしょうか、奥様」とダンヴァーズ夫人は言った。

犯人がわたしだったのは意外ではないようだ。青白い髑髏《どくろ》のような顔と昏《くら》い目でじっと見ている。最初からわたしだと知っていて、白状する勇気があるかどうか試すためにロバートに詰め寄ったような気すらした。

「こなごなに割れてしまったんで、無理かと」わたしは言った。

「破片はどうしたの？」とマキシムが言う。

まるで尋問されている被告みたいだ。自分のしたことがいかにも卑劣で浅ましく聞こえる。

「封筒に入れたわ」

「で、その封筒はどうした？」

マキシムは煙草《たばこ》に火をつけた。手を焼いているような、おかしがっているような口ぶりだった。

「机の抽斗《ひきだし》の奥にしまったわ」わたしは言った。

「どうやら家内はダンヴァーズさんに牢屋《ろうや》にでも入れられると思ったようだね」マキシムは言った。「封筒を探してロンドンに送ってみてくれ。修復不能だったら、それはそれで仕方ない。フリスはロバートに誤解がとけたと言ってやれ」

フリスが退室しても、ダンヴァーズ夫人は残った。

「ロバートにはもちろん謝罪いたしますが、どう見てもロバートの仕業としか思えなかったもので。ミセス・デ・ウィンターご本人が落としたとは考えつきませんでした。今後またそのようなことがございましたら、直接わたくしに言ってくだされば適切に処理いたしますので、そうしていただけますか。そうすればみなも不愉快な思いをしないで済みます」

「もちろんだ」マキシムが苛立《いらだ》たしげに言った。「きのうだってどうしてそうしなかったのか、わからんがね、いまもそう言おうとしたところにダンヴァーズさんがやってきたんだよ」

「ひょっとしてキューピッドの価値をご存じなかったのではございませんか」

ダンヴァーズ夫人はわたしに視線をむけて言った。

「わかっていました。高価なものだろうと思ったんです。だから破片をていねいに片づけたんです」わたしはすっかりみじめになって言った。

「で、見つからないように抽斗の奥に隠したというわけかい？」マキシムは笑って肩をすくめて言う。「仲働きの女中がするようなことだねえ、ダンヴァーズさん？」

「うちでは、仲働きの女中にモーニングルームの貴重品は触れさせません、だんな様」

「そうだな、ダンヴァーズさんがそんなことを許すとは思えないね」マキシムは言った。

「なんとも遺憾なできごとでございます。いままでモーニングルームのものが破損したことはなかったと存じます。いつも細心の注意をはらっておりましたし、その、去年からはわたくしが自分で拭《ふ》き掃除をしておりました。ほかの者では信用できませんで。ミセス・デ・ウィンターがご存命のときは、ふたりで作業をいたしておりましたが」

「ああ。ま、しかし、仕方がない。もうけっこうだよ、ダンヴァーズさん」

夫人は退室し、わたしはウィンドウシートに坐《すわ》って、窓の外を眺めた。マキシムはまた新聞を手に取った。ふたりとも無言だった。

少し間をおいてからわたしは言った。

「ほんとうにごめんなさい。わたしが不注意だったわ。どうしてあんなことになったのかわからないけど、ビアトリスの本が並ぶかと思って机に置いてみたら、キューピッドが落ちてしまったのよ」

「いいんだ、いいんだ、そんなこと。忘れなさい」

「いいってことないわ。もっと気をつけるべきだったのよ。ダンヴァーズさんはものすごく怒ってると思うわ」

「怒るわけないだろう？　ダンヴァーズさんのものじゃないんだから」

「それはそうだけど、すごく大切に思っているようだもの。いままで破損したものがひとつもなかったのに、よりによってわたしが壊すなんて」

「不運なロバートよりまだいいさ」

「ロバートだったらよかったのに。ダンヴァーズさんは絶対許してくれないわ」

「ダンヴァーズさんがどうした？　神様じゃあるまいし、どういうこと？　さっきもダンヴァーズさんが怖いって言ってたけど、どういう意味なの？」

「怖いっていうわけでもないの。ほとんど顔も合わせないし。そういうことじゃなくて――うまく説明できないわ」

「きみもほんと突飛なことをするからなあ。落としたときにダンヴァーズさんを呼びつけて、『修繕してもらってちょうだい』と言えば済むんだ。それならダンヴァーズさんも理解できる。なのに破片を拾い集めて封筒に入れて抽斗の奥に隠すなんて、さっきも言ったけど、まるで仲働きの女中みたいで、ここの女主人とも思えないよ」

「だってわたし、仲働きの女中みたいだもの」わたしはゆっくり言った。「いろいろな点でそうだと思う――だからクラリスとも話が合うんだわ。同じような立場に立っているから、クラリスもわたしを好きなのよね。このあいだお母さんに会いに行ったんだけど、なんと言われたと思う？　クラリスがうちで楽しく働いているかどうかって訊《き》いたら、『ええ、それはもう、とても楽しそうで、大きなお屋敷の奥様にお仕えしてるとは思えない、仲間うちみたいだって、言っておりましたです』って言われたわ。褒め言葉だったのかしら」

「さあね。ま、クラリスのお母さんのことだから、露骨な嫌味と取ったほうがいいな。うちは散らかり放題で、ゆでたキャベツみたいな臭《にお》いが始終ただよっているし、一時《いっとき》は十一を頭に九人も子どもがいて、本人もストッキングを頭に巻きつけて、裸足《はだし》で自分の畑をうろついたりして、もうちょっとでクビにするところだったんだ。クラリスがあんなに清潔そうで身ぎれいなのが、不思議になるぐらいだ」

「伯母さんと暮らしていたのよ」わたしはしゅんとして言った。「さすがにストッキングを頭に巻きつけて裸足で歩きまわったことはないけど、わたしのフラノのスカートの前には染《し》みがついてるわ」（クラリスがアリスのようにわたしの下着をばかにしない理由がこれでわかった）「だからわたしってクラリスのお母さんを訪ねるほうが主教夫人みたいな人を訪ねるよりいいのかしら。主教の奥さんは、わたしのこと仲間うちみたいだっておっしゃらなかったわ」わたしはつづけた。

「あの薄汚れたスカートをはいて訪ねて行ったんなら、そうだろうね」とマキシムは言う。

「もちろんあのぼろスカートでは行かなかったわよ。ワンピースを着てったわ」わたしは言った。「それに、人を服装で判断する人なんてあまり尊敬できないし」

「主教の奥さんは服なんてどうでもいいと思うよ。でも、ぼくとふたりで一度だけいっしょにうちに来た客を訪ねて行ったときのように、まるで奉公先の面接に行ったみたいに椅子《いす》の端っこに腰掛けて、『はい』とか『いいえ』しか言わなかったとしたら、奥さんも面喰らったかもしれないね」

「内気なんだもの、しょうがないじゃない」

「それはそうだけど、なんとかしようと努力というものをしないからね」

「そんな言い方ひどいわ」わたしは言った。「これでも毎日努力してるのよ。誰かを訪ねたり、初対面の人に会うたびに努力してるわ。いつだって努力してるのよ。あなたにはわからないのよ。あなたはいいわよ、慣れてるんだもの。わたしはこういう暮らしにむくような育ちじゃないの」

「ナンセンスだな、それは。きみが言うような育ちの問題じゃない。要はやる気だ。きみだってぼくがああやって訪ねてまわるのを好きだと思っているわけじゃないだろう？　死ぬほど退屈さ。でも、そういう慣習なんだから、こなすしかないんだ」

「退屈の話をしてるんじゃないの」わたしは言った。「退屈なんてちっとも怖くないわ。退屈なだけなら、話は別よ。賞でも取った家畜みたいに眺めまわされるのがたまらないのよ」

「誰がそんなことするんだい？」

「ここらの人みんなよ、全員」

「それがどうした？　少しぐらい楽しみを与えてやったっていいじゃないか」

「どうしてわたしが与えなくちゃならないの、おまけに批判もみんな受けて」

「ここらの人間はマンダレーのことぐらいしか楽しみがないからだよ」

「わたしじゃさぞや期待はずれでしょうね」

マキシムは新聞に目を落としたまま、何も言わない。

「わたしじゃさぞや期待はずれでしょうね」とわたしは繰り返してから、「だからわたしと結婚したのね。退屈でおとなしくて世慣れていないから、噂《うわさ》の種になることもないって思ったんでしょ」

マキシムは新聞を床に投げ捨てて、椅子から立ちあがった。

「いったいどういう意味だ？」

顔は異様に青黒く、声も乱暴、マキシムの声とも思えない。

「べ、べつに。特にどうというわけじゃ……」わたしは窓のほうに身を引くようにして言った。「どうしてそんな顔するの？」

「ここらの噂話？　いったい何を聞いた？」

「べつに何も——いまのは、その、もののはずみよ」わたしはマキシムの目つきに怖《お》じ気《け》づいた。「そんなふうに見ないで。わたしが何を言ったっていうの？　マキシム、どうしたの？」

「何を吹きこまれた？」マキシムはゆっくりと言う。

「何も。何も聞いていないわ」

「なんだってあんなこと言った？」

「だからべつに何も——なんとなく思いついただけなの。わたし、むっとして不機嫌になってたから。ああして人を訪ねるのがほんとにいやなの、どうしようもないのよ。それにわたしのこと内気だって非難したでしょ。だからなんの意味もなく言ったの。ほんとにそれだけなの。お願い、マキシム、信じて」

「あまり芳《かんば》しい発言じゃなかったよね」

「そうね」わたしは言った。「感じ悪い、いやらしい発言だったわ」

マキシムはポケットに手を突っこみ、ふさいだような顔をして踵《かかと》を軸に前後に揺れている。

「きみと結婚したのは、あまりに自分勝手だったかもしれない」マキシムはゆっくり、考えこむようにして言った。

わたしはすっと寒くなり、気分が悪くなった。

「どういう意味？」

「ぼくは相棒としてはいまひとつだよね。歳《とし》が離れ過ぎている。同じ年頃の青年が現れるまで待って結婚したほうがよかったんだ。ぼくみたいに前半生がもう済んでしまったようなやつじゃなくて」

「ばかばかしいこと言わないで。結婚に歳なんて関係ないわ」わたしは急いで言った。

「わたしたちはもちろんいい相棒同士よ」

「そうかい？　そうだろうか」マキシムは言った。

わたしはウィンドウシートに膝《ひざ》をついて両腕をマキシムの肩にまわした。

「どうしてそんなこと言うの？　世界中の誰よりもあなたを愛しているってわかってるでしょう？　ほかに誰もいないわ。あなたはわたしの父であり兄であり息子なの、そのすべてなのよ」

「ぼくがいけないんだ」マキシムは聞いていなかった。「ことを急《せ》いて、よく考える暇も与えなかった」

「考えることなんてなかったわ。ほかに選択肢はなかったもの。マキシム、あなたはわかってない、人はね、誰かを好きになると……」

マキシムはわたしから視線を外して窓の外を見やった。

「ここに来て幸せかい？　どうなんだろうと思うことがあるんだ。まえよりやせたし、顔色もよくない」

「もちろん幸せよ。マンダレーは大好きだし、お庭も、何もかも大好きだわ。人を訪問するのも平気よ。さっきあんなこと言ったのは困らせたかっただけ。あなたがそうしろって言うなら、毎日でも訪ねて歩くわ。なんでもする。あなたと結婚したこと、一瞬たりとも後悔したことないわ、わかってるでしょう？」

マキシムは例によって心ここにあらずという感じでわたしの頬を撫《な》でると、頭のてっぺんにキスをした。

「かわいそうに、あんまり楽しいこともないよね。ぼくと暮らすのはたいへんだよね」

「そんなことないわよ」わたしは熱心に言った。「たいへんなんてことない、すごく暮らしやすい。あなたは思ったよりずっと楽な人だわ。わたし、結婚生活なんてひどいものだと思ってたこともあるのよ。夫が酒飲みだったり、乱暴な口をきいたり、朝ごはんのときトーストがふにゃふにゃしてるって文句言ったり、うんざりすることばっかりで、それこそ臭かったりするかもしれないなんて。あなたはどれも該当しないわ」

「それはもう、ぼくだって勘弁してもらいたいよ」マキシムは言ってほほえんだ。

わたしはマキシムの笑みに飛びつくようにして自分も笑顔になり、手を取ってそこにキスした。

「相棒じゃないなんて、ほんとおかしなことという人ね。毎晩、あなたは本か新聞を手に、わたしは編み物をしながら、ここで過ごすじゃないの。ペアのティーカップみたいに、もう何年も何年も結婚している老夫婦みたいに。幸せにきまってるじゃないの。

あなたの言うのを聞いてると、まるで失敗だったように取れるわ。そんなつもりで言ったんじゃないわよね、マキシム？　わたしたちはうまくいってるって、結婚したのは大成功だって思ってるでしょう？」

「きみがそう言うなら、それでいいんだ」

「ええ、でも、わたしだけじゃなくて、あなたもそう思ってるでしょう？　わたしたち幸せよね？　すごく幸せよね？」

マキシムは答えない。わたしはその手を握っていたが、マキシムは窓の外をぼんやり見たままだ。

喉《のど》が詰まってひからび、目も灼《や》けつくようだ。まるで芝居の登場人物にでもなった気がしてきた。まもなく幕が下り、観客にお辞儀をして楽屋に引っこむのだ。こんな場面が現実のわたしとマキシムの人生で起きているわけはない。

わたしはウィンドウシートに腰をおろして、マキシムの手を離した。冷めた、硬い声で自分がこう言うのが聞こえた。

「うまくいっていないと思うなら、認めてくれたほうがずっといいわ。幸せな振りなんてしなくていいの。それぐらいならでていったほうがいい、あなたと暮らさないほうがいいもの」

こんなことが現実に起こっているはずはない。こんな台詞《せりふ》を吐いているのは、芝居にでてくる女で、わたしがマキシムに言っているのではない。どういう女優が演じるだろうか。背が高くて、スリムで、ちょっと神経質そうな人。

「どうして何も言わないの？」わたしは言った。

マキシムは両手でわたしの顔を包むと、あの日浜にでかけたあと、フリスがお茶の用意をしに来たときと同じ目をしてわたしのことを見た。

「何も言えないからだよ。自分でも答えがわからない。きみがぼくたちが幸せだと言うなら、そういうことにしておこう。ぼくにはさっぱりわからないことなんだ。きみの言葉を信じるよ。ぼくらは幸福だ。ということで、これで手打ちにしよう！」

マキシムはまた接吻《せっぷん》すると、向こうに行ってしまった。わたしは堅苦しく背筋を伸ばし、膝に手を置いて窓辺に坐《すわ》ったままだった。

「そんなこと言うのはわたしに失望したからよね。わたしってぎこちなくってへまばかりだし、身だしなみもよくないし、内気だものね。モンテカルロで、きっとだめだって言ったでしょ。わたしのことマンダレーに似つかわしくないって思ってるんでしょう？」

「ばかを言うんじゃない。身だしなみがよくないとか、へまばかりだなんて一言もいってない。きみの考えすぎだ。それから内気なのは、そのうちなんとかなるさ。さっきも言ったろう？」

「話はひと巡りしちゃったわね。はじめにもどっちゃった。元はと言えば、わたしがモーニングルームのキューピッドを落として割ってしまったからよね。割ったりしなかったら、こんなことにはならなかった。きっとふたりでコーヒーを飲んでから、庭にでたわ」

「まったくあのキューピッドはいまいましい」マキシムは疲れたように言った。「何千個に砕け散ったところで、ぼくがかまうとでも思っているの？」

「とても高価なものだったの？」

「さあね。多分そうだろう、忘れちゃったよ」

「モーニングルームにあるものはみんな高価なの？」

「ああ、多分ね」

「いちばん高価なものばかりどうしてモーニングルームに置いてあるの？」

「さあ。あそこに置くと映えるからじゃないかな」

「まえからあったの？　お母様がお元気なころから？」

「いや。いや、そうじゃなかったと思う。家のあちこちに適当に置いてあった。椅子は物置にあったんだと思う」

「モーニングルームをいまみたいにしつらえたのはいつのことなの？」

「結婚したときだよ」

「それじゃキューピッドもそのとき飾ったのね？」

「そういうことになるかな」

「あれも物置にあったの？」

「いや。そうじゃなかったと思う。それこそ結婚祝いだったと思うよ。レベッカは陶磁器に詳しかったんだ」

わたしはマキシムの顔を見ずに、爪《つめ》を磨きはじめた。マキシムはその名前を何気なく自然に、口にした。かまえているところなどなかった。しばらくしてから、わたしはすばやい一瞥《いちべつ》をマキシムにむけた。ポケットに手を入れてマントルピースの脇《わき》に立ち、空を見つめている。

レベッカのことを考えているのだ、とわたしは思った。わたしへの結婚祝いの品がレベッカへの結婚祝いを壊す原因となるとは妙なものだ、と考えているのだ。キューピッドのことを、贈ってくれた相手のことを思いだしているのだ。小包が届いてレベッカがとてもうれしそうだったことをきっと思い起こしている。レベッカは陶磁器に詳しかった。レベッカが床にしゃがんでキューピッドが梱包《こんぽう》された小さな木箱の蓋《ふた》をこじあけようとしているところへマキシムがやってきたのかもしれない。レベッカは目をあげてほほえんだにちがいない。

「マックス、見て。こんなものをいただいたわ」

レベッカはそう言っただろう。そうして木屑《きくず》に手を突っこんで、弓を手に片脚で立っているキューピッドを取りだしただろう。

「モーニングルームに飾りましょうよ」

レベッカが言い、マキシムは隣りに跪《ひざまず》いて、ふたりでキューピッドを眺めたにちがいない。

わたしは爪を磨きつづけた。小学生の爪みたいに格好悪い。あま皮が半月の上まで伸びているし、親指の爪は生え際《ぎわ》まで噛《か》んである。再びマキシムに目をやると、まだ暖炉の前に立っていた。

「何を考えてるの？」わたしは言った。

平静で淡々とした声で言えた。激しく鼓動する心臓、苦い反感に満ちた心とは裏腹に。

マキシムは煙草《たばこ》に火をつけた。まだお昼が済んだばかりというのに、もう二十五本目ではないだろうか。マキシムはマッチを空の炉格子《ろごうし》に投げ捨てて、新聞を取りあげた。

「特に何も。どうして？」

「え、ただなんとなく。すごく真剣そうで、心ここにあらずみたいに見えたから」

マキシムは指で煙草をもてあそびながら、ぼんやり口笛を吹いた。

「実を言えば、オーヴァル・クリケット場でのミドルセックスとの試合、サリー側の選手は決まったのかなって、考えてた」

マキシムはそう言って、また椅子に坐ると、新聞をたたんだ。わたしは窓の外に目をやった。しばらくするとジャスパーが膝に乗ってきた。

第十三章

六月の末に公式の晩餐会《ばんさんかい》があり、マキシムはロンドンへ行くことになった。男性ばかりの集まりで、何か地域のことらしい。二日間留守にすることになり、わたしはひとり取り残されてしまった。マキシムがでかけてしまうのがたまらなくいやだった。私道のカーブを曲がって車が見えなくなると、これが今生の別れでもう二度と会えないような気がしてきた。きっと事故が起きる。午後散歩からもどると、フリスがまっ青な顔でふるえながらわたしを待っていて、伝言があったと言うのだ。どこかの診療所の医者から電話がある。

「気をたしかにもってください。たいへんショックなことをお知らせせねばなりません」

そのあとフランクがやってきて、いっしょに病院へ駆けつけると、マキシムはもうわたしのことがわからない。わたしは昼食の席で一部始終を想像した。葬儀で地元の人が墓地に集まっているところ、自分がフランクの腕にすがっている姿まで浮かんだ。あまりにまざまざとした光景で食事がほとんど喉《のど》をとおらなかった。電話ばかりが気になり、いつ鳴るかとわたしは耳をそばだてた。

午後は膝《ひざ》に本をひろげて栗《くり》の木陰で過ごしたが、ちっとも頭に入らなかった。芝生の向こうからロバートがやってくるのが見えたときは、実際に気持ちが悪くなった。電話があったにちがいない。

「奥様、クラブからだんな様が十分まえに到着したという連絡が入りました」

わたしは本を閉じた。

「ありがとう。ずいぶん早く着いたのね」

「そうでございますね。とても順調だったようでございます」

「わたしと話したいとか、特に伝言はなかったの？」

「はい、奥様。電話をしてきたのはボーイで、ただ無事お着きになったということだけでございます」

「そう、ありがとう。もうさがっていいわ、ロバート」

わたしは安堵《あんど》の大波に包まれた。もう気分も悪くないし、胃の痛みも消えていた。海峡を泳ぎ切って岸にたどり着いたような心持ちだった。おなかもすいてきて、ロバートが家の中に消えると、わたしはダイニングルームの縦長の窓から忍びこんで、サイドテーブルのビスケットをこっそり取った。甘みのないバス・オリヴァー・ビスケットだが六枚もたいらげ、りんごも一個食べた。そんなに空腹だったとは自分でも驚いたが、わざわざ林の中まで行って食べた。芝生のわたしの姿を使用人の誰かが窓から見とがめて、奥様がたったいま果物とビスケットで腹ごしらえしていた、おだししている料理がお気に召さないのかもしれない、と料理人の耳に入れないともかぎらない。料理人は気を悪くして、ダンヴァーズ夫人に訴えるかもしれない。

マキシムがロンドンに無事到着したことがわかり、腹ごしらえも済むと、すっかり元気になり、妙に楽しくなってきた。なんの責任もないような、解放感を覚えた。子どものころの土曜日みたいだった。授業もないし、予習もしなくていい。好きにしていいのだ。はき古したスカートに運動靴で、隣家の子どもたちと広場でウサギ狩りごっこに興じる。まさにそういう気分だった。マンダレーに来てからこんな気持ちになったことは一度もない。きっとマキシムがロンドンに行ってしまったからだろう。

そんなふうに思う自分に少しばかりショックを受けた。自分の気持ちが全然理解できない。マキシムには行ってほしくなかったのに心は軽く、足取りは弾み、芝生を駆け抜けて土手をころげ落ちたいという子どもっぽい衝動を覚える。わたしは口の端のビスケットの粉をはらって、ジャスパーを呼んだ。こんな気分になるのは、すばらしい上天気だからかもしれない……。

〈幸せの谷〉を抜けて入り江にでることにした。アザレアはもう終わっていて、茶色く枯れた花が苔《こけ》の上に散っていたが、ブルーベルはまだ色褪《いろあ》せておらず、林間の谷はまるで青一色の絨毯《じゅうたん》のようだった。薄緑色に巻いた早蕨《さわらび》も頭をだしている。深みのあるしっとりした苔の匂《にお》い、ブルーベルの、苦いような、土臭い匂いがただよってくる。

わたしは両手に頭をあずけ、ブルーベルの脇《わき》に生えている丈の高い草の上に寝そべった。傍らでは、顎《あご》や舌から涎《よだれ》を垂らして息を弾ませたジャスパーが、間の抜けた表情でわたしを見おろしている。頭上の梢《こずえ》で鳩《はと》が鳴いているのが聞こえる。

とても静かで平安だった。ひとりでいると、同じ場所でもずっとすてきに思えるのはなぜだろう？　いまもし学校時代の友だちが隣りに坐《すわ》っていて、

「このあいだヒルダに会ったわ。覚えているでしょ？　すごくテニスがうまかった子。結婚して子どもがふたりいるんですって」

などと言ったら、いかにも日常的でつまらないし、咲いているブルーベルは目に映らず、頭上の鳩の鳴き声も耳に入らないだろう。いまわたしは、いっしょに誰かいればいいとは思わなかった。マキシムですらも。

マキシムがいたら、わたしがこうして目を閉じて草の葉を口に含んで寝そべっていることはない。マキシムの目や表情が気になって、どうしても様子を観察してしまっただろう。楽しいだろうか、退屈していないだろうかと気を遣い、何を考えているのだろうと気をもんだことだろう。それがいまは何も心配することがないので、リラックスできる。

マキシムはロンドンだもの。こうしてひとりでいるのはほんとうに楽しい。あ。いまのはうそ。こんなことを考えてはだめだ。裏切るみたいでいけないことだ。そんなつもりで言ったのではない。マキシムはわたしのすべて、わたしの命……。

わたしはブルーベルの寝床から起きあがって、きつい声でジャスパーを呼び、谷間

を抜けて浜にむかった。潮が引いており、遠のいた海はすっかり凪《な》いで、ゆったりした大きな湖のようだ。夏に冬のことを想像できないのと同じで、荒れた海などいまは思い描くこともできない。風はなく、岩の間を洗う潮溜《しおだ》まりに日射《ひざ》しが注ぐ。ジャスパーはすぐに岩山を駆けあがった。片方の耳が頭に貼《は》りついていて、威勢がいいようなおかしな表情を見せてわたしをふり返る。

「そっちじゃないの」わたしはジャスパーに言った。

わたしになどおかまいなしで、言うことを聞かずにどんどん行ってしまう。

「困った子ね」

わたしはわざわざ声にだして言い、自分でも向こうの浜に行くのは気がすすまないような振りをして、後を追った。

(ま、いいわ。マキシムもいっしょじゃないんだし、わたしには関係のないことだもの)

わたしは鼻歌をうたい、岩の間にできた潮溜まりの水を撥《は》ねちらしながら歩いた。潮が引いている浜はようすがちがって見えた。小さな港には一メートルぐらいの水しかなく、人を寄せつけないように見えた印象がすっかり薄れていた。最干潮時には小型のヨットでも浮いているのがやっとだろう。ブイもまだあった。このまえのときは気がつかなかったが、白とグリーンに塗られているのがわかった。そぼ降る雨に色の見分けがつかなかったのかもしれない。

浜に人影はなかった。わたしは小石を踏みしめて入り江の反対端まで歩いて、低い石の突堤をのぼった。慣れたふうにジャスパーが先を走ってゆく。突堤には、ディンギーが繋留《けいりゅう》してあったのだろう、鉄の輪っかがあり、海面に届く鉄梯子《てつばしご》が掛けられている。梯子から乗り移るわけだ。十メートルほど先の真向かいにブイがあって、何か書いてあるのが見える。わたしは頭を横にかしげて判読しようと首を伸ばした。

〈ジュ・ルヴィヤン〉

おかしな名前！　船名とも思えない。もしかしたら元もとフランスの船、漁船だったのかもしれない。漁船なら〈ハッピー・リターン〉とか、〈アイム・ヒア〉とか、その類《たぐい》の名前が付けられていることがあるものだ。

「ジュ・ルヴィヤン――わたしはもどってくる」

考えてみれば、案外いい名前かもしれない。このヨットに限って言えば、もう二度ともどっては来ないのだからふさわしくなかったことになるけれど……。

岬の灯台沖で帆走するのはいかにも寒そうだ。湾内は波が静かだったが、こんな凪《なぎ》の日でも岬をまわるあたりでは、勢いよく流れでていく引き潮で白い波頭が立っている。

小型のヨットが陸地に守られていた入り江をでて、岬をまわれば、吹きおろす風に傾くだろう。波が舷側《げんそく》を越え、デッキを洗うかもしれない。舵《テイラー》を握っている女《ひと》は、髪や目にかかる波しぶきをはらい、風圧にしなうマストを見あげる。ヨットは何色だったのだろう？　ブイと同じ白とグリーンだろうか。小ぶりのキャビンがある、あまり大きなヨットではなかった、とフランクは言っていた。

ジャスパーが梯子を嗅《か》ぎまわっている。

「こっちへおいで。海に落ちたおまえを助けにいくのはいやよ」とわたしは言って、突堤沿いに浜にもどった。

林の縁に建っているコテージも、きょうは不気味で寒々とした雰囲気はない。太陽がでているだけでずいぶんちがうものだ。きょうは屋根を叩《たた》く雨もない。わたしは浜辺をゆっくりコテージにむかった。

誰も住んでいない、ただのコテージなのだから、びくびくすることはない。ちっとも怖くない。無人の状態がある程度つづくと、どんなところでも湿気てくるし、気味が悪くなるものだ。新築のバンガローだってそうだ。だいいち、月夜のピクニックなどにも使われていたのだ。週末には客がやってきて泳いだり、ヨットに乗ったりしたはずだ。

わたしは、イラクサに覆《おお》い尽くされ、見捨てられた庭を眺めて立った。庭師でもやって、整備すべきだわ。こんなふうにほったらかしておくことはないのよ。

わたしは小さな門扉《もんぴ》を押し開けて、コテージの戸口まで行った。ドアがきちんと閉まっていない。このあいだはちゃんと閉めたはずだ。ジャスパーがドアの下を嗅いで唸《うな》り声をたてはじめた。

「静かにしなさい」

わたしが言ってもジャスパーは框《まぐさ》に鼻を押しつけて、クンクン嗅ぎまわる。わたしはドアを押し開けて中を覗《のぞ》いた。

とても暗かった。このまえのように。帆船の模型のリギンにも蜘蛛《くも》の巣がからまったままだ。どこも変わっていない。ただ、奥のボート用品置き場のドアが開いていた。ジャスパーがまた唸り声をあげると、何かが落ちる音がした。ジャスパーは激しく吠《ほ》えたて、わたしの両脚のあいだをすり抜けて奥のドアに猛然とむかっていった。ドキドキしながらわたしも後につづいたが、不安になって部屋のまん中で立ち往生してしまった。

「ジャスパー、いい子だからもどっておいで！」

ジャスパーは戸口で興奮気味に、激しく吠えたてている。用品置き場に何かがいるのだ。しかもネズミではない。ネズミなら、ジャスパーは飛びかかっていっただろう。

「ジャスパー、おいで、こっちにおいで」

呼んでもジャスパーは来ない。わたしはそろそろとドアまで行った。

「誰かいるの？」

答えはない。わたしは腰をかがめてジャスパーの首輪をつかみ、ドアの端から中を覗いた。

壁際《かべぎわ》の隅に誰かがしゃがんでいる。わたし以上にふるえあがっているのは様子を見ればわかった。ベンだった。セールの裏に隠れようとしている。

「どうしたの？　なんの用？」

ベンは口を少し開けて、わけのわからないようすで目をしばたたいた。

「なんもしてないよ」ベンは言った。

「静かにしなさい、ジャスパー」

わたしは叱《しか》りつけて犬の口元を手で押さえ、腰のベルトを外して、引き綱の代用に首輪にとおした。

「何してたの?」

わたしはさっきより勇ましい口ぶりになった。

ベンは窺《うかが》うような目で見つめるばかりで、答えない。

「こっちへでていらっしゃい。勝手に出入りすると、デ・ウィンターさんに叱られるわよ」

ベンはこそこそした様子で笑いを浮かべ、手の甲で洟《はな》を拭《ぬぐ》いながらのろのろ立ちあがった。もう片方の手を後ろに隠している。

「何かもってるの?」

わたしが言うと、言われたとおり子どものように後ろの手を見せる。釣り糸が握られていた。

「なんもしてないよ」ベンはもう一度言った。

「その釣り糸、ここにあったの?」

「あ?」

「いいこと、ベン。ほしいならその釣り糸はあげるけど、二度としてはだめよ。人の物を盗《と》るのは、よくないことだわ」

相手は何も言わず、目をしばたたいて落ち着きない様子をする。

「さあ、行きましょう」断固とした口調で言って物置をでると、ベンは付いてきた。ジャスパーは吠えるのをやめて、こんどはベンの踵《かかと》のあたりを嗅ぎまわっている。わたしはこれ以上コテージにいるのがいやで、足を引きずるように付いてくるベンをしたがえて急ぎ足で日射しの中へでて、ドアを閉めた。

「もうおうちへ帰りなさい」わたしはベンに言った。

相手は釣り糸を宝物のように抱きしめている。

「施設に入れたりしない？」

見ると、怯《おび》えきって全身をわななかせていた。両手をぶるぶるふるわせ、哀願するように、物言えぬ動物のように、わたしの目をじっと見つめている。

「もちろんよ」わたしはやさしく言った。

「なんもしてないよ」ベンはまた言った。「だれにもいってない。施設にいきたくないよ」

薄汚れた頬を涙が落ちてゆく。

「だいじょうぶよ、ベン。誰も施設に入れたりなんてしないわ。でも、コテージにはもう入らないでね」

わたしが行きかけると、ベンは付いてきて、手に何度も触れた。

「きて。きて。あげたいものがあるの」

ベンは間抜けな笑顔になり、おいでおいでの合図をして、浜のほうへむかった。付いていくと、ベンは腰をかがめて岩の脇にある平べったい石を取りのけた。下に貝殻が積んである。ベンはひとつ選ぶと、わたしにくれた。

「あんたの」

「ありがとう、とてもきれいだわ」

あんなに怯えていたのも忘れ、ベンはまた笑顔になって、耳の後ろをこすった。

「あんた天使みたいな目してる」

わたしはいささか面喰らって、貝殻に視線を落とした。なんと応じればいいのか、わからない。

「もうひとりとちがう」ベンは言った。

「もうひとり？　誰のこと？」

ベンは首をふり、またこちらを窺うような目つきをして、指を鼻の脇に押しつけた。

「背が高くて、頭が黒いの。ヘビみたいな女《ひと》。ここにいるの、みたよ。夜になるとくるんだ。おいら、みたんだ」

ベンはじっとわたしを窺って言葉を切った。わたしは黙っていた。

「一度のぞいてみたんだ。そしたらかみつかれた、ほんとだよ。

『あんたはわたしを知らない。ここにいるのも見なかった。二度と見るんじゃない。こんど窓からのぞいたら、施設に入れてやる』って。『施設ではいじめられる。いやでしょ』って。

なんもいいませんって、敬礼したの、こんなふうに」

ベンはサウウェスターの鍔《つば》を引っ張った。

「あのひともういないよね？」ベンは心配そうに言う。

「誰のことをいっているのか、わからないわ」わたしはゆっくり言った。「なんにしても誰も施設に入れたりしないから。それじゃあね、ベン」

わたしはベンに背をむけて、ベルトにつないだジャスパーを引きずるようにして小《こ》径《みち》のほうへ浜を行った。

気の毒に、自分が何を言っているのかわからないのだ。施設に入れると脅かすような人がいるとは到底思えない。ベンは悪さなんてしないとマキシムもフランクも言っていたし。ひょっとして、家族がベンの処遇について話し合っているのを耳にしたことでもあり、そのときの記憶が、子どもがおぞましい光景を忘れられないように、いつまでも頭に残っているのかもしれない。

好き嫌いについても、ベンは子どもと同じようなものだと思う。なんの理由もなく相手に好意を抱き、そのときは親しげにしても翌日には仏頂面《ぶっちょうづら》をむけてくるかもしれない。わたしに感じよくしてくれたのは、釣り糸をあげると言ったからだろう。あしたベンに会っても、わたしのことなどわからないかもしれない。ベンの言うことなど気に留めるなんて……。

わたしは肩ごしに入り江をふり返った。

潮が満ちはじめ、ゆるやかな渦を巻いて突堤の先から流れこんでくる。ベンは岩山を越えていなくなっており、浜にはもう誰もいなかった。鬱蒼《うっそう》と林立する木々の隙間《すきま》から、コテージの石の煙突が覗いている。

不意に、わけもなく駆けだしたくなった。わたしはジャスパーのベルトをぐいぐい引っぱって、肩で息をしながらわき目もふらずに林間の急な細道を走った。世界中の財宝をあげると言われても、もうあのコテージと浜にもどる気になれない。イラクサが茂るあの小さな庭で、きっと何者かが待ち伏せしている。じっと耳を澄まし、目を凝らしている誰かが――。

走りながらジャスパーは吠えた。新しいゲームだと思っているらしく、ベルトを気にしてやたらに噛《か》みつこうとする。

小径の木々がこれほど密生し、その根を蔓《つる》のように伸ばしているとは思わなかった。わたしの足を取ってつまずかせようとしているかのようだ。

息を切らして走りながら、全部きれいに刈りこむべきだ、マキシムが作業させるべきだ、とわたしは思った。こんなふうに下草を茂らせても、美しくもないし、なんの意味もない。そこで絡《から》み合っているあの繁《しげ》み、あれを切り倒してきれいにすればこの道も少しは明るくなる。

とにかく暗い、暗すぎる。

茨《いばら》に覆い尽くされているあのユーカリは、白骨化した手足みたいだ。その下には土臭い黒い流れができていて、泥を含んだ長年の雨水が溜《た》まって、下の浜まで音もなく垂れてゆく。向こうの谷間とちがって、小鳥の鳴き声もしない。あそことは別の意味で静まり返っている。そのくせこうして肩で息をしながら走っていても、入り江に満ちてくる潮騒《しおさい》が聞こえる。

どうしてこの小径と入り江をマキシムがいやがるのか、よくわかった。わたしも嫌いだ。こっちへ来たわたしがばかだった。白い小石の向こうの浜に留まって、〈幸せの谷〉をとおって帰ればよかったのだ。

家の芝生にでて林を後にし、窪地《くぼち》にどっしりと立つ、ゆるがないマンダレーが目に入ったときは、心底ほっとした。

ロバートにいって栗《くり》の木陰でお茶にしてもらおう。だが、腕時計に目をやると、思ったより早くてまだ四時まえだった。

少し待たねばならない。マンダレーでは四時半にならないとお茶にはしないのだ。フリスが外出しているのもありがたい。ロバートなら庭でお茶にしても、ご大層なことにはならないだろう。

テラスのほうに芝生をのんびり歩いていくと、私道がカーブしたあたりでツツジの緑の葉のあいだから金属らしきものに日の光が反射するのが目の端で捉《とら》えられた。なんだろう？　わたしは目の上に手をかざした。車のラジエーターのようだ。お客さんかしら？　でも、訪問客なら家の前まで車で来るだろうし、家から見えないカーブの繁みの陰に駐車したりはしないはずだ。もう少し近くまで行ってみると、やはり車だった。ボンネットとフェンダーも見える。おかしい。訪問客ならまずこんなことはしない。御用聞きや配達なら、以前馬小屋だったところかガレージ脇《わき》の裏からまわってくるし、フランクのモリスでもない。フランクの車ならわたしもよく知っているし、これは車体が長めで車高が低い、スポーツカーだった。

どうすればいいだろう？　訪問客ならロバートが図書室か応接間に案内しているはずだ。応接間だったら、芝生を歩いてくるわたしが見えてしまう。こんな格好でお客の相手をするわけにはいかないし、お茶に招待せねばならない。わたしは芝生の端でためらった。

そのとき、窓ガラスに一瞬陽光が反射したためか、何気なく屋敷を見あげると、驚いたことに西の棟の鎧戸《よろいど》がひとつ開いていて、窓辺に誰か立っていた。男だ。と、おそらくわたしの姿に気がついたのだろう、やにわに引っこみ、その後ろから別の誰かが腕をだして鎧戸を閉めた。

あの腕はダンヴァーズ夫人だ。黒い袖《そで》に見覚えがある。きょうは屋敷の公開日で夫人が案内しているのかしらという考えがよぎったものの、それはフリスの役目だし、でかけているのだから考えられない。だいいち西の棟の部屋は公開されていない。わたしだってまだ見ていないのだ。そう、きょうは公開日ではない。一般の人が火曜日に来ることはない。

ひょっとしたら部屋の修繕でもしているのかもしれないが、それにしても外を眺めていた男がわたしの姿を認めたとたん弾《はじ》かれたように引っこんで鎧戸が閉められたのは変である。それに、家から見えないようにツツジの陰に駐車してあるのもおかしい。

まあしかし、それもダンヴァーズ夫人の問題で、わたしには関係がないことだ。友人を西の棟に案内しようと、とやかくいう筋合いはない。それにしてもいままで一度もそういうことがなかったのに、マキシムが不在というきょうに限って起きるのもおかしいといえばおかしい。

わたしはいささか意識してしまい、芝生をわざとらしくのんびりとした様で横切った。ふたりが鎧戸の隙間からまだ見ているかもしれない。

石段をあがり、玄関から広間へ入ったが、見覚えのない帽子やステッキも見あたらないし、トレイにも名刺はなかった。となると公式の訪問客でないことはたしかだが、わたしの関知することではない。

二階へあがらずに済ませるため、わたしはフラワールームの流しで手を洗った。階段などで鉢合わせしたらお互い気まずい。

お昼まえに、モーニングルームに編み物を置いてきたことを思いだしたわたしは、忠犬ジャスパーをしたがえて応接間をとおって取りに行った。

モーニングルームのドアが開いていた。編み物の袋も移動されている。ソファーの上に置いておいたのに、クッションの後ろに押しこまれている。袋の置いてあったあたりに誰かが坐《すわ》った跡が残っていた。ついさっき何者かがそこに坐り、邪魔だったたので編み物をどかしたのだ。机の脇の椅子《いす》も場所が変わっている。

どうやらダンヴァーズ夫人は、わたしとマキシムが不在のときはモーニングルームで客人をもてなすらしい。わたしは居心地の悪い気分になった。こういうことはできることなら知らずに済ませたい。ジャスパーはソファーを嗅《か》ぎまわって尻尾《しっぽ》をふっている。少なくともジャスパーにとっては怪しい相手ではないらしい。

わたしは編み物の袋を手に部屋をでた。ちょうどそのとき応接間から裏の石畳の廊下に通じるドアが開き、声がしてきた。わたしは素早くモーニングルームにもどった。間一髪で姿を見られなかった。

でも、戸口のジャスパーが舌をだして尻尾をふりながらドアの陰に立っているわたしを見ている。これではわかってしまう。わたしはジャスパーを睨《にら》みつけ、じっと息を潜めた。

そのときダンヴァーズ夫人の声が聞こえてきた。

「どういうわけか思ったより早くもどってきたようですけど、図書室だと思います。図書室なら見とがめられずに広間を抜けられます――たしかめてきますから、ここで待っていてください」

わたしのことだ。わたしはますます居心地が悪くなってきた。なんとも胡散臭《うさんくさ》いが、ダンヴァーズ夫人がまずいことをしている現場を取り押さえるようなことにはなりたくない。と、ジャスパーが勢いよく応接間のほうに頭をむけ、尻尾をふりながらうれしそうにでていった。

「やあ、やあ、やあ、このノラ公」と男が言うのが聞こえた。

ジャスパーが興奮して吠《ほ》えはじめた。

どこか隠れる場所はないかとわたしは必死であたりを見まわしたが、もちろんあるわけがない。と、すぐ近くで足音がして、男が入ってきた。ドアの陰にいたわたしにすぐには気がつかなかったが、犬はしゃぎで吠えているジャスパーがわたしに飛びついてきた。

男は突然勢いよくふりむいた。わたしの姿を見て、驚倒とはこのことか、と思うほどびっくりしている。わたしのほうが泥棒で、向こうが当主みたいだった。

「これは失礼」男は言って、わたしを上から下まで眺めまわした。

大柄で逞《たくま》しく、安っぽく派手な野外派という意味ではいい男だった。酒浸りで自堕落な生活をしている者によくあるほてったようなブルーの目、髪は肌と同じで赤っぽい。あと数年もすればぶよぶよ太り、ワイシャツの襟の後ろから首の肉がはみだすようになりそうだ。しまりのない、妙に赤い口に正体があらわれている。ここからでもウィスキー臭い息がにおった。男は笑みを浮かべた。女と見れば作る笑顔。

「脅かしちゃったかな」

わたしはなんともきまり悪い思いでドアの陰からでてきた。

「だいじょうぶです。声がしましたが、どなたかわからなくて。お客さんを予定していなかったもので」わたしは言った。

「それは失礼！」男は元気よく言った。「こんなふうにお邪魔してすいませんね。大目に見てくださいよ。ダニーの顔を見たくなってちょいと寄らしてもらっただけで――古くからの馴染《なじ》みなんです」

「ああ、そうなんですか、べつにかまいませんけど」

「いや何、ダニーも変に気を遣って、そちらのお邪魔をしちゃいけないってんで。ご心配おかけしたくないとかで」

「いえ、まあ、べつに、気にしないでください」

わたしは、うれしそうに飛びあがっては前脚で男を叩《たた》くようにしているジャスパーを見ていた。

「こいつもおれを忘れてないと見える。すっかりでかくなったな。最後に見たときはまだ仔《こ》犬《いぬ》でしたがね、太りすぎだね、こりゃあ。もうちょっと運動させないと」

「遠くまで散歩に連れていったところです」

「おや、そう？　それは、それは」

男はジャスパーを撫《な》でながら、馴れ馴れしい笑顔をわたしにむけていたが、そこでシガレットケースを取りだした。

「一本どう？」

「煙草《たばこ》は吸わないもので」わたしは言った。

「おや、そうですか」

男は自分用に一本抜きだすと、火をつけた。

普段はこういうことは気にならないほうだったが、ひとの部屋だというのに、と違和感を覚えた。マナーが悪いように思う。わたしに対して失礼ではないかしら。

「マックスのやつは、元気？」男は言った。

マキシムと親しいような、その口調にわたしは驚いた。マックスという呼び名も奇異にひびく。誰もマキシムをそう呼ばない。

「おかげさまで」わたしは言った。「きょうはロンドンですけど」

「新妻をひとりにして？　なんだよ、ひどいなあ。留守に誰かにさらわれちゃうって心配じゃないのかな」

男は口を開けて笑った。いやな笑いだ。不快なものがにおう。男のこともいやだった。

そこへダンヴァーズ夫人がやってきた。夫人の視線を受けてわたしは背中がひやりとした。ああ、神様、とわたしは思った。どんなにかわたしを疎《うと》ましく思っていることだろう。

「やあ、ダニー、せっかくのご配慮は無駄だったよ。奥様はドアの陰に隠れてらした」

男はまた笑ったが、ダンヴァーズ夫人は無言でわたしを見つめたままだ。

「おいおい、紹介してくれないの？」男は言う。「若奥さんに挨拶《あいさつ》に伺うのは当然のことだろう？」

「奥様、こちらファヴェルさんです」

ダンヴァーズ夫人は静かな声で、気が進まないようすで言った。相手を紹介したくないようだ。

「初めまして」わたしは言い、お愛想で、「お茶をごいっしょにいかが」と言った。

男はおかしくてたまらないという顔をして、ダンヴァーズ夫人に言った。

「これまたけっこうなお誘いですなあ。お茶にご招待だよ。いやあ、ダニー、本気で受けちゃおうかなあ、え？」

夫人がたしなめるような視線を男にむけるのが目に入った。わたしはとてもいやな心持ちがしてきた。この状況はどこもかしこもおかしい。こんなことはあるべきではない。

「ま、やめといたほうがいいかもしれないけど、きっと楽しかったと思うよ。さて、そろそろ失礼したほうがいいかな。車を見せてあげるから、いっしょにどう？」

相変わらず馴れ馴れしい口調で、不快だった。車なんて見たくないが、なんともばつが悪い。

「おいでよ。すごくいかす車だよ。マックスのやつがもってるのと比べものにならないぐらい速い」

言い逃れを思いつくことができない。こんなことはばかげている。不自然だし、とにかくまずい。ダンヴァーズ夫人もなんだってあんなふうに憎悪《ぞうお》でたぎるような目をわたしにむけて立っているのだろう？

「車はどこなんですか」わたしは力なく言った。

「私道のカーブのとこ。お邪魔しちゃ悪いと思って、玄関に横付けにしなかったもんで。午後はお昼寝をなさってるような気がしたもんで」

わたしは黙っていた。あまりに見え透いている。

わたしたちはぞろぞろと応接間から広間にでた。ファヴェルが肩ごしにダンヴァーズ夫人をさっとふり返って片目をつぶるのが目に入った。夫人のほうはウィンクで応《こた》えない。それも当然だが、近寄りがたい、実に険しい顔をしている。ジャスパーが小躍りするように私道に飛びだした。よく見知っているらしい客人の突然の出現に大よろこびのようだ。

「帽子は車に置いてきたかな」男は格好だけ広間を見まわして言った。「ほんというと、こっちから入ったんじゃないんだ。裏からまわってダニーの部屋に押しかけたんだ。ダニーも車のところまでどう?」

そう言ってダンヴァーズ夫人を窺《うかが》うように見る。夫人は目の端でわたしを見ながら、ためらった。

「いいえ。きょうはやめておきます」夫人は言った。「これで失礼します、ジャックさん」

男は夫人の手を摑《つか》むと、強く握りしめた。

「さよなら、ダニー。からだに気をつけて。何かあったら連絡してくれよ。会えてほんとによかった」

男は私道にでた。ジャスパーがその足元にまとわりつくようにしている。わたしは居心地の悪い思いを抱えたまま、後について行った。

ファヴェルは屋敷の窓を見あげて言った。

「マンダレーはいいとこだよね。あまり変わってないな。そのあたりはダニーがしっかりやってるんだろう。実にすばらしい女だよね、え？」

「ええ、とても有能だと思います」

「で、どうなの？　こんなとこに引っこんでて、楽しい？」

「マンダレーのことはとても好きです」わたしはぎこちなく言った。

「マックスと出会ったとき南仏《なんふつ》かどこかにいたんじゃなかったっけ？　モンテだったよね、たしか。モンテなら昔はよく知ってたんだけどな」

「ええ、モンテカルロにいました」わたしは言った。

車のところまで来ていたが、グリーンのスポーツカーで、いかにもお似合いだ。

「車、どう？」相手は言う。

「とてもすてきですね」わたしはお愛想で言った。

「なんだったら門のところまでいっしょにどう？」

「いえ、結構です。ちょっと疲れているし」

「マンダレーの奥様がおれのようなやつと車に乗ってるのを見られたらまずいってか？」

ファヴェルは感心しないなとでもいうように首をふって、笑った。

「あら、いいえ。そんなこと」わたしは赤くなって言った。

相手は、あの馴れ馴れしい不快なブルーの目で、おかしそうにわたしのことを眺めまわす。バーのホステスのような気分にさせられた。

「ま、いいさ。新妻を誘惑しちゃ悪いからな。そんなことはできませんよねえ、え、ジャスパー？」

男は座席にある帽子と特大の手袋に手を伸ばし、煙草を私道に投げ捨てた。

「さよなら。会えて楽しかったよ」

ファヴェルは言って手を差しだした。

「さようなら」

わたしが言うと、相手はさり気なく、

「ところでさ、おれがこうやって遊びにきたことマックスに黙っててくれたら、恩に着るんだけどな。どうもあまり歓迎されてなくってね、どうしてだかわかんないんだけど。ダニーがまずい立場に立たされるかもしれないし」

「ええ、はい、わかりました」わたしはしどろもどろで言った。

「助かるよ。ほんとに門までドライブしない？」

「いえ、悪いけど」

「それじゃ、さよなら。またいつか会いに来ようかな。こら、ジャスパー、よせ、塗装に傷がつくじゃないか。それにしてもあんたをひとりにしてロンドンに行っちまうなんて、マックスもひどいよな」

「べつにいいんです。わたし、ひとりが好きだし」

「へえ、そうなの？　変わってるなあ。そんなの変だよ。不自然さ。結婚してどのぐらい？　三か月かな」

「そのぐらいです」

「いいよなあ。おれも新婚三か月の奥さんが家で待っててくれたらなあ。こちとらさみしい独りもんでね」

ファヴェルはまた笑うと、帽子を目深《まぶか》にかぶった。

「それじゃあな」

そう言ってエンジンをかけると、マフラーの排気を威勢よくまき散らして、飛ぶように私道の先に消えた。ジャスパーは耳を垂れ、尻尾《しっぽ》を巻いて見送った。

「ばかなことしないの。さあ、おいでジャスパー」

わたしは家までのろのろもどった。ダンヴァーズ夫人の姿はなかった。広間でベルを鳴らしたが、五分ほど待っても誰も来ない。もう一度鳴らすと、しばらくしてアリスがあたふたした様子で現れた。

「はい、奥様？」

「あら、アリス。ロバートはどうしたの？　栗《くり》の木陰でお茶にしてもらいたかったんだけど」

「ロバートは午後から郵便局に行っておりまして、まだ帰っておりません。ダンヴァーズさんが奥様はお茶に遅れるというように言い含めていたようで。フリスももちろんでかけております。いまお茶になさりたいなら、あたしがご用意いたしますが。まだ四時半にはなってないと思いますけど」

「ああ、いいのよ、アリス。ロバートがもどってくるまで待つわ」わたしは言った。マキシムがいないと、たちまちいい加減になるのだろう。

フリスとロバートがふたり同時にいないなんてこれが初めてだった。きょうはそもそもフリスの公休日である。ダンヴァーズ夫人はロバートを郵便局にやり、わたしは遠くまで散歩にでかけていた。あのファヴェルという男は、ずいぶんタイミングよく訪ねてきたものだ。あまりによすぎる。何か変だ、それだけはまちがいない。おまけにマキシムには何も言ってくれるなと頼まれた。困ってしまう。ダンヴァーズ夫人をトラブルに巻きこみたくないし、騒ぎになるのも避けたい。何よりマキシムに面倒をかけたくない。

そもそもファヴェルというのは、どういう男なのだろう？　マキシムを「マックス」と呼んでいたが、マキシムをそう呼ぶ人はいない。本の白いページにそう書いてあるのを一度目にしたことがあるが……。細い文字はかしいで、妙な具合にとがっていて、Mの最後だけくっきりと長く引いてあった。マキシムのことをマックスと呼ぶのはひとりだけだと思っていたのに。

お茶をどうしようと広間に立ったまま思案していたわたしは、ふと、ダンヴァーズ夫人が不正でもはたらいているのでは、と思いついた。これまでずっとマキシムに隠れて何やらあやしげなことに手を染めていて、こうして予定より早く帰ってきたわたしに共犯者のあの男といるのを見とがめられ、仕方なく屋敷にも詳しくマキシムとも親しいとはったりをかけて逃げたのではないか。ふたりして西の棟で何をしていたのだろう？　芝生にわたしの姿を認めるとどうして鎧戸《よろいど》を閉めたのだろう？

わたしは漠然とした胸騒ぎに捉《とら》えられた。フリスもロバートも留守だ。メードたちは午後は自室で着替えたりするのが常だ。ダンヴァーズ夫人は好き勝手にできる。あの男が泥棒で、ダンヴァーズ夫人が雇われているとしたら？　西の棟には高価なものがたくさんある。わたしはこのまま西の棟の二階に忍んでいって、自分の目でたしかめたいという恐ろしいような衝動に突然とらわれた。

ロバートはまだ帰っていない。お茶までちょうど間に合うぐらいの時間はある。わたしは楽団用バルコニーに目をやって、ためらった。屋敷は静まり返っている。使用人はみな厨房《ちゅうぼう》の奥の自室にこもっている。ジャスパーが階段の下におかれたボウルの水をピチャピチャいわせて飲んでいて、その音が石造りの大きな広間に反響している。わたしは二階へあがりはじめた。異様な興奮で胸が波打った。

第十四章

あの最初の朝迷いこんだ廊下にわたしは立っていた。これまで来てみたいとも思わず、あれ以来一度も足を踏み入れていなかった。アルコーブの窓から陽光が降り注ぎ、暗く沈んだ鏡板に金色の模様が躍っている。

物音ひとつせず、このまえと同様、閉めきられているせいで空気が澱《よど》んでいる。どっちへ行けばいいのか、よくわからなかった。部屋の配置をわたしは知らないのだ。そのとき、このあいだはこのすぐ後ろのドアからダンヴァーズ夫人がでてきたことを思いだした。窓から芝生と海が見晴らせることを考えると、位置的にもそれが目指している部屋のように思われる。わたしはノブをまわして中に入った。

鎧戸《よろいど》が閉まっているため当然暗く、壁のスイッチを探って電気をつけると、小さな控えの間だった。壁際《かべぎわ》に大きな衣装だんすが並んでいる。どうやら化粧部屋らしい。奥にもっと広い部屋に通じるドアがあり、開いていたので、入ってそこの電気をつけ、衝撃を受けた。いまでも使われているかのように、家具調度が整っている。

埃《ほこり》よけのカバーに覆《おお》われた椅子《いす》やテーブルがあるだろうと思ったのに、壁際の大きなダブルベッドともども、どれもそのままになっている。ブラシや櫛《くし》、香水や白粉《おしろい》がドレッサーに並び、きちんとベッドメーキングもしてある。枕《まくら》カバーを背に白いリネンが光沢を放ち、厚手のベッドカバーの下から毛布の端が覗《のぞ》いている。

ドレッサーにも、ベッド脇《わき》のテーブルにも、花が活《い》けられていた。彫刻の施されたマントルピースにも飾られている。椅子にはサテンのガウンが掛けてあって、下にスリッパが置いてある。

一瞬、頭がどうかしてしまったのかと思った。時を溯《さかのぼ》り、以前使われていたころの部屋、レベッカが生きているころの部屋を目にしているのだという恐怖に襲われた。まもなくレベッカ本人がもどってきてドレッサーの鏡の前に坐《すわ》り、鼻歌をうたいながら櫛に手を伸ばして髪でも梳《と》かすのではないか。そこにレベッカが坐れば鏡に映る顔がわたしから見える。レベッカにも、ドアの脇に立つわたしの姿が映っているのが見えるだろう。

が、何ごとも起きなかった。それでもわたしは息を詰めるようにして待った。そして壁の時計の音で我に返った。針が四時二十五分を指している。腕時計を見ると、同じ時刻を示していた。チクタクいう時計の音はどこかノーマルで心強い。いま現在を、もうすぐ芝生でお茶だということを、思い起こさせてくれる。

わたしはゆっくり部屋の中央まで進んだ。やはりこの部屋は使われていない。誰もここで暮らしていない。どんなに花を飾っても、澱んだ空気はごまかせない。カーテンも鎧戸も閉まっている。レベッカがこの部屋にもどることはもうない。ダンヴァーズ夫人がいくらマントルピースに花を飾ろうと、ベッドにシーツをひろげようと、レベッカは帰ってこない。レベッカは死んでいるのだ。もう一年もまえに。教会の地下の霊廟《れいびょう》に、亡《な》くなったこれまでのデ・ウィンター家の人々とともに埋葬されているのだ。

海の音がはっきり聞こえる。わたしは窓のところまで行って鎧戸を開けた。やはりそうだ。半時間まえ、ファヴェルとダンヴァーズ夫人が立っていたのはここだ。日光が射《さ》しこむと、黄色い電灯が妙にうそっぽく感じられた。さらに鎧戸を押し開けると、ベッドに一条の白い日射しが落ち、枕の上のネグリジェ入れを照らした。ドレッサーのガラス板を、ブラシを、香水の瓶を照らした。

日の光で見ると、部屋がいっそう現実感を帯びてきた。鎧戸が閉じたままの、電灯で照らされた部屋は、舞台装置か何かのようだった。上演のあいまの舞台。夜の公演が終わって幕が下り、観客も帰って、翌日のマチネーに備え、第一幕の用意がされているステージ。でも、日の光で見ると、生き生きと息づいて見える。ほかの窓のカーテンは閉じられていたが、わたしはそのことも、澱んだ空気も忘れ、ただの訪問客にもどってしまった。招かれざる客。まちがって当主夫人の寝室に紛れこんでしまった客。ドレッサーのブラシは彼女のもの、椅子に掛かっているガウンも、スリッパも彼女のもの。

わたしはドレッサーのスツールに坐りこんだ。部屋に足を踏み入れてから脚ががくがくしてほとんど立っていられないことに初めて気がついたのだ。さきほどまで異様な興奮に動悸《どうき》がしていた左の胸が、鉛のように重い。わたしは呆《ほう》けたように部屋を見まわした。

ほんとうに美しい。あの最初の晩、ダンヴァーズ夫人は誇張していたのではなかった。たしかに屋敷でいちばん美しい部屋だ。贅《ぜい》を尽くしたマントルピースや天井、彫刻の施されたベッドの枠や天蓋《てんがい》のドレープ、壁の時計やこのドレッサーに置いてある燭台《しょくだい》まで、どれもこれも、わたしのものだったら愛《め》でて愛でてほとんど賛美したことだろう。

でも、わたしのものではない。ほかの人のものだ。

わたしは手を伸ばして片方のブラシに触れてみた。二本のうち一方のほうがすり減っていたが、これはよくわかる。片方ばかりをつい使いがちで、もう一方を使うのを忘れてしまい、洗いにだすときも片方だけきれいでまっさらだったりするものだ。

鏡に映った自分の顔を見ると、ぺしゃんこの髪を垂らし、やけに青白くやせこけている。いつもこんなふうだったかしら？　いくらなんでも普段はもう少し血色がよかったはずだが、鏡の中のさえない自分の顔がくすんだ顔色で見返してくる。

わたしは立ちあがって椅子のところまで行き、ガウンに触れてみた。スリッパも手に取ってみた。身の毛がよだつような恐怖が募り、絶望に変わってゆく。

わたしはベッドカバーに触れ、ネグリジェ入れのモノグラム、組み合わされた「R

de W」がからみあっているのを指で辿《たど》った。金色のサテン地に、縒《よ》られた文字が力強く浮きでている。ベールのように薄いアプリコット色のネグリジェも中に入っていた。指先で触れ、取りだして顔に当ててみると、ひんやりとして冷たく、澱んだ残り香がまとわりついている。白いアザレアのあの匂《にお》い。ネグリジェをたたんで中にもどしたとき、あちこち筋がついて全体に皺《しわ》が寄っていることに気づいた。左胸に鈍い痛みを覚え、気分が悪くなった。

レベッカが最後に袖《そで》をとおしてから洗濯もされないまましまってあったのだ。わたしは衝動的にベッドから離れ、衣装だんすのあった小部屋にもどった。たんすは服であふれていた。イヴニングドレスがかかっている。白い袋状のカバーの上からも銀色にきらめいているのがわかる。こっちにはゴールドのブロケード、その隣りにはワイン色のやわらかなビロード、そしてたんすの底には長くすそを引いた白いサテンのドレスの端が伸びている。上の棚の薄紙のあいだからダチョウの羽根でできた扇が覗いていた。

衣装だんすはこもったような異臭がした。あたりにただよっているときにはデリケートな芳香だったアザレアの匂いも、たんすの中では澱んでしまい、銀色のドレスやブロケードを傷《いた》め、古びて褪《あ》せた匂いとなって開いた扉から洩《も》れだしてくる。

わたしは扉を閉めて、寝室にもどった。鎧戸から射しこむ日の光が金色のベッドカバーに落ち、白い光線に照らされて、モノグラムの背の高い斜めのRがくっきりと浮かびあがっている。

と、背後で足音がした。ふりむくと、ダンヴァーズ夫人だった。

その表情は一生忘れないと思う。勝ち誇ったような、ほくそ笑んだような、異様に昂《たか》ぶった不健全な顔。わたしは射すくめられたようになった。

「奥様。どうかなさいましたか」夫人は言った。

笑いかけようとしたが、だめだった。口をきこうとしたが、声にならない。

「お加減でも悪いのですか」

夫人はそっと囁《ささや》くように言って近寄ってきた。息が顔に吹きかかるのがわかった。わたしは後じさった。あれ以上近寄ってこられたら、気を失っていたと思う。

間をおいてから、わたしは言った。

「だいじょうぶです。こんなところでお会いするとは思っていなかったもので。実を言うと、庭から窓を見あげたら鎧戸がひとつ閉まっていなかったんで、閉めにきたんです」

「わたくしが閉めておきます」

夫人は無言で部屋を横切ると、鎧戸をしっかり閉じた。日射しがなくなり、人工的な黄色の電灯に浮かびあがる部屋は再び現実感を失った。非現実的でぞっとするほど薄気味が悪い。

ダンヴァーズ夫人はもどってきてわたしの脇に立つと、ほほえみを浮かべた。たじろぐほど馴《な》れ馴《な》れしく、媚《こ》びているようにすら見える。黙然としてよそよそしい普段の態度とは一変していた。

「どうして鎧戸が開いていたなどとおっしゃったのです？　さっきわたくしがちゃんと閉めました。奥様がお開けになったのでしょう？　お部屋をごらんになりたかったのですね。これまでなぜ見せてほしいとおっしゃらなかったのです？　毎日お見せする用意はできておりましたのに。一言おっしゃっていただくだけでよろしかったのに」

逃げだしたいが、からだが動かない。わたしはじっと夫人の目を見つめた。

「せっかくいらしたのですから、全部お見せしましょうね」夫人の声は蜜《みつ》のように甘く、欺瞞《ぎまん》にみち、おもねるように響いて、身の毛がよだつほど不気味だった。「何もかもごらんになりたいのでございましょう？　ずっと見てみたくてたまらなかったのに、遠慮していらしたのですね。とてもすてきなお部屋でしょう？　見たこともないほどすてきでございましょう？」

夫人はわたしの腕をつかむと、ベッドのほうへ引っぱっていった。もの言えぬ物体になったように、抵抗できない。触れられると身ぶるいが起きた。囁くような声はやけに親しげだが、恐ろしく疎《うと》ましくがまんがならない。

「これが彼女のベッドでしたの。とても美しいベッドでございましょう？　いつもこの金色のカバーをかけておきますの、いちばんのお気に入りでしたから。ここに入っているのがネグリジェ――いじってごらんになったのでしょう？　亡くなるまえ、最後に着ていらしたものでございますのよ。もう一度触ってごらんになられます？」

夫人はネグリジェを取りだすと、わたしの前に差しだした。

「さあ、どうぞ触って、手にしてごらんになって。とてもやわらかくて軽いでございましょう？　最後に袖をとおされてから洗濯しておりませんの。溺死《できし》されたあの夜、二度と帰ってらっしゃらなかったあの夜そうしたように、こうしておだしして、ガウンもスリッパもご用意しておきますの」

夫人はネグリジェをたたむと、入れ物にしまい、またわたしの腕を取ってガウンとスリッパのあるところまで引っぱっていった。

「わたくしが何もかもお世話しておりましたの。メードを次々と雇ってみましたが、みんなだめでございました。

『ダニーに世話してもらうのがいちばん。ほかの人じゃだめ』

よくそうおっしゃっていました。ほら、これがガウンですわ。奥様よりずっと背が高かったのは、丈からもおわかりになるでしょう？　ほら、あててごらんになって——足首まできてしまいますわ。それはスタイルがおよろしかったんでございますよ。

これがスリッパでございます。

『スリッパを放って、ダニー』

よくそうおっしゃったものです。背のわりには足はかわいらしかったんでございますの。スリッパの中に手を入れてごらんになって。ほら、小さくて細めでしょう？」

夫人は笑みを浮かべたまま、無理やりスリッパをわたしの手にかぶせ、じっとわたしの目を見る。

「背がとても高かったとは思えませんでしょう？　このスリッパならちっちゃな足でも入りますわ。とってもスリムでいらっしゃいましたから。そばに立たれないと、背の高いことを忘れてしまうほどでしたが、わたくしと同じぐらい背はおありでしたのよ。でも、そこのベッドに横たわっているお姿、黒い髪を光輪のようにお顔のまわりに散らしていると、とても小柄に見えましたの」

夫人はスリッパを元どおり床におき、ガウンを椅子に掛けた。

「ブラシもごらんになったのでしょう？」と夫人は言って、わたしをドレッサーまで連れていった。「お使いになったまま、洗わないでそのままにしてありますの。毎晩、御髪《おぐし》を梳かしてさしあげたものです。

『ダニー、ヘア演習をお願い』

そう言われるとわたくしはこのスツールの後ろに立って、二十分ものあいだブラシをかけてさしあげるんでございます。髪を短くなさっていたのはこの二、三年だけで、ご結婚なさったころはウェストの下までございました。そのころはだんな様が梳かしてさしあげていました。ワイシャツ姿で、二本のブラシを手にもっておられるところをこの部屋で何度目にしたことか。

『もっと強く、もっとよ、マックス』

笑いながらそうおっしゃると、だんな様がそのとおりになさるんでございます。おふたりとも晩餐《ばんさん》のために着替えをなさるところで、お屋敷はお客さんでいっぱいでございました。だんな様は、『遅れちゃうから頼むよ』とわたくしにブラシを放って、ミセス・デ・ウィンターに笑いかけたものです。あのころはだんな様も陽気でいつも笑っていらっしゃいました」

夫人はわたしの腕に手を置いたまま、ひとつ息をついた。

「髪をお切りになったときはまわりの不興を買いましたが、ミセス・デ・ウィンターは平気でした。

『わたしの問題よ。ほかの人には関係ないわ』とおっしゃって。

それにヨットや乗馬にはショートのほうが当然都合がようございました。馬にまたがっている肖像画がございますのよ。有名な画家が描いたもので、王立美術院《ロイヤルアカデミー》にも展示されました。ごらんになったことございまして？」

「いえ」わたしはかぶりをふった。「ありません」

「その年の絵に選ばれたそうですが、だんな様はお気に召さなくて、マンダレーには飾られませんでした。実物より劣っていると感じられたんでございましょう」夫人はつづけた。「お洋服もごらんになりたいでしょう？」

夫人はわたしの答えを待たずに小部屋に引き立てていくと、衣装だんすの扉をひとつひとつ開けた。

「ここは毛皮でございます。まだ虫にはやられておりませんし、今後もだいじょうぶと思います。なにしろ細心の注意をはらっておりますから。このクロテンのショール、触ってごらんになって。だんな様からのクリスマスプレゼントでしたの。いくらしたのか一度教えてくださいましたが、もう忘れてしまいました。このチンチラはたいがい晩にお使いでした。冷える晩などによく肩にかけていらっしゃいました。

こちらのたんすはイヴニングドレスです。お開けになりましたね？　留め金がきちんと掛かっておりませんわ。

だんな様はシルバーのお召し物のときがお気に入りだったように思いますが、いうまでもなくどんなものでもどんな色でも着こなしてらっしゃいました。ビロードをお召しになるとそれは美しゅうございました。ほら、頰に当ててごらんになって。やわらかいでしょう？　触れてみると、どんなにやわらかいかおわかりになるでございましょう？　香水の匂いもしますでしょう？　お脱ぎになったばかりだと思えるぐらいでございましょう？　ミセス・デ・ウィンターがいらしたお部屋に行くと、すぐわかりました。あたりに残り香がただよっておりましたから。

この抽斗《ひきだし》は下着でございます。こちらのピンクのセットは一度もお召しにならないままになってしまいました。亡《な》くなられたときはもちろんスラックスとブラウスをお召しでしたが、波にもまれて引きはがされてしまいましたの。何週間も経《た》ってご遺体がみつかったときは、何ひとつ身にまとっていらっしゃいませんでした」

腕を摑《つか》んだ夫人の指に力がこもった。腰をかがめて髑髏《どくろ》のような顔をわたしに近づけ、昏《くら》い目でわたしの目を探って囁いた。

「岩礁《がんしょう》に打ち砕かれたんですのよ。美しいお顔もわからないぐらいにめちゃめちゃで、両腕とももぎ取られてありませんでした。だんな様がエッジクームまで行って、確認なさったのです。たったおひとりで。当時とてもお加減が悪かったんでございますが、誰もお引き留めすることができませんでした。クローリーさんでさえも」

夫人はまたひとつ息をついたが、わたしの目を捉《とら》えてはなさない。

「あの事故については、生涯自分を責めつづけることでしょう。あの晩留守にしたわたくしがいけないのです。午後ケリスにでかけて遅くまで向こうにいたのです。ミセス・デ・ウィンターはロンドンにいらして、お帰りはずっと遅くなるとのことで、わたくしも急いでもどらなかったんでございます。

九時半ごろ帰宅しますと、ミセス・デ・ウィンターは七時ごろお帰りになって夕食を召しあがってからまた外出したと聞かされました。行き先はもちろん浜でございます。南西の風が強まっていたので、心配になりました。わたくしがおれば、絶対におでかけにならなかったでしょう。ミセス・デ・ウィンターはわたくしの言うことはいつもお聞きになりました。

『お天気が悪いので今夜はおよしになったほうがよろしいでしょう』

わたくしはきっとそう申しあげたし、そうすれば、『わかったわよ、ダニー、まったくもう心配性なんだから』とおっしゃったにちがいないのです。そうしてこのお部屋でおしゃべりして過ごしたでしょう。いつもそうなさるように、ロンドンで何をしたか、話してくださったことでしょう」

指の跡がつくほど夫人にきつく摑まれた腕がしびれてきた。夫人の顔を見ると、皮膚がひきつるほどぴったり貼《は》りついて頬骨が目立ち、両耳の下には、黄ばんだ染《し》みのようなものが浮かんでいた。

「だんな様はクローリーさんのお宅でお食事をなさっておいででした」夫人はつづけた。「何時におもどりになったかはわかりませんが、多分十一時過ぎあたりでしょう。真夜中ちかくになってかなりの暴風になりましたが、ミセス・デ・ウィンターはまだお帰りになりません。一階に降りてみましたが、図書室のドアから明かりが漏れていなかったので、また二階にもどって化粧部屋のドアをノックしました。だんな様がすぐ、『どなた？　なんの用？』とお答えになったので、奥様が帰宅なさっていないので心配なのだと申しました。ちょっと間をおいてから、ガウン姿のだんな様がドアをお開けになりました。

『きっとコテージに泊まるつもりなんだろう。ダンヴァーズさんも休んだほうがいい。このまま吹き荒れるなら、わざわざ帰ってこないよ』

だんな様はそうおっしゃいました。お疲れのようでいらしたし、これ以上ご心配をおかけしても、とわたくしも思いました。コテージで夜を過ごされることはよくあることでしたし、ヨットもあらゆる天候で乗っておいででした。それこそヨットには乗らず、ロンドンから帰って気分転換にコテージで過ごすことになさっただけかもしれません。わたくしはおやすみなさいませと挨拶《あいさつ》して自室にもどりましたが、眠りませんでした。どうなさっているのだろうとそればかり気になりました」

夫人はまた言葉を切った。わたしはもう聞きたくなかった。この部屋から、夫人の側《そば》から、逃げだしたい。

「五時半までベッドの上に坐《すわ》っておりましたが、もうじっとしておられなくなりました。立ちあがってコートを羽織り、林を抜けて浜に行ってみました。空も白んできていましたし、風はやんでいましたが、まだ霧雨のようなものが降っておりました。浜まで行くと、ブイとディンギーが見えましたが、ヨットの姿はありませんでした……」

薄墨色のその朝の浜が目に浮かんできて、そぼ降る霧雨を頬に感じる。けぶる雨の中、目を凝らすと、ブイの黒っぽい輪郭がぼんやりした影のように見えただろう。

ダンヴァーズ夫人がきつく摑んでいた手の力をゆるめ、両手をだらりと下げた。まったく無感情な、普段の機械的な硬い声になった。

「その日の午後、救命胴衣のひとつがケリスに流れ着きました。翌日、カニ漁師が岬の先の岩場でもうひとつ見つけました。潮に乗って、リギンの切れっ端なども流れ着きました」

夫人はわたしに背をむけて整理だんすの抽斗をおさめ、壁の絵をまっすぐに直し、絨毯《じゅうたん》の綿ぼこりを拾った。どうすればいいのかわからず、わたしは夫人を眺めて突っ立ったままだった。

「だんな様がなぜこちらのお部屋をお使いにならないのか、これでおわかりでしょう」夫人は言った。「ほら、海の音がします」

窓も鎧戸《よろいど》も閉じられているのに、たしかに聞こえる。白い小石の浜に打ち寄せる、囁《ささや》くように陰鬱《いんうつ》な波の音がする。いまごろは潮が走るように満ちてきて、あの石造りのコテージまで迫っているだろう。

「だんな様はミセス・デ・ウィンターが溺《おぼ》れた夜以来、こちらのお部屋はお使いになっておりません。ご自分のものは、化粧部屋から移させました。だんな様のために廊下の反対端にある部屋をご用意したのですが、そこでもほとんどおやすみにならなかったようでございます。いつも肘掛《ひじか》け椅子《いす》に坐っておいでした。朝になると、まわりに煙草《たばこ》の灰がいっぱい落ちておりました。昼間は、図書室を行ったり来たりなさっているのをフリスが耳にいたしました。行ったり来たり、行ったり来たり……」

椅子の周囲の床に落ちた灰が見える。マキシムの足音も聞こえる。一、二、一、二、図書室を行ってはもどる……。

ダンヴァーズ夫人は、寝室の電気を消し、小部屋とのあいだのドアをそっと閉めた。もうベッドも見えない。枕《まくら》の上のネグリジェも、ドレッサーも、椅子の脇《わき》のスリッパも見えない。

夫人は小部屋を横切ってドアノブに手を掛け、わたしを待った。

「毎日ここへ来ておそうじをしておりますの」夫人は言った。「またごらんになりたかったら、いつでもおっしゃってください。内線でお電話ください。そうすればわかります。メードたちには立ち入りを許しておりませんの。ここへ来るのはわたくしだけですの」

夫人はまたおもねるような物腰になっていた。馴《な》れ馴《な》れしく、不快で、顔に浮かんだ微笑は見せかけだけの、不自然なもの。

「だんな様がお留守でお寂しいときにでも、こちらで過ごされたいこともおありでしょう。いつでもおっしゃってください。なにしろ美しいお部屋でございますから。いまの状態をごらんになると、そんなに長いこと帰ってらしていないとは思えませんでしょう？　ちょっとおでかけになって、晩にはおもどりになるみたいでございましょう？」

わたしは無理に笑顔を作った。声がでない。喉《のど》が詰まってカラカラだった。

「このお部屋だけではございません。お屋敷の部屋べやで、モーニングルームで、広間で、小さなフラワールームでも、ミセス・デ・ウィンターの存在を感じますの。奥様だってそうでございましょう？」

探るような目でわたしを見つめ、声を潜める。

「こちらの廊下を歩いておりますと、すぐ後ろを歩いていらっしゃるような気がすることがありますの。あの軽やかな急ぎ足――どこで耳にしたってまちがえようがございません。それから広間の上の楽団用バルコニー。あそこに佇《たたず》んで広間を見おろして犬たちを呼んでいるお姿を、以前はよくおみかけしたものです。あそこにも時折いらっしゃるような感じがすることがありますの。晩餐のために階段を降りていらっしゃるときの衣《きぬ》ずれの音が聞こえるかのようでございますの」

夫人はひとつ息をついたが、わたしの目を探る視線は揺るがない。

「ねえ、奥様、ミセス・デ・ウィンターには、こうしておしゃべりしているわたくしたちが見えると思いませんか。死者が還《かえ》ってきて生きている者を見ているとお思いになりませんか」夫人はゆっくりと言った。

わたしはおもわず唾《つば》を飲み、手に爪《つめ》を立てた。

「わかりません」わたしは言った。「わからないわ」

甲高い、不自然な声がでた。とても自分の声とは思えない。

「ときどき思うのでございます」夫人は囁いた。「ミセス・デ・ウィンターがマンダレーに還ってきて、奥様とだんな様がごいっしょのところを見ているのではないかと」

わたしと夫人はドアの前に立ったまま、互いをじっと見つめ合った。視線を外すことができない。青白い髑髏のような顔に浮かぶ昏く陰気な夫人の目。悪意と憎しみに満ちている。

と、夫人は廊下に通じるドアを開いて、言った。

「ロバートがもどっております。十五分まえに帰ってまいりました。栗《くり》の木陰でお茶のご用意をするよう言っておきました」

わたしがとおれるよう夫人は脇に退いた。わたしは前をよく見もしないで、ころげるように廊下にでた。夫人に一言もいわないまま、やみくもに階段をくだり、角を曲がって東の棟のスイートに通じるドアを抜けた。寝室のドアを閉めて鍵《かぎ》を掛け、ポケットにしまった。

それからベッドに横になって、目を閉じた。恐ろしく気分が悪かった。

第十五章

次の朝、マキシムから七時ごろにもどるという電話があった。電話を受けたのはフリスだったが、マキシムはわたしと話をしたいとは言わなかった。

朝食の席についていたときに電話が鳴るのが聞こえた。

「奥様、だんな様からお電話です」と、フリスが呼びにもどってくると思ったわたしは、ナフキンを置いて立ちあがった。そこへフリスが伝言をもってダイニングルームにもどってきた。

わたしが椅子《いす》をひいてドアのほうへ行くのを見たフリスは、

「電話はお切りになられました。七時ごろにもどられるというだけで、ほかに何もおっしゃいませんでした」

わたしはまた腰掛けてナフキンをひろげた。ドアまで駆けてゆくなんて、子どもっぽくてばかみたいだと思われた気がした。

「ああ、そう。ありがとう」

わたしは仕方なくそのままベーコンエッグを食べた。足元にはジャスパー、老犬のほうは隅のバスケットだった。

きょうはどうしようかとわたしは思った。

昨夜は部屋にひとりだったせいか、安眠できなかった。寝返りばかり打って何度も目が覚め、時計に目をやると針はほとんど動いていなかった。ようやく眠りに落ちても、とりとめのない変な夢ばかり見た。

わたしはマキシムと林を歩いているのだが、いつもマキシムが少し先を行って、どうしても追いつけない。顔も見えない。見えるのは、大股《おおまた》でずんずんと歩いていってしまう後ろ姿ばかりだった。

眠っているあいだに泣いたらしく、朝起きると枕《まくら》が湿っていた。鏡を覗《のぞ》くと目も腫《は》れぼったく、魅力に乏しいさえない顔をしていた。なんとかせねばと頰紅をつけてみたが、これが失敗で、まるで道化師のまねでもしているような顔になってしまった。

付け方が下手だったのかもしれないが、朝食のために広間を横切るわたしを、ロバートが目を瞠《みは》って見ていた。

十時ごろ、テラスで小鳥にパン屑《くず》をやっていると、また電話が鳴った。こんどはわたしにだった。フリスがやってきて、レイシー夫人からですと言う。

「ビアトリス、おはようございます」

「どう、元気?」電話の声も少しばかり男っぽくきびきびときっぱりして、いかにもビアトリスらしい。わたしの返事も待たずにつづける。「午後におばあちゃまに会いに行こうかと思って。マンダレーから三十キロぐらいのお宅にお昼に招《よ》ばれているの。そのあと迎えに行くからいっしょに行くっていうのはどう? そろそろ祖母に会ってもらっていいころだわ」

「是非そうしたいです」わたしは言った。

「そう、よかった! それじゃあ三時半ごろに伺うわ。ガイルズが晩餐会《ばんさんかい》でマキシムに会ったそうよ。食事はまずかったけど、ワインはすばらしかったんですって。じゃあ、またあとでね」

カチャリと受話器を置く音がしてビアトリスの電話は切れた。

わたしはゆるゆると庭にもどった。おばあさんに会いに行こうと誘ってくれたのはうれしかった。平板な一日になりそうだったのが、これで楽しみができる。七時まではいかにも長い。きょうのわたしはホリデー気分にはなれなかった。ジャスパーを連れて〈幸せの谷〉から浜にでて、波間に小石を投げて遊ぶ気になどなれない。きのうあった解放感、運動靴で芝生を駆けまわりたいという子どもっぽい衝動は、すっかり消えてしまっていた。

わたしは本とタイムズ紙と編み物を手に、見るからに家庭的な主婦という出《い》で立ちで、バラ園に行って過ごした。ミツバチが花のあいだを飛び交い、のどかな日射《ひざ》しが欠伸《あくび》を誘う。

無味乾燥な新聞記事で気を紛らし、小説の痛快なプロットに没頭しようとした。わたしはダンヴァーズ夫人やきのうの午後のことを考えたくなかった。夫人は屋敷の中にいる。いまこうしている瞬間も窓からわたしを見おろしているかもしれない。そのことを忘れてしまいたい。でも、時折本から目をあげたり、花壇の向こうに目をやると、ひとりではないような感覚にとらわれてしまう。

マンダレーにはいくつもの窓がある。わたしやマキシムがまったく使っていない部屋、マキシムの父親や祖父がまだ元気で使用人も大勢おり、もてなしも盛大に行われていたころは使われていた部屋べや、いまは埃《ほこり》よけカバーを掛けられ、ひと気もなくしんとしている部屋がたくさんある。そんな部屋のドアをそっと開けてからまた閉め、カバーをされた家具のあいだを音もなく縫ってカーテンの陰からわたしを窺《うかが》うことなど、ダンヴァーズ夫人には造作ないことだ。しかもわたしにはわからない。こうして椅子に坐《すわ》ったまま窓をふり仰いだとしても、夫人の姿は見えない。

わたしは子どものころよくした遊びを思いだした。隣家の友だちは〈だるまさんがころんだ〉と呼んでいたが、わたしは〈振り向き鬼〉と言っていた。庭の端でほかのみなに背をむけて立っている鬼に、少しずつ気づかれないように忍び寄るという遊びだ。一定の間隔でふりむく鬼に動いているのを見とがめられると、後ろの線までさがって最初からやり直しになってしまうのだが、ほかの子より少しだけ大胆なのが必ずひとりはいて、その動きを捉《とら》えるのはむずかしく、気がつくとすぐ近くまで迫っている。背をむけて規定の十まで数えて待ちながら、鬼は恐怖に凍りつく。あともうちょっとで、十まで数え終わらないうちに、この大胆な子が気配もみせず、雄叫《おたけ》びをあげながら、絶対後ろから飛びかかってくると。

いまのわたしはその鬼と同じだった。張り詰めて待ち構えている。わたしはいまダンヴァーズ夫人と〈振り向き鬼〉をしているのだ。

午前中がやけに長く感じられ、昼食になるとほっとした。淡々と手際《てぎわ》よいフリス、ロバートのどこか抜けたような顔は、新聞や本よりよほど助かった。三時半ぴったりに、ビアトリスの車が私道のカーブを曲がり玄関の階段の前に停まるのが聞こえてきた。支度をしていたわたしは手袋を手に走りでて出迎えた。

「こんにちは。すごくいいお天気だわね」

とビアトリスは車のドアを勢いよく閉めて、階段をあがってくると、わたしの耳のあたりにしっかりすばやいキスをした。

「調子悪そうじゃないの。頬がこけて顔色もよくないわ」ビアトリスはわたしを観察してすぐに言った。「どこか悪いの?」

「いえ、べつに。元もと顔色はよくないほうなんです」

さえない顔であることを自覚していたわたしは、おとなしく言った。

「ばかばかしい。このあいだ会ったときは全然ちがったわよ」

「イタリアの日焼けが褪《あ》せてきたんじゃないかしら」わたしは言いながら車に乗りこんだ。

「ふん。あなたもマキシムと同じで、健康のことをとやかく言われるとだめなのね」

ビアトリスはそっけない。「思いきりバタンとやって。そうしないとドアが閉まらないの」

車は発進したが、スピードをだしすぎて、カーブで大きく逸《そ》れそうになった。

「赤ちゃんができたんじゃないでしょうね？」

ビアトリスは鷹《たか》のような茶色い目をわたしにむけて言う。

「え、そんなことないと思います」わたしはへどもどして言った。

「つわりらしきものとか、何もないの？」

「はい」

「あ、そう。ま、必ずあるというわけでもないしね。ロジャーのときは、なんともなかったわ。まるまる九か月健康そのもの、生まれるまえの日もゴルフやっていたぐらい。自然の営みなんだから、恥ずかしがることなんて何もないのよ。もしかしてと思うなら、はっきり言ってちょうだい」

「ええ、でも、ほんとに何も」

「近いうちに跡取り息子を生んでくれたらほんとうにうれしいわ。どんなに弟のためになるかしれないもの。できないようにしてるわけじゃないでしょうね」

「もちろんです」

なんという会話だろう。

「どぎまぎすることないのよ、あたしの言うことなんて気にしないで。だいいち近ごろのお嫁さんはなんでもご承知でしょう？　狩りが好きなら、最初の狩猟シーズンに赤ん坊ができたりするとほんと面倒だし、夫婦とも熱中してると、それだけで結婚がだめになりかねないけど、あなたの場合は関係ないし。赤ちゃんがいても写生はできるでしょ。そう言えば、スケッチのほうはどう？」

「それがあまりしていなくて」

「あら、そうなの？　外で過ごすのにいい季節じゃないの。スツールと色鉛筆でもあればいいんでしょ？　そうそう、送った本、気に入った？」

「ええ、もちろんです。とてもすてきな贈り物でした」

ビアトリスはうれしそうだった。

「気に入ってもらえてよかったわ」

車は快調に飛ばしている。ビアトリスはアクセルを踏みっぱなしで、曲がり角にくると必ずきつい角度で曲がる。ビアトリスが追い越した二台の車の窓から運転手が憤慨した表情で見送ったかと思うと、こんどは脇道《わきみち》の歩行者が杖《つえ》をふりあげた。思わず赤面したが、ビアトリスは気がつかないようだった。わたしは座席に深くすわりなおした。

「こんどロジャーがオックスフォードに入学するのよ。大学になんて行ってどうするつもりなのか……。まるっきり時間の無駄だろうってあたしもガイルズも思っているんだけど、ほかにどうしようもなくて。あの子もあたしやガイルズと同じで、馬のことしか頭にないのよね。何よ、あの前の車、どういうつもり？ なんだって手をだして合図しないのかしら。まったく近ごろのドライバーときたら、撃ち殺してやったっていいぐらいだわ」

ビアトリスは前の車を間一髪でかわして、大きくカーブしながら幹線道路に入った。

「あれから泊まり客はあった？」

「いえ。静かに暮らしています」

「そのほうがいいわよ。大人数のパーティーなんてひどく退屈だとあたしも思う。その点うちに来てもちっとも心配することないのよ。みんないい人ばかりだし、お互いをとてもよく知っているの。食事に招き合ってブリッジをして、内輪の集まりばかり。あなた、ブリッジはするんでしょう？」

「ええ、下手ですけど」

「ああ、そんなことはだいじょうぶ。できればいいの。やり方を覚えない人ってつきあいきれないから。だって冬場お客をして、お茶と夕食のあいだとか、夕食のあとどうすればいいって言うの？　ただすわっておしゃべりしてるわけにいかないでしょう？」

どうしてそういうわけにいかないのかしらとわたしは思ったが、ここは黙っていたほうがよさそうだ。

ビアトリスはつづけた。

「ロジャーがそれなりの年齢になったから、なかなかおもしろいのよ。友だちを連れてくるから楽しいの。去年のクリスマスはとっても楽しくて、あなたがいなかったのが残念だわ。ジェスチャーで言葉を当てる連想ゲームをしたんだけど、最高におもしろかった。ガイルズは水を得た魚だったわね。元もといろんな扮装《ふんそう》をするのが大好きなんだけど、シャンパンを一、二杯やった日には、それはもうおかしいなんてもんじゃないのよ。職業をまちがえたんじゃないか、舞台に立つべきだったってみんなでよく言うの」

角縁眼鏡をかけた満月のようなガイルズの大きな顔を、わたしは思い浮かべた。シャンパンのあとにふざけているガイルズなど見たら、恥ずかしくて身の置きどころに困りそうだ。

「ガイルズとね、ディッキー・マーシっていう親しい友だちが女装してデュエットをしたの。当てる言葉とどういう関係があるのか誰にもわからなかったんだけど、そんなことどうでもいい、みんな大笑いよ」

わたしは話を合わせて笑みを浮かべた。

「まあ、ほんとおかしい！」

ビアトリス宅の応接間でみながおなかを抱えて笑っている様子が目に浮かんだ。お互いよく知っている友だちばかり。ロジャーはガイルズに似ていることだろう。

ビアトリスはまた思い出し笑いをしている。

「かわいそうなガイルズ！　ディックがサイフォンに入った炭酸水《ソーダ》を背中に吹きかけてやったときの顔ったらなかったわ。みんな笑いすぎてどうかなりそうだった」

こんどのクリスマスにいらっしゃいと招待されそうないやな予感がした。わたしがインフルエンザにでもなるという手があるが……。

「もっとも演技といったって、仲間うちで楽しんでいるだけで、大したものじゃないんだけど。その点マンダレーならまっとうな舞台を見せられるわね。何年かまえに野外劇をかけたことがあるんだけど、出演者はロンドンから来たのよ。ま、あの手のことは準備の手《て》筈《はず》がものすごくたいへんだけど」

「そうですね」わたしは言った。

ビアトリスはしばらく無言のまま運転していたが、間をおいて言った。

「ところでマキシムはどう、元気？」

「はい、おかげさまでとても元気です」

「機嫌よく楽しくやってる？」

「ええ、はい、そうですね」

村の細い道に入ったので、ビアトリスはしばらく運転に気を取られた。

わたしはダンヴァーズ夫人のことを、あのファヴェルという男のことを話したものかどうか迷っていた。ビアトリスが口をすべらせてマキシムに言ってしまうのではないか、それが心配だった。

「ビアトリス」わたしは意を決して言った。「ファヴェルという人、ジャック・ファヴェルという人のこと、ご存じですか」

「ジャック・ファヴェル？」ビアトリスは繰り返した。「ええ、名前なら知ってるわ。ちょっと待って――ジャック・ファヴェルね。ああ、あの男。ろくでもない遊び人よ。もうずっとまえだけど、一度会ったことあるわ」

「きのうダンヴァーズさんに会いにマンダレーに来たんです」

「あら、そう？　ま、そういうこともあるかもしれないわね……」

「またなんで?」わたしは言った。

「だって、たしかレベッカのいとこだったはずよ」

あの男がレベッカの親戚《しんせき》? ずいぶん意外だった。レベッカのいとこと聞いて思い描くイメージとは大分ちがう。ジャック・ファヴェルがいとこ……。

「まあ、そうなんですか。そんなこと、考えもしませんでした」

「昔はマンダレーによく来てたんじゃないかしら、わからないけど。あたしもはっきり言い切れない、マンダレーには滅多に行かなかったから」

ビアトリスの口ぶりはつっけんどんで、この話題を避けたいような印象を受ける。

「わたしはどうもあまり好きになれませんでした」

「そう。それはそうでしょうよ」

少し待ってみたが、ビアトリスはそれ以上は言ってくれない。訪ねてきたことを内緒にしておいてほしいというファヴェルの頼みは、黙っていたほうがいいだろう。何か面倒なことになるかもしれない。ちょうど白塗りの門扉《もんぴ》とよく均《なら》された砂利道が見えてきた。目的地だ。

「祖母はほとんど目が見えないってことを忘れないでね」ビアトリスは言う。「このごろ頭のほうもあやしいし。会いに行くことは看護婦さんに電話してあるからだいじようぶだけど」

切妻のある赤煉瓦《あかれんが》の大きな家だった。後期ビクトリア朝風なのだろうが、魅力に乏しかった。大所帯の使用人の手でがんじがらめというぐらいにきちんと運営されている家だということが一目でわかる。それもみなたったひとりの目のほとんど見えない老婦人のために。

こぎれいなパーラーメードがドアを開けてくれた。

「こんにちは、ノーラ。お元気?」ビアトリスが言った。

「おかげさまで。奥様のほうもみなさんお元気のことと存じます」

「ええ、みんな元気よ。おばあちゃまの具合はどんなふう?」

「いいような悪いようなといったところでございます。いい日があれば悪い日もあるといった按配《あんばい》ですが、ご本人はわりとまあまあでございます。奥様がいらしてくださってお喜びになると思います」

ノーラは興味ぶかそうにわたしのほうをさっと見た。

「こちらマキシムの奥さん」とビアトリスが言った。

「どうも、初めまして」ノーラは言った。

狭い玄関ホールと家具でいっぱいの応接間を抜けて、ベランダにでた。短く刈られた正方形の芝生に面している。石の甕《かめ》に植えられた鮮やかなゼラニウムがベランダの階段にたくさん並んでいた。隅に幌《ほろ》付《つ》きの車椅子《くるまいす》があり、いくつもの枕《まくら》にもたれ、ショールに埋もれるようにしてビアトリスの祖母が坐《すわ》っていた。

そばまで寄ると、少し気味が悪いぐらいマキシムによく似ている。マキシムが高齢になって目が見えなくなったら、こういう姿になるのだ。看護婦が隣りの椅子から立ちあがり、声にだして読んでいた本に栞《しおり》をはさんでから、ビアトリスに笑顔をむけた。

「レイシーさん、ご機嫌いかが？」

ビアトリスは握手を交わすとわたしを紹介した。

「おばあちゃまはよさそうな感じじゃないの。八十六っていうのに、大したものね」とビアトリスは言ってから声を大きくして、「こんにちは、おばあちゃま、無事到着しましたよ」

おばあさんはわたしたちのほうに顔をむけた。

「よく来てくれたわね、ビー。ここは何もすることがなくて、退屈でしょうけれど」

ビアトリスは腰をかがめて、キスをした。

「マキシムの奥さんに会ってもらおうと思って、連れてきたの。まえから会いにきたかったんだけど、マキシムたちもとても忙しくて」

ビアトリスはわたしの背中をつついて、ささやいた。

「キスしてあげて」

わたしも身をかがめておばあさんの頬に接吻《せっぷん》した。相手は指先でわたしの顔に触れた。

「まあ、かわいい人ね。わざわざ来てくださって、ありがとう。お会いできてうれしいわ。マキシムも連れてくればよかったのに」

「マキシムはロンドンなんです。今夜もどってきます」わたしは言った。

「次はいっしょにいらしてね。この椅子にお掛けになって、顔が見えるから。ビー、あなたはこっち側にね。ロジャーは元気？ ちっとも会いにきてくれないのよ、困った子」

「八月にくるわ」ビアトリスは大声を張りあげた。「イートンを卒業してオックスフォードへ行くことになったのよ」

「おやまあ、それじゃあすっかりおとなになって、見ちがえそうね」

「もうガイルズより背が高いわ」

ビアトリスはそのままガイルズのこと、ロジャーのこと、馬たちのこと、それに猟犬の話をつづけた。看護婦は編み物を取りだし、編み棒をカチカチいわせながら、明るく元気にわたしに話しかけた。

「マンダレーはいかがですか」

「とてもいいところだと思います」

「美しいところですよね」編み棒を勢いよく突き合わせながら、看護婦は言う。「おばあさまがもうとても無理なんで、ずっと伺ってないんですけど。マンダレーに滞在するのはとっても楽しかったですから、残念です」

「おひとりでもいらしてください」

「ありがとうございます、そうできたらうれしいですわ。ご主人様もお元気でらっしゃいます？」

「ええ、とても」

「新婚旅行はイタリアでしたよね。ご主人様からわたしどもに届いた絵葉書、とてもうれしく拝見いたしましたわ」

〈わたしども〉とはどういうつもりなのだろうか。マキシムのおばあさんと一体化しているということなのだろうか。

「主人が？　絵葉書を？」

「ええ、わくわくしましたわ。わたしども、あの手のものが大好きだもので。おばあさまとスクラップブックを作っておりまして、ご家族関係のものはなんでも貼《は》り付けているんです。といっても、いいことだけですけど」

「それはいいですね」

わたしは言った。向こう側にいるビアトリスの会話も部分的に聞こえてくる。

「マークスマンを安楽死させる羽目になったわ」とビアトリスが言っていた。「マークスマンを覚えている？　いままでで一番優秀な猟犬」

「おや、まあ、あのマークスマンを？」とビアトリスの祖母。

「そうなのよ、かわいそうに。両目とも見えなくなっちゃって」

「かわいそうなマークスマン」おばあさんも同じように言った。

目が見えない話をもちだすのはあまり気が利《き》かないのではないだろうか。わたしは看護婦に目をやった。相変わらずせわしなく編み棒を動かしている。

「奥様、狩りはなさいます？」

「いえ、それが――しないんです」

「そうですか。でも、そのうちその気になるかもしれませんわ。ここらではみな狩猟好きですから」

「そうですね」

「この人は絵がとっても好きなのよ」ビアトリスが看護婦に言った。「マンダレーならすばらしい絵になるところがいっぱいあるわよって言っているの」

「ええ、それはもうそうでしょう」夢中でしていた編み物の手を休め、看護婦はうなずいた。「とてもいいご趣味ですよね。鉛筆をもたせると見事だった友人がおりました。一度イースターにいっしょにプロヴァンスに行ったことがあるんですけど、すてきなスケッチを何枚も描いていました」

「まあ、そうですか」わたしは言った。

ビアトリスが声を張りあげておばあさんに言う。

「写生の話をしているの。一族に画家がいるとは思わなかったでしょう？」

「画家？　誰が？　画家なんてひとりも知らないわ」とおばあさん。

「新しくできた孫娘よ。あたしが結婚祝いに何あげたか、訊《き》いてみて」ビアトリスが言った。

わたしは笑顔になって訊かれるのを待った。おばあさんはわたしのほうに顔をむけた。

「ビーはなに言ってるの？　あなたが画家だなんて知らなかったわ。うちの一族に画家がいたことは一度もありませんよ」

「ビアトリスは冗談で言ってるんです」わたしは言った。「わたしはもちろんほんとうの画家なんかじゃありません。趣味で絵を描くのが好きなだけで、習ったことはないんです。ビアトリスがプレゼントにすてきな本をくださったんですよ」

おばあさんはいささか混乱したようだった。

「おや、そう？　ビアトリスが本を？　図書館に本を寄付するようなものだわね、マンダレーにはあんなにいっぱい本があるのだもの」

おばあさんは声をたてて笑い、わたしたちもいっしょに笑った。この話はこれでおしまいにしたかったが、ビアトリスは執拗《しつよう》だった。

「そうじゃないのよ、おばあちゃま。ただの本じゃないの。絵画についての全集。四巻もあるのよ」

看護婦もおばあさんに顔を近づけ、ひとこと添えた。

「レイシーさんが、デ・ウィンターさんの奥様は趣味として写生がとてもお好きなんだって説明なさっているんですよ。それでご結婚祝いに、四巻もあるりっぱな絵画の全集をさしあげたんですって」

「まあ、おかしな話。結婚祝いに本だなんてどうかしら。わたしが結婚したときに本をくれた人なんていませんでしたよ。もらっても絶対読みませんでしたね、ええ」おばあさんは言って、また笑った。

ビアトリスは少しばかりむっとした顔になった。気持ちはわかると伝えるつもりでわたしは笑いかけたが、気がついてくれなかったように思う。看護婦はまた編み物をはじめた。

「お茶がほしいわ。まだ四時半にならないのかしら。ノーラはどうしてお茶の用意をしてくれないの？」

おばあさんが愚痴っぽく文句を言った。

「あら、まあ、あんなにたくさんお昼をいただいたのに、もうおなかすいたんですか」

看護婦は立ちあがって、明るい笑顔をおばあさんにむけた。

わたしはなんだかぐったりしてしまい、自分の薄情な考えにいささかショックを覚えながらも、老人というのは時としてどうしてこうも疲れるのだろう、と思った。失礼はできないので、小さい子や仔犬《こいぬ》よりも始末が悪い。

このあと誰が何を言おうと逆らうのはやめよう。わたしはそう思い決め、両手を膝《ひざ》に置いた。看護婦は枕をはたいたり、ショールを整えたりしている。マキシムのおばあさんはじっとなされるがままになっていたが、疲れたのだろう、目を閉じた。ますますマキシムに似てきた。

若いころの、背が高くりりしい姿が目に浮かんだ。ぬかるみに裾《すそ》が付かないよう、長いスカートをたくしあげ、ポケットに砂糖を忍ばせてマンダレーの馬小屋まで歩いていくところが想像できる。ウエストをきゅっと絞ったスカートやハイネックの襟が目に浮かび、二時に馬車をお願いと言っている声も聞こえてくるかのようだったが、そういう日々はもうすべて過ぎ去ってしまったのだ。ご主人は四十年まえに、息子さんも十五年まえに亡《な》くなっている。自分もまた死にゆくまで、赤い切妻のこの明るい家で看護婦と暮らさねばならないのだ。

自分たちには老人の気持ちなどほとんどわからないことをわたしは思った。子どものことなら理解できる。子どもたちの不安や望みや空想の世界。ついきのうまでわたしだって子どもだったから、忘れていない。でも、ショールを掛けて見えない目でそこに坐っているマキシムのおばあさんは何を感じ、何を思っているのだろう? わたしたちが訪ねてきたのは、そうすべきだと思ったから、義務だから、ビアトリスとしてもうちへ帰ってから、「ま、これであと三か月はうしろめたい気持ちにならずに済むわ」と言えるからだと、察しているのだろうか。

おばあさんはマンダレーのことを思うことはないのだろうか。いまわたしが使っているダイニングルームのテーブル、その席についているところを思いだすことはないのだろうか。おばあさんもやはり栗《くり》の木陰でお茶を飲んだのかしら？　あるいは、そういうことはすべて忘れ去り、脇《わき》に追いやられてしまったのだろうか。青白いあの静かな顔の裏では、ここが痛いだのあそこの具合が変だのということばかりで、天気がよければなんとなしにありがたく、冷たい風が吹けばふるえるだけなのだろうか。

おばあさんの顔に手を当てて歳月をぬぐい去りたかった。かつてのように若い姿、色艶《いろつや》のよい頰に栗色の髪、いま脇にいるビアトリスのように活発で鋭敏で、同じように狩猟や馬や猟犬のことを話しているところが見たかった。こんなふうに、看護婦が頭の後ろの枕をぽんぽん叩《たた》いているあいだ目を閉じている姿などではなく……。

「きょうは特別いいものがある日ですよ。お茶にクレソンのサンドイッチですから。クレソン大好きですものね」看護婦が言う。

「きょうはクレソンの日なの？　言ってくれなかったじゃないの」マキシムのおばあさんは枕から首をもたげてドアのほうを見た。「ノーラは何ぐずぐずしてるのかしら」

「あたしだったら一日千ポンドくれるといっても、こんなお仕事ごめんだわ」ビアトリスが小声で看護婦に言った。

「慣れていますから」看護婦は笑顔になった。「ここはとても快適ですし。いまひとつという日もたしかにありますけれど、それほどたいへんなものではありません。おばあさまも患者さんとしてはとてもやりやすいほうですし、ここはスタッフのみなさんがよくしてくださいますから。やっぱりそれが肝心です。あ、ノーラですわ」

パーラーメードが雪のように白いテーブルクロスと小さな折りたたみ式のテーブルを運んできた。

「ずいぶん手間取ったじゃないの、ノーラ」

おばあさんは文句を言った。

「三十分をほんの少しまわっただけでございますよ、奥様」

ノーラも、看護婦と同じように努めて明るく元気な、特別な声を作って言った。

マキシムのおばあさんはみながこういう声で話すことをわかっているのだろうか。最初にそういう声を使われたのはいつだったのだろう？　おばあさんはそのとき気がついたのだろうか。心のなかで、（わたしが老いぼれたと思っているのね、ばかばかしい）などと言いながら、少しずつ慣らされてしまい、いまとなってはいつもそうだったかのように、そういう声音も生活の一部となってしまったのかもしれない。馬に砂糖をやっていたほっそりしたウェストの栗色の髪の若い女、彼女はいったいどこに行ってしまったのか……。

折りたたみ式のテーブルに椅子《いす》を寄せて、みなでクレソンのサンドイッチを食べはじめた。おばあさんには、看護婦が特別に切り分けてあげている。

「さあ、どうぞ。おいしいでしょう?」

淡々としたおばあさんの顔に満足そうな笑みがゆっくりひろがってゆく。

「クレソンの日はいいわ」

お茶は舌を焼きそうで、熱くて飲めない。看護婦は少しずつ啜《すす》るように飲んでいる。

「きょうは沸騰《ふっとう》させてしまったようですわ」看護婦は顎《あご》でカップを指し示すようにして、ビアトリスに言った。「お茶を煮てしまうんですもの、ほんとに苦労します。何度も言ったんですが、聞く耳をもたないようで」

「ま、どこもそんなものでしょう。あたしは無駄だと思ってあきらめています」ビアトリスは言う。

おばあさんは遠い目をして紅茶をスプーンでかきまわしている。何を考えているのかわかったらいいのに。

「イタリアではお天気に恵まれまして?」と看護婦が言った。

「ええ、とても暖かかったです」わたしは言った。

「イタリアの新婚旅行はすばらしいお天気だったんですって。マキシムはずいぶん日に焼けたのよ」ビアトリスがおばあさんに言った。

「どうしてきょうマキシムは来ないの？」

「さっき言ったでしょう、マキシムはロンドンなの。何かの晩餐会《ばんさんかい》。ガイルズも行ってるわ」ビアトリスがいらついた調子で言った。

「おや、そう。どうしてマキシムがイタリアにいるなんて言うの？」

「イタリアに行っていたのよ、おばあちゃま。四月の話。いまはマンダレーにもどっているの」

ビアトリスは看護婦をさっと見て肩をすくめた。

「デ・ウィンターご夫妻は、いまマンダレーにいらっしゃるんですよ」看護婦も繰り返した。

「マンダレーはここのところとてもすてきなんですよ。バラが咲いていて――摘んできてさしあげればよかったわ」わたしはおばあさんに顔をちかづけて言った。

「そう、バラは好きよ」おばあさんはぼんやり言うと、曇った青い目をわたしのほうに凝らした。「あなたもマンダレーに滞在してらっしゃるの？」

わたしはおもわず唾《つば》を飲みこんだ。短い間があったのち、ビアトリスがじれったそうに大きな声をあげた。

「おばあちゃまったら、この人がマンダレーに住んでるのはわかっているでしょう？マキシムと結婚しているのよ」

看護婦がカップを置いて、おばあさんにすばやい一瞥《いちべつ》を投げた。おばあさんは枕《まくら》に身を預け、ショールを引っ掻《か》くようにしていたが、唇がわななきはじめた。

「みんな何いっているの。わあわあいうからわからないわ」おばあさんは顔をしかめてわたしを見ると、首をふりはじめた。「あなた、どなた？いままで会ったことないわね。顔を知らないわ。マンダレーで見かけたこともないし。ビー、この子は誰？どうしてマキシムはレベッカを連れてこなかったの？レベッカが大好きなのに。わたしの大好きなレベッカはどこ？」

長い間があり、苦悶《くもん》の一瞬がその場に流れた。自分の顔がまっ赤になったのがわかった。看護婦はすばやく立ちあがると、車椅子に駆け寄った。

「レベッカに会いたいの。みんなしてレベッカをどうしたの？」おばあさんは繰り返す。

ビアトリスがぎこちない動作で席を立った。カップやソーサーが揺れた。ビアトリスもまっ赤で、口の端が痙攣《けいれん》している。

「レイシーさん、お引き取りになったほうがいいと思います」看護婦も頬を染めてまごっている。「おばあさまもちょっとお疲れのようですし、わからなくなってしまうと、数時間はこのままということもありますから。ときどきこんなふうに興奮なさることがあるんですけど、それがきょうだったのは不運でした——ご理解いただけますよね、デ・ウィンターさん？」

　看護婦は申しわけなさそうにわたしに言った。

「ええ、もちろんです。失礼したほうがいいでしょう」わたしはすぐに言った。

わたしとビアトリスはあたふたしながら、ハンドバッグや手袋をかき集めた。看護婦はまた患者の世話を焼いている。

「まあまあ、いったいどういうこと？　せっかくのクレソンのサンドイッチ、ほしくないんですか、おいしいのに」

「レベッカはどこ？　マキシムはどうしてレベッカを連れてこないの？」

か細い声が疲れたように、愚痴っぽく応じる。

わたしたちは応接間から玄関ホールを抜け、外にでた。ビアトリスが無言のままエンジンをかけた。車は平らな砂利道を行って白い門をでた。

わたしは前方の道路を見つめたまま目を逸《そ》らさなかった。自分のことはべつにいい。わたしひとりだったら、気にしなかった。わたしはビアトリスのために気に病んでいた。ビアトリスにとってはなんとも気まずい、やりきれない展開だった。

村からでると、ビアトリスが口を開いた。

「さっきはほんとうにごめんなさいね。なんと言えばいいのか言葉がないわ」

「そんなことおっしゃらないで。大したことではありません。まったくだいじょうぶです」わたしは急いで言った。

「あんなこと言いだすとは思いもしなかった。わかっていたらあなたを連れていくなんて夢にも思わなかったんだけど。ほんとに悪かったわ」ビアトリスは言う。

「謝ることありません。どうかもう気になさらないでください」

「それにしても、どういうことなのかしら。あなたのことだってすっかり承知していたのよ。あたしも弟も手紙をだして説明したし、外国での結婚式のこともとっても興味をもっていたのに」

「お歳《とし》を考えてさしあげないと――覚えてらっしゃらなくても仕方ないと思います。おばあさまにはわたしとマキシムは結び付かないんです。きっとレベッカとしか結び付かないんです」

ふたりとも沈黙したまま車は走った。こうして車中の身となってわたしはほっとしていた。乗り心地が悪いのも、カーブで大きく揺れるのも気にならない。

「レベッカが祖母の大のお気に入りだったことを忘れていたわ」ビアトリスはのろのろ言う。「予想しなかったあたしがばかだった。あの事故のこともきちんと理解していないいんじゃないかと思うのよ。ああ、もう、まったくとんでもない日だったわね。あたしのこと、なんという人だと思うわよね」

「ビアトリス、お願いです。わたしのことならほんとうにかまいませんから」

「レベッカはいつもおばあちゃま、おばあちゃまって下にも置かない扱いで、よくマンダレーにも来てもらっていたのよ。あのころは祖母も頭はずっとしっかりしていたし、レベッカが言うことにいつもおなか抱えて笑っていたわ。なにしろレベッカは人を笑わせるのがうまくてね、祖母はそれが楽しくて仕方なかったの。レベッカにはね、人を惹《ひ》きつける驚くべき才能があった──男も女も、子どもでも、犬でも、レベッカを好きになってしまうの。祖母も彼女のこと忘れられないのね、きっと。それにしてもきょうのことは申しわけなかったわ」

「いいんです、気にしていませんから」

わたしは木偶《でく》のように繰り返した。もうこの話はやめてくれればいいのに。わたしは興味がない。もうどうだっていいことではないか。なんだってかまわないではないか。

「ガイルズもひどく気に病むわ。連れていったあたしが悪いっていうにきまってる。『なんて間抜けなことするんだよ、ビー』きっとそう言うわ。ひどく叱《しか》られる」

「黙っていればいいんです。わたしとしても忘れていただいたほうがありがたいし。話したりすれば尾ひれがついてひろがるばかりでしょうし」

「顔を見ただけで何かまずいことがあったってわかってしまうわ。ガイルズに隠しごとができたためしがないのよ」

わたしは黙っていた。親しい友人たちのあいだでこの話がやりとりされるところが手に取るようにわかる。少人数の日曜のランチ。まん丸に見開かれた目や聞きのがすまいとそばだてられた耳、小さな叫び声をあげて、息を呑《の》む人たち。

「いやあ、そりゃまたひどい！　それでいったいどうしたんだい？」

そして、

「彼女どんな顔してた？　なんてまあ、気まずいんでしょう！」

マキシムの耳にだけは絶対入れたくない。あとはどうでもいい。いつの日かフランクには話すかもしれないが、しばらくは無理。きっとずっと先のことになってしまうだろう。

ほどなく丘の上の本街道にでた。遠くにケリスの家々の灰色がかった屋根が見え、右手の窪地《くぼち》には鬱蒼《うっそう》としたマンダレーの林とその向こうの海が見えてきた。

「大急ぎで家に帰りたい？」ビアトリスが言った。

「いえ、べつに。なぜですか」

「門番小屋のところで降りてもらったら、あんまりかしら。これから猛スピードで飛ばせば、ロンドンからもどってくるガイルズの列車にぎりぎり間に合うと思うの。そうすればガイルズも駅からタクシー使わなくて済むし」

「それならもちろん歩いて帰ります」

「そうしてもらえるとほんとありがたいわ」ビアトリスはほっとしたように言った。

義姉にしても、きょうはあんまりだったのだろう。ひとりになりたいのだ。マンダレーでまた遅めのお茶をいただくなどごめんこうむりたいのだ。

わたしは門のところで降り、ビアトリスと別れのキスを交わした。

「こんど会うときまでにもう少し肉をつけておいてね。やせぎすは似合わないわ。マキシムにもよろしく。きょうはほんとに悪かったわ、許してね」

土埃《つちぼこり》とともにビアトリスは走り去り、わたしは私道に折れた。

ここも、マキシムのおばあさんが馬車で走ったころと大きく変わっているだろうか。おばあさんは若いころこの私道を馬車でとおり、いまわたしがそうしているように門番小屋の女性に笑いかけたのだ。当時の相手は、たっぷりした長いスカートの裾《すそ》を地面にひろげ、両端をつまんで膝《ひざ》を折ってお辞儀をしたことだろう。いま門番小屋の女はわたしに軽く目礼し、裏で仔猫《こねこ》とじゃれあっている男の子に何か呼びかけた。マキシムのおばあさんは垂れさがる枝を避けて腰をかがめ、いまこうしてわたしが歩いている蛇行する私道を馬が駆けていったのだ。そのころは道幅もずっと広く、手入れもゆきとどき、表面も平らに均《なら》され、いまのように林が迫ってきてはいなかっただろう。

わたしの目に浮かんでいるのはショールを巻きつけ、枕にもたれていた現在のおばあさんではなく、マンダレーに住んでいた若いころの姿だった。

棒の先に馬の頭のついたおもちゃにまたがってカタカタいわせながら付いてくる幼い男の子、マキシムの父親といっしょに庭をぶらぶらしている姿が見える。男の子は白い丸襟にごわごわしたノーフォークジャケットを着せられていただろう。入り江でのピクニックはちょっとした遠足で、始終は連れていってもらえない。どこか古いアルバムにでもきっとそのときの写真がある。浜辺にひろげたテーブルクロスのまわりに一家が背筋を伸ばしてかしこまり、後ろには大きなピクニックバスケットの脇《わき》に使用人が並んで写っているにちがいない。

数年まえの、老いたおばあさんの姿も目に浮かんだ。マンダレーのテラスを杖《つえ》にすがって歩いていて、その傍らには腕を取って笑っている人がいる。すらりと背が高く、とても美しく、ビアトリスが言っていたように、人を惹きつける才能のある女《ひと》。好かれやすく、愛されやすかったんだろうと思った。

やっと長い私道の終わりにくると、家の前にマキシムの車があるのが目に入った。わたしはうれしくなり、小走りで広間に入った。マキシムの帽子と手袋がテーブルに置いてある。図書室に近づくと、話し声が聞こえてきた。片方、マキシムのほうが大声になっている。ドアは閉まっていた。わたしは入ろうとして一瞬ためらった。

「やつに手紙を書いて、今後はマンダレーに近寄るなとわたしが言っていたと伝えるんだ、いいな。誰から聞いたか、そんなことはどうでもいいことだ。きのうの午後、やつの車がここで目撃されたのはわかっているんだ。やつに会いたいなら、マンダレーじゃないところで会ってくれ。門の中に足を踏み入れるのは断じて許さない。いいね？　これが最後通牒《つうちょう》だ」

わたしはそっとドアを離れて階段のところまで急いだ。図書室のドアが開く音がした。わたしはすばやく階段を駆けあがって、楽団用バルコニーに隠れた。

ダンヴァーズ夫人が図書室からでてきてドアを閉めた。見つからないようにバルコニーの壁に貼《は》りつくようにしてわたしは身をかがめた。夫人の表情を垣間見てしまったのだ。怒りで青黒くゆがみ、恐ろしい形相だった。

夫人は音を立てずにすばやくあがってきて、西の棟に通じるドアの向こうに消えた。

わたしはしばらく待ってから、階段をゆっくり降りて図書室へ行き、ドアを開けて中に入った。

手紙を何通か手にしたマキシムが窓辺に立っていた。わたしには背をむけている。一瞬、このままそっとでていって二階の部屋で待っていようかと思ったが、足音が聞こえたのだろう、マキシムはいらだたしげに勢いよくふり返った。

「こんどは誰なんだ?」

わたしは両手を差しだして笑顔になった。

「おかえり!」

「ああ、きみか……」

一瞥しただけで、マキシムがひどく腹を立てているのがわかった。口のあたりがこわばり、鼻孔が白っぽくひきつれている。

「どうしてた?」

マキシムはわたしの頭のてっぺんにキスをすると、肩に腕をまわした。きのうマキシムがでかけてからとてつもなく長い時間が流れたような気がした。

「おばあさまに会ってきたわ。午後にビアトリスが車で連れていってくれたの」

「おばあさんはどうだった？」

「まあまあよ」

「姉さんはどうした？」

「お義兄《にい》さんを迎えに行ったわ」

ふたりでウィンドウシートに腰掛け、わたしはマキシムの手を取った。

「あなたがいないのがひどくこたえたわ。とてもさびしかった」

「そうかい？」マキシムは言った。

しばらくふたりとも何も言わず、わたしはずっと手を握っていた。

「ロンドンは暑かった？」

「ああ、ひどかったよ。いつもいやになる」

いましがたのダンヴァーズ夫人との一件を話してくれるだろうか。マキシムにファヴェルのことを言ったのは誰なのだろう？

「何か心配ごとでもあるの？」わたしは言った。

「長い一日だった。短いあいだにロンドンまで往復したんだ。誰だってこたえるさ」

マキシムは立ちあがると、煙草《たばこ》に火をつけてそばを離れた。ダンヴァーズ夫人のことは言ってくれない。
「わたしも疲れたわ。なんだか妙な一日だったの」わたしはのろのろ言った。

第十六章

仮装舞踏会の話が最初にもちあがったのは、つぎつぎと訪問客に見舞われたある日曜の午後だったと記憶している。フランクが昼食にきていて、午後は三人で栗《くり》の木陰でのんびり過ごそうと思っていたら、私道のカーブを曲がる車の音が聞こえてきたのだ。わたしたちがクッションや新聞を小脇《こわき》に抱えてテラスにでたところに、ちょうど車が到着した。フリスに対処してもらうには手遅れだった。予定外だが、こうなっては客を迎えにでていくしかない。

こういうときにはよくあることだったが、訪問客はそれだけではなかった。半時間ほどするとまた車が到着し、そのあとに地元の三人がケリスから徒歩でやってきた。ゆっくり過ごすはずが、お定まりのツアーである敷地の散策、バラ園の案内、芝生のそぞろ歩き、そして〈幸せの谷〉見学というぐあいに、次から次へと退屈な知り合いをもてなす羽目になってしまった。

当然お茶もごいっしょにということになり、栗の木陰でのんびりキュウリのサンドイッチでもつまむはずだったのが、元よりわたしの苦手な応接間でのかたくるしい大仰なお茶会になってしまった。

フリスは眉《まゆ》の動きひとつでロバートに指示をだし、いつものことながら本領を発揮していたが、わたしは巨大な銀のティーポットとケトルを扱いかね、大汗をかいて格闘していた。沸騰《ふっとう》した湯を茶葉に注ぐタイミングがむずかしく、そばで交わされている世間話に注意をはらうのはさらに至難の業だった。

こういうときフランク・クローリーはほんとうに得難い存在だった。わたしが手わたすカップを配ったり、ティーポットに気を取られたわたしの受け答えが上の空になってくると、静かに、何気なく会話に加わって、わたしの肩代わりをしてくれる。

マキシムのほうは部屋の向こう端で、退屈な人物相手に本を見せたり、絵の説明をしたり、マキシム独自のやり方で申し分のないホストぶりを発揮しているのが常で、お茶は付け足しにすぎないのだった。マキシムのカップはサイドテーブルの花の陰に放置され、紅茶は冷めてしまう。ケトルの脇で汗をかいているわたしと、スコーンやエンゼルケーキをあぶなっかしい手つきで果敢に配ってまわるフランクとで、その他大勢の世話をしなければならない。

話をもちだしたのは、ケリス在住のクローワン夫人という、なんでも大げさにいう癖のあるうっとうしい女性だった。どのティーパーティーでもあることだが、一瞬、会話が途絶えた。フランクが、こういう瞬間につきもののばかげたひとこと、天使の大移動ですねと、いまにも口にしそうだと思った途端、ソーサーの縁に器用にケーキを乗せたクローワン夫人が、たまたま隣りにいたマキシムに声をかけたのだった。

「デ・ウィンターさん、まえまえから伺いたいと思っていたことがありますの。どうでしょう、マンダレーの仮装舞踏会を再開なさるおつもりはございませんの？」

夫人は小首をかしげ、微笑したつもりで出っ歯をむきだしにしながら言った。

わたしは反射的にうつむいて、紅茶を飲むのに専心し、ポットカバーの陰に隠れるようにした。

マキシムが応じるまでやや間があったが、口を開いたときは落ち着いた事務的な声だった。

「まるで考えていませんね。ほかの人たちだってそうでしょう」

「そんなことありませんわ！　あたくしたちみんなそのことばかり考えておりますのよ。あの舞踏会あっての夏でしたもの。どんなに楽しみにしていたことか。是非、再開していただきたいものですわ」夫人はつづけた。

「それはまあそうでしょうけど、なにしろ準備がたいへんで」マキシムはそっけなく言う。「ま、フランクに訊《き》いてくださいよ、やるとなったら全部フランクがしないといけないんですから」

「それじゃあ、クローリーさん、どうか加勢してくださいな」夫人はしつこく言い、ほかにもひとりふたりが同調の声をあげた。「開催なされば受けはいいですよ。マンダレーのお祭りがなくて、みなさんつまらない思いをしているんですから」

わたしの隣りにいたフランクの静かな声が流れた。

「マキシムが反対しないということなら、舞踏会の準備はいくらでもしますよ。デ・ウィンターご夫妻次第です。わたしの問題ではありません」

当然すぐにわたしが集中砲火を浴びることになった。クローワン夫人が椅子《いす》の位置をずらしたので、ポットカバーも姿を隠してくれない。

「奥様、是非ご主人を説得してくださいな。奥様のおっしゃることならお聞きになりますわ。花嫁さんなんですし、ご主人もお披露目の舞踏会を開催なさるべきですよ」

「そうですとも」こんどはべつの男性も言う。「われわれは結婚式を拝むという楽しみもなかったんだし、祝いごとのおこぼれがまったくないというのはひどいじゃありませんか。マンダレーの仮装舞踏会に賛成の方、挙手してください。どうです、デ・

ウィンターさん、全会一致ですよ」

　あちこちで笑い声があがり、拍手が起こった。

　マキシムは煙草《たばこ》に火をつけ、ティーポットの陰にいるわたしの目を捉《とら》えた。

「どう思う？」マキシムは言った。

「そうね。わたしはかまわないけど」わたしはあやふやに言った。

　クローワン夫人は勢いこんでこう言った。

「お披露目の舞踏会ならうれしいにきまっているじゃありませんか。いやがる女がおりまして？　ドレスデン磁器の羊飼いの娘に扮《ふん》したら、かわいいと思いますよ、大きな三角《みすみ》のついた帽子に髪をこう、しまいこんで」

　わたしは自分の不細工な手足や撫《な》で肩のことを思った。とんだ羊飼いの娘になりそうだ。クローワン夫人のばかさ加減といったら！　誰もうなずかないのも道理で、ここでまたフランクが話題を逸《そ》らしてくれたのがありがたかった。

「実をいうとですね、マキシム、このあいだわたしもそのことを言われました。『花嫁さんを迎えて何かお祝いはやるんでしょうね、やっぱり？　デ・ウィンターさんがまた舞踏会をしてくれるとうれしいですな。なにしろわしらみんな、とっても楽しみでしたからね』と。うちの農場のタッカーです」と、フランクはクローワン夫人のことを見て付け加えた。「連中はあの手のイベントは大好きですから。タッカーには、自分は何も聞いていないからわからないと言っておきましたが」

「ほら、ごらんなさいませ。あたくしの言ったとおりでしょう」わが意を得たりとばかりにクローワン夫人は応接間の誰にともなく言った。「マンダレーの人たちが望んでいるじゃありませんか。あたくしたちのことはどうでもよくても、地所の人たちの希望をないがしろになさるわけにはいきませんでしょう?」

ティーポットの向こうからマキシムがわたしを見ている。気持ちをはかりかねているようだ。尻《しり》ごみするだろうと思っているのだ。引っこみ思案だし、とても対応できないと思っているのだ。でも、そんなふうに思ってほしくない。マキシムに、期待に応《こた》えられないかもしれない、などと考えてほしくなかった。

「案外おもしろいんじゃないかしら」わたしは言った。

マキシムは視線を外して、肩をすくめた。

「じゃあ、これで決まりだ。フランク、悪いけど準備を進めてくれ。ダンヴァーズさんに手伝ってもらうといいだろう。手順は承知しているだろうから」

「まあ、あの辣腕《らつわん》のダンヴァーズさんはまだいらっしゃるんですか」クローワン夫人が言った。

「ええ」マキシムはそっけなかった。「もっとケーキをいかがです？　それとももう十分ですか。だったら、庭にでましょう」

みな口々に舞踏会のことやいつにすべきかなど言い合いながら、ゆるゆるとテラスにでたが、車できていた人たちがもう失礼するといいだし、わたしはほんとうにほっとした。乗せてあげるといわれた徒歩組も、いっしょに引きあげてくれた。

わたしは応接間にもどって、また紅茶を飲んだ。客の相手をするという重荷がなくなった一杯は実においしかった。フランクも付いてきて、ふたりしてまるで悪事を企《たくら》んでいるような気分で、残ったスコーンをちぎって食べた。

マキシムは芝生でジャスパーに枝を投げてやっている。客が帰ったあと、つい心が弾んでしまうのは、どこの家でも同じだろうか。

わたしもフランクもはじめは舞踏会のことに何も触れなかったが、紅茶を飲み干し、べとついた指先をハンカチで拭《ぬぐ》ってからわたしは言った。

「仮装舞踏会の話だけど、本音ではどう思っているの？」

フランクは、外のマキシムのほうにさっと目をやって、ためらってから言った。

「そうですね。マキシムは反対ではないようでしたよね。提案を潔《いさぎよ》く受け入れていたように見えましたけど」

「あれではほかにやりようもなかったわ。あのクローワンさんてほんと、うっとうしいったらないわ。ここらの人がマンダレーの仮装舞踏会のことばかり夢見て楽しみにしてるなんて、ほんとうかしら」

「なんらかのイベントは楽しみなんだと思います。こういうことについては、ここらの人はみんな昔気質《むかしかたぎ》ですし、クローワンさんが結婚披露宴のようなものをすべきだと言っていたのは誇張でもなんでもなかったと思いますね。ミセス・デ・ウィンターはまぎれもない花嫁さんでいらっしゃるんですし」

そんなにくそまじめに答えてくれなくてもいいのに。どうしてフランクはいつも礼儀にかなったことばかり言うのだろう。

「花嫁なんかじゃないわ、まともに式も挙げていないんだもの。白いウェディングドレスもオレンジの花も、ブライズメードもなしだったし。お披露目にばかげたダンスパーティーなんて気が引けるわ」

「行事のために飾りたてたマンダレーはそれは見事なものなんですよ。やってみれば楽しいですって。大げさなことをなさる必要なんて何もないし、お客さんを出迎えるだけで、なんでもありません。わたしとも踊っていただけるでしょうか」

まったくもうフランクの生まじめな親切ぶりはたまらない。フランクはいい人だ。

「いくらでもどうぞ。フランクとマキシムだけで、ほかの人とは踊らないことにするわ」わたしは言った。

「それはまずいですよ」フランクは大まじめだった。「相手は気を悪くします。申しこまれたらちゃんと踊ってさしあげないと」

笑ったのがわからないようにわたしは横をむいた。からかわれているのにちっとも気がつかないフランクが楽しくてしかたない。

「ドレスデンの羊飼いの娘に扮したらっていうクローワンさんのアイデア、どう思って？」わたしはわざと訊いてやった。

フランクはにこりともせずにじっとわたしを観察した。

「けっこうだと思います。とてもすてきだろうと思いますね」

わたしは吹きだした。

「ああ、フランク、あなたってほんとかわいいのね」

フランクは少し赤くなった。わたしの衝動的な言葉が少しばかりショックだったらしい。笑われたことにもいささか傷ついたようだ。

「何もおかしなことを言ったつもりはありませんが」フランクは強《こわ》ばった調子で言った。

マキシムが窓から入ってきた。ジャスパーが足元でじゃれついている。

「なんの騒ぎだい？」

「フランクがものすごく気を遣ってくれてるの。羊飼いの娘に扮したらっていうクローワンさんのアイデア、捨てたもんじゃないって」わたしは言った。

「クローワンさんには困ったもんだよ。招待状書いたり、あれこれ手筈《てはず》を整えたりする側だったら、あんなに熱心にはならないさ。もっとも、まえからこうだったけどね。地元の連中は、マンダレーのことを埠頭《ふとう》の先にあるパビリオンか何かと勘違いして、こっちが出しものを提供してくれるものとばかり思っているのさ。近郷近在の全員を招《よ》ばないとだめだろうな」

「事務所に記録が残っていますから、実際にはそれほどたいへんじゃないですよ。いちばん手間がかかるのは、切手を貼《は》る作業ですね」

「それはきみにやってもらおう」マキシムがわたしに笑いかけて、言った。

「ああ、それも事務所でやりますよ。ミセス・デ・ウィンターは何もなさる必要はありません」フランクは言った。

マキシムもフランクも、わたしが突然自分が全部取り仕切るといいだしたらどうするだろう？　きっと笑って、話題を変えてしまうにきまっている。何も責任をもたなくていのは気が楽だったが、切手を貼ることもできないというのは、いかにも半人前だ。わたしはモーニングルームの机、あの斜めにかしいだ手書きの文字できちんと分類されている小仕切りのことを思った。

「マキシム、あなたはどんな格好をするの？」わたしは言った。

「ぼくは仮装しないんだ。ホストとしてゆいいつ許されている特権なんだよ、ね、フランク？」とマキシム。

「わたしも羊飼いの娘っていうわけにはいかないわ。どうしたらいいのかしら。扮装するのってあんまり得意じゃないのよ」

「髪にリボンでも結んで不思議の国のアリスになればいいよ」マキシムは軽く言った。

「そうやって指をくわえてるとこなんて、そっくりだ」

「失礼ね。たしかにわたしはストレートヘアだけど、あそこまでひどくないわよ。いいわ、あなたもフランクもお見逸れしましたって、びっくり仰天させるから見ててごらんなさい」

「顔を黒く塗りたくってサルに扮装するのでなければ、あとは何してもいいよ」マキシムは言う。

「わかったわ。じゃ約束ね。わたしの扮装は最後まで秘密にして絶対教えないから。

さ、おいでジャスパー、なんと思われようと知ったことじゃないわよね？」

わたしは庭にでた。マキシムが笑うのが聞こえ、フランクに何か言ったが、聞き取れなかった。

マキシムはいつもわたしのことを甘やかされた、わがままな子どもみたいに扱う。それが悲しかった。気がむくとかわいがってくれるが、大概はよしよしと肩を撫でられ、あっちにいって機嫌よく遊んでおいで、となってしまう。

もっと思慮深く、おとなに見えるようになることでも起きてくれないものだろうか。この先もずっとこんなふうなのだろうか。このままずっとマキシムはひとりで先をいってしまうのだろうか。自分だけの思いに沈み、秘めた苦悩を抱えたままなのだろうか。わたしたちがいっしょになること、ひとりの男と女として肩を並べて立ち、隔てる溝がないまま手と手をつなぐことはけっしてないのだろうか。わたしは子どもでありたくない。マキシムの妻に、母親になりたい。もっと歳《とし》を取りたかった。

わたしはテラスに立って爪《つめ》を噛《か》みながら海を眺めた。そしてこの日二十回目だろうか、西の棟の部屋があんなふうに使われたときのままになっているのは、マキシムがそのように言いつけたからなのかしら、と思った。ダンヴァーズ夫人と同じように、マキシムもドレッサーのブラシに手をやり、衣装だんすを開けて洋服に触れたりしているのだろうか。

「おいで、ジャスパー。ほら、いっしょに走るのよ」

わたしは大声をあげ、凶暴な怒りに駆られて芝生を蹴《け》たてて走った。目の奥を涙がツンと刺す。足元にジャスパーが飛びつき、狂ったように吠《ほ》えたてる。

仮装舞踏会の話はすぐにひろまった。メードのクラリスは興奮で目を輝かせて、舞踏会のことばかり話題にする。クラリスから聞いた話では、使用人たちはみな大よろこびしているらしい。

「フリスさんが昔みたいだっておっしゃっていました」クラリスは熱をこめて言った。「今朝アリスにそう言ってるのを聞いたんです。奥様は何をお召しになるんですか」

「それがわからないのよ、思いつかなくて」

「母からきっと教えてくれって頼まれているんです。このまえマンダレーであった舞踏会のことを覚えていて、忘れられないんだそうです。ロンドンから貸衣装をお取り寄せになるおつもりですか」

「まだ決めてないのよ。そうだ、いいことがあるわ。どうするか決めたら、クラリスにだけ教えてあげる。わたしたちだけの秘密にしましょう」

「ああ、奥様。ほんとうですか。その日が待ち遠しくてなりません」クラリスはあえぐように言った。

ダンヴァーズ夫人は仮装舞踏会のことをどう受け止めているのだろうか。あの日以来、わたしは内線電話で夫人の声を聞くのも恐ろしく、ロバートを仲介役にしたてることで避けていた。マキシムとの会見のあと図書室をでてきた夫人の表情がどうしても忘れられない。楽団用バルコニーに身を潜めていたわたしに気がつかなかったことを天に感謝するばかりだった。それに、ファヴェルの訪問をマキシムに告げ口したのはわたしだと疑われている気がした。そうだとしたら、以前にもまして恨みを募らせていることだろう。

わたしの腕に触れたときの夫人の手の感触。耳元で囁《ささや》く馴《な》れ馴《な》れしい声音。思いだしただけで、身ぶるいがした。あの午後のことはいっさい思いだしたくない。わたしが内線電話さえ避けて夫人と口をきかないのは、そのためだった。

舞踏会の準備は進んでいた。すべて地所の事務所で行われているようで、マキシムもフランクも毎朝通っていた。フランクがいうように、わたしは何も考えなくてよかった。ほんとうに切手一枚貼らなかったと思うが、衣装については、だんだん追い詰められてきた。

何も思いつかないなんてほんとうに情けなかった。そのうえ、ケリスやその周辺からやってくる人たちのこと、このまえのときとても楽しかったという主教夫人、ビアトリスにガイルズ、あのうっとうしいクローワン夫人、それにわたしが知らない人たち、わたしのことを見たこともない人たちのことが頭を離れない。ひとり残らずどこかしらケチをつけるだろうし、お手並み拝見という興味もあることだろう。

追い詰められたわたしはようやくビアトリスが結婚祝いにくれた本のことを思いだし、最後の望みを託してある朝図書室にこもり、掲載されている絵に次々と、何かに駆られるようにして目をとおした。ふさわしいものはなかった。ルーベンスやレンブラントなどの手になるビロードやシルクの豪華なドレスは、あまりに凝りすぎて仰々しい。紙と鉛筆を取ってきて、ひとつふたつ描き写してはみたものの気に入らず、うんざりして屑籠《くずかご》に捨ててそれきりになった。

晩になり、夕食のために着替えていると、寝室のドアがノックされた。クラリスだと思ったわたしは、「どうぞ」と呼びかけた。

ドアが開いて姿を現したのはクラリスではなく、ダンヴァーズ夫人だった。紙を一枚手にしている。

「お邪魔して申しわけありません。この絵なんですが、捨てるおつもりだったのでしょうか。大事なものをまちがえて処分することがないよう、屑籠の中身は一日の終わりにわたくしがチェックすることになっております。ロバートがこれは図書室の屑籠に捨ててあったと申しておりましたが」

夫人の姿にわたしは凍りつき、咄嗟《とっさ》には声がでなかった。夫人はわたしに見えるよう紙を差しだした。朝わたしが描いたスケッチだった。

わたしは一拍おいてから言った。

「ああ、それなら捨ててかまいません。ただのラフスケッチだから、必要ありません」

「それならいいのですが、直接たしかめたほうがよろしいかと思いまして――何か間違いがあるといけませんので」

「ああ、そうね、そうですね」とわたしは言った。

これで退室すると思ったのだが、夫人はドアの脇《わき》に立ったままだった。

「何をお召しになるかまだお決まりでないとお見受けしますが？」

その声音にはかすかな嘲《あざけ》りが、妙な満足感のようなものがただよっている。クラリスからわたしの苦労を聞いたのかもしれない。

「ええ、まだ決めていません」わたしは言った。

夫人はドアノブに手をかけたまま、わたしをじっと見る。

「楽団用バルコニーに掛かっている絵を参考になさったらいかがでしょう」

わたしは爪やすりをかけるふりをした。爪は短くてもろくなっていたが、何かをしていれば、夫人のことを見なくて済む。

「ああ、そうね」

どうしていままで思いつかなかったのだろう？　いちばんいい手ではないか。そう思ったが、夫人には知られたくない。わたしはやすりを動かしつづけた。

「バルコニーの絵ならどれも衣装として使えますが、帽子を手にした白いドレスの娘さんなどは特によいかと存じます。だんな様もどうして時代を指定した仮装舞踏会になさらないのでしょう？　そうすればみなさん同じような服装になりますのに。付けぼくろに白粉《おしろい》の婦人と道化師が踊っているのは、あまり見よいものではないといつも思うのでございます」

「いろいろ取り混ぜたほうが楽しいという人もいるし、そのほうがおもしろみがあるのよ、きっと」わたしは言った。

「わたくしとしてはいただけませんが」ダンヴァーズ夫人は言った。

意外なほど感じのよい、ごくふつうの声だった。捨てたスケッチのことなどでわざわざ自らおでましになったのはどういう風のふきまわしだろう？　仲よくしたいとようやく思うようになったのだろうか。あるいは、ファヴェルのことをマキシムに言ったのはわたしでないことがわかり、黙っていてあげたことにこういうかたちで感謝を表しているのだろうか。

「だんな様は奥様にこういう扮装《ふんそう》をしたらどうかなどとはおっしゃらなかったのですか」夫人は言った。

わたしは一瞬ためらってからこう言った。

「ええ。それに何も知られたくないの。主人やクローリーさんをびっくりさせたいもので」

「わたくしは何か提案するような立場にございませんが、お決めになったら衣装はロンドンでこしらえてもらうのがよろしいかと思います。ここらではその手のものを上手にやるところがございませんので。ボンド通りのヴォーチェがお勧めです」

「覚えておくわ」わたしは言った。

「そうしてくださいませ」夫人は言い、ドアを開けながら、「バルコニーにかかっている絵を是非ごらんになってみてください。特にさきほど触れたあの娘さんのを。それと、わたくしはけっして口外しませんから、ご安心ください」

「ありがとう、ダンヴァーズさん」とわたしは言った。

夫人はそっと静かにドアを閉めてでていった。このあいだとは打って変わったいまの夫人の態度はいったいどういうことだろう、と考えながらわたしは支度をつづけた。あの不愉快なファヴェルのおかげなのだろうか。レベッカのいとこ。マキシムはなぜレベッカのいとこを嫌うのだろう？　どうしてマンダレーに来るのを禁じたりしたのだろう？　ビアトリスはろくでもない遊び人だと称して、それ以上は言わなかったが、考えてみればみるほど、わたしもビアトリスとは同感だった。

あのほてったような青い目、しまりのない口、それにあの馴れ馴れしいぞんざいな笑い。人によっては魅力的に感じるかもしれない。菓子屋のカウンターの向こうでクスクス笑う娘たちや、映画館でプログラムを配っている女たち。小さく口笛を吹きながら、笑みを浮かべて視線を送るファヴェルが目に浮かぶ。相手が居心地悪くなるようなあの目つきと口笛――。

あの男はマンダレーをどのぐらい知っているのだろう？　いかにもなじんでいるふうだったし、ジャスパーもよく知っていることはまちがいないが、マキシムがダンヴァーズ夫人に言ったことと符合しない。わたしが思い描いているレベッカのイメージとも結びつかない。美しく、魅力的で育ちのよいレベッカ、そのレベッカにどうしてジャック・ファヴェルのようないとこがいるのだろう？　おかしい。どうしてもしっくりこない。きっと一族の恥とされている男なんだろうとわたしは考えることにした。人情厚いレベッカが気の毒に思って、ときどきマンダレーに招《よ》んでやったのだろう。マキシムが嫌っているのを承知していたからその留守にでも。ひょっとしたらそのせいでレベッカがいとこをかばってちょっとした口論にでもなり、以来ファヴェルの名前がでるたび、どことなく気まずい雰囲気が漂うようになったのかもしれない。

夕食になり、マキシムがテーブルの上座につき、わたしもいつもの席に坐《すわ》ったが、同じようにそこに坐っていたはずのレベッカの姿が目に浮かんだ。魚料理のフォークを手に取ったところに電話が鳴り、フリスがやってきて言う。

「ファヴェル様から奥様にお電話です」

レベッカはマキシムにすばやい一瞥《いちべつ》を投げながら席を立つが、マキシムは黙々と魚料理を食べつづける。レベッカは電話が済んで席にもどってくると、気まずく澱《よど》んだ空気をごまかそうと、明るくさりげない調子でまったく別のことを話題にする。マキシムも最初はむっつりして、うんとかふんとか、ろくに口を開かないが、レベッカは少しずつ機嫌を取って、その日あったこと、ケリスで会った誰それのことでも話し、次の料理を食べ終わるころにはマキシムも笑い声をあげ、レベッカの顔を見てほほえんで、テーブルの向かい側から手を伸ばす……。

「いったいぜんたい何考えてる？」とマキシムが言った。

わたしははっとして、首までまっ赤になった。時間にして六十秒もあったかどうか、そのあいだ、わたしはレベッカと完全に一体化していた。つまらない自分の存在は消え去り、マンダレーにも来ていない。身も心も過ぎ去った日々に浸っていた。

「魚には手もつけず、こっちが呆気《あっけ》に取られるような顔つきで、身振り手振りよろしく何してたの？ まず、電話が鳴るのが聞こえるみたいに耳を澄ましたかと思ったら口が動いて、ぼくのほうをちらっと見た。それから首をふって、笑みを浮かべて、肩をすくめた。それも一瞬のあいだだよ。仮装舞踏会の練習でもしてたのかい？」

テーブルの向かい側からマキシムが笑いながらわたしを見た。わたしが考えていること、わたしの心と頭の中のことを、マキシムがほんとうに知ったらどう思うだろう？ その一瞬、自分が別の年のマキシムで、わたしがレベッカだったとわかったら……。

「小悪党みたいだったよ。なんなの？」マキシムは言った。

「なんでもないの。べつになんのつもりもないの」わたしは急いで言った。

「なに考えてたの、教えてよ」

「いやだわ。あなただって教えてくれないもの」

「訊《き》いてきたことないだろう？」

「あるわ、一度」

「覚えてないな」

「図書室にいたときよ」

「それはまあそうだろうけど、ぼくなんて言った？」

「ミドルセックスとの試合にでるサリー側の選手は誰に決まったのかって」

マキシムはまた笑った。

「そりゃあ、がっかりだったね。何を考えてると思ったんだい？」

「全然別のこと」

「たとえばどんなこと？」

「さあ、わからないわ」

「ま、そうだろうな。ぼくがサリーとミドルセックスのことを考えていたと言ったんなら、サリーとミドルセックスのことを考えていたんだよ。きみが思っているより男っていうのは単純なんだ。ところが女は複雑に入り組んだ思考回路だからいったい何を考えているのか、まったく謎《なぞ》だね。いまさっきはまるで別人みたいだったよ。まるっきりちがう表情になっていた」

「ほんと？　どんな顔してた？」

「うまく説明できないな。なんだか急にもっと歳《とし》が上で、ずるそうな感じがした。あまり気持ちのいいものじゃなかった」

「そんなつもりはなかったのよ」

「それはまあそうだろう」

わたしは水を飲んで、グラスの縁ごしにマキシムを見た。

「わたしがもっと歳が上に見えるのいやなの？」

「ああ」

「どうして？」

「きみには似つかわしくないからだよ」

「でもいつかそうなるわ。仕方ないことよ。白髪になって、皺《しわ》とかできちゃうわ」

「それはいいんだ」

「じゃ、何がいやなの？」

「いまさっきみたいな顔をしてほしくないんだ。口元がゆがんで、さかしらな目つきになっていた。何かよからぬ知恵でも身につけたみたいに」

わたしは興味津々《しんしん》で少し興奮してきた。

「どういう意味？　よからぬ知恵ってなに？」

マキシムはしばらく何も言わなかった。フリスが新しい取り皿をもってきたのだ。マキシムは、フリスが衝立《ついたて》の裏から使用人用のドアの向こうに消えるまで待って、ゆっくり言った。

「最初に会ったとき、きみはある表情をしていた。それはいまも消えていない。どういう顔つきなのかは、説明できないからしないけど、その表情があったからというのもきみと結婚した理由のひとつなんだ。いまさっきあのおかしなひとり芝居をしていたときは、その表情が消えて、まったく別のものが取って代わっていた」

「別のものって？　どういうことか説明して」わたしは熱心に言った。

マキシムは眉《まゆ》を吊《つ》りあげ、小さく口笛を吹きながらしばらくわたしを観察した。

「そうだな。小さいころ、お父さんがこれは読んじゃいけないっていう本がなかった？　鍵《かぎ》掛けて片づけてしまったりしなかった？」

「ええ」

「ま、要するに夫なんてものも、父親と大して変わらないってことさ。ぼくとしてもきみには知らないでいてほしいことがあるんだ。教えたくないから鍵をかけておきたいんだよ。さ、もういい子だから桃を食べて、うるさく質問しないこと。言うとおりにしないと、隅に立たせるよ」

「六つかそこらの子どもみたいに扱わないで」

「どういうふうに扱われたいの？」

「ほかの男性が奥さんを扱うように、よ」

「こづきまわすってこと？」

「ばかなこと言わないで。どうしてなんでもかんでも冗談にしちゃうの？」

「冗談なんて言ってないさ。大まじめだよ」

「うそだわ。目を見ればわかるもの。いつもふざけてばかり。わたしがまるでばかなだだっ子みたいじゃないの」

「不思議の国のアリスか——ぼくのあのアイデアはよかったと思うな。飾り帯《サッシュ》とリボンは買った？」

「人をばかにして。仮装したわたしを見たら、腰を抜かすわよ」

「そうだろう、そうだろう。口にものを入れたまましゃべらないで、さっさと桃を食べなさい。ぼくは出さなくちゃいけない手紙がたくさんあってね」

そう言うと、マキシムはわたしが食べ終わらないうちに席を立って部屋を歩きまわり、コーヒーを図書室にもってくるようフリスに言った。わたしは仏頂面《ぶっちょうづら》で、できるだけだらだら食べ、ことを遅らせてマキシムを怒らせようとしたが、フリスはわたしと桃のことなどおかまいなしで、すぐにコーヒーを運んできた。マキシムはひとりで図書室に行ってしまった。

食べ終わると、わたしは二階の楽団用バルコニーにあがって、絵を眺めた。いまではもちろん見慣れた絵だったが、仮装用に使うという目で観察したことはなかった。

ダンヴァーズ夫人のいうとおりだった。いままで思いつかなかったとはわたしもほんとうにどうかしている。

帽子を手にした白いドレスの娘はわたしも大好きな絵だった。レーバーンの筆によるマキシムの曾々祖父《そうそうそふ》の妹、キャロライン・デ・ウィンターの肖像画である。キャロラインはホイッグ党の大政治家と結婚し、長年にわたってロンドンで美人の誉れ高かった人だが、肖像画は未婚のころのものだった。

パフスリーブにスカート部分のひだ飾り、小さめの身ごろという白いドレスは簡単にできそうだったが、帽子は少し面倒かもしれない。それに、わたしのストレートの髪では肖像画のような巻き毛にはできないので、かつらも必要だ。ダンヴァーズ夫人が言っていたロンドンのヴォーチェというところが全部引き受けてくれるかもしれない。肖像画をスケッチして、わたしのサイズを書いて、忠実に再現してくれるようたのめばよい。

いったん扮装《ふんそう》を決めると、心からほっとした。肩の荷が軽くなり、舞踏会が楽しみにすら思えてきた。クラリスと同じぐらい、わたしも楽しめるかもしれない。

翌朝わたしはスケッチを同封して店に手紙をだした。ご依頼名誉に存じます、すぐに取りかかりますが、かつらもおまかせくださいという、とても色好《いろよ》い返事が来た。

大舞踏会がちかづくと、クラリスはどうかなりそうなぐらい興奮し、わたしもパーティー熱に浮かされたようになった。晩餐《ばんさん》には大勢が招待されていたが、当日の夜泊まるのはガイルズとビアトリスだけで、その点気が楽だった。大人数の宿泊客を覚悟していたのだが、マキシムがやめることにしたのだ。

「舞踏会だけでもたいへんだからね」というのだ。

わたしのためにそうしてくれたのか、それとも大人数だと退屈すると言っているのは本心なのか。なにしろ昔のマンダレーのパーティーといえば押し合いへし合い、バスルームやソファーにまで人が寝ていたなど、わたしもさんざん聞いている。なのに、宏大《こうだい》な屋敷にはわたしとマキシムのふたりきり、本式にお客といえるのはビアトリスとガイルズだけなのだ。

そうこうするうちに、待ちかねてそわそわした空気が屋敷全体にただよいはじめた。大広間にはダンス用の床をしつらえる作業員がやってきた。応接間では家具を移動し、壁際《かべぎわ》に立食用の長いテーブルを並べられるようにした。テラスにもバラ園にも電球が張りめぐらされ、どこに行っても舞踏会の準備が目についた。あらゆるところに地所の労働者たちがいた。フランクも毎日のように昼食にやってきた。

使用人たちは舞踏会のことでもちきりで、フリスはパーティーの成否が自分ひとりの双肩にかかっているといわんばかりの様子でうろつきまわっていた。ロバートに至ってはすっかり平常心を失い、昼食の席でナフキンや野菜料理を配るのを忘れたり、失敗が多かった。これから汽車に飛び乗らねばならないとでもいうような、追い詰められた顔をしていた。犬たちもみじめで、ジャスパーは尻尾《しっぽ》を巻いて広間をうろうろしては、目にする作業員に誰彼かまわず噛《か》みついた。テラスに陣取ってわけもなく吠《ほ》えたてたかと思うと、芝生の一角にすっ飛んでいって、何かに取り憑《つ》かれたように芝を食いちぎったりした。

ダンヴァーズ夫人はけっしてでしゃばることはなかったが、わたしは常にその存在を意識させられた。応接間にテーブルを並べるときに聞こえてきたのも夫人の声だったし、広間に床をしつらえるときも指示を与えたのは夫人だった。わたしが現場に顔をだすと、いつも夫人が去った直後だった。ドアの縁から消えるスカートの端が見えたり、階段をゆく足音が聞こえてきたりした。わたしは誰の役にも立たない木偶《でく》の坊で、そのへんに突っ立って邪魔ばかりしていた。

「奥さん、すいませんね」

背後でそういう声がしたかと思うと、申しわけなさそうな笑みを浮かべた男が顔じゅう汗だらけにして椅子《いす》を二脚背負っている。

「まあ、ごめんなさい」わたしは急いで脇《わき》にどいて、怠けているのをごまかすため、「手を貸しましょうか。椅子は図書室かしら」

相手はまごついた顔になる。

「邪魔になるから裏に片づけろってダンヴァーズさんに言われたんですけど」

「ああ、そうそう。そうだったわね。うっかりしていたわ。裏にもっていってちょうだい」

そう言ってわたしは、紙と鉛筆はどこかしらなどと呟《つぶや》き、忙しいふうを装《よそお》って急いでその場を離れる。相手は呆気にとられたような顔で広間の奥へと去っていき、言いわけが全然通用しなかったと思い知らされるのだった。

大舞踏会当日の朝は、どんよりとして靄《もや》がかかっていたが、晴雨計はあがっていたので誰も心配しなかった。靄はむしろよい兆候だった。マキシムの予報どおり、十一時ごろにはすっかり晴れわたり、青い空に雲ひとつない穏やかですばらしい夏の日となった。午前中かかって庭師たちが、最後の白いライラック、大ぶりのルピナスやヒエンソウ、何百というバラ、それにありとあらゆる種類のユリなど、花をどんどん屋内に運びこんだ。

ダンヴァーズ夫人がついに表舞台に登場した。静かに、淡々と庭師たちに花を置く場所を指示し、巧みな指使いで手際よく自ら花瓶に挿していく。フラワールームでつぎつぎと活《い》けては応接間をはじめ家の各所に運んでいく様を、わたしは魅入られたように眺めた。夫人は、彩《いろど》りがほしいところには色を置き、何もないほうがすっきりする壁面はそのままにし、まさに絶妙のさじ加減で咲きこぼれるいくつもの花瓶を配置していった。

わたしとマキシムは邪魔にならないよう、事務所の隣りのフランクの独り所帯で昼食を摂《と》った。三人とも葬儀のまえのように異様に高ぶっていて、変に上機嫌だった。このあとの数時間に心を奪われたまま、意味もない冗談ばかり口にした。ここまできてはもう後もどりができないと思うと、わたしは結婚式の朝と同じような息苦しさを覚えた。

何があっても今晩はしのがねばならない。さいわいドレスはヴォーチェから期日に届いていた。薄紙に包まれたドレスは完璧《かんぺき》、かつらも最高の出来だった。朝食後試しにかぶってみたわたしは、自分の変身ぶりに驚いてしまった。自分とは到底思えないほど魅力的で、まるで別人、生き生きと溌剌《はつらつ》として、興をそそる女に見えた。

マキシムもフランクも、わたしの扮装のことをあれこれ尋ねた。

「わたしとはとても思えないわよ。ふたりともびっくり仰天するわ」

「まさか道化師の扮装するわけじゃないだろうね？　笑いを取ろうというわけじゃないだろうね？」マキシムは憂鬱《ゆううつ》そうに言った。

「そんなんじゃ全然ありません！」

わたしは大得意だった。

「不思議の国のアリスで我慢してくれたらよかったのに」とマキシム。

フランクが恥ずかしそうに、

「髪型を生かしてジャンヌ・ダルクというのもいいかと」

「まあ、それは思いつかなかったわ」

わたしがぽかんとして言うと、フランクは少し頬を染めた。

「何をお召しになってもお似合いだと、わたしどもみな思いますよ」

フランクはいかにもフランクらしいもったいぶった口調で言った。

「自分のすばらしい衣装のことで頭がいっぱいなんだから、これ以上調子に乗るようなことを言わないでくれよ、フランク」とマキシム。「ま、ビーが来れば身の程を思い知らせてくれるだろうけどね。きみのドレスが気に入らなかったら、すぐ口にだしてそう言うはずだ。ビーといえば、姉はこういうときいつも一拍ずれているんだよな。いつかポンパドール夫人の扮装できたことがあったんだけど、夕食のときにつまずいてかつらがずれちゃったんだ。そしたら、例のあのぶっきらぼうな声で、うっとうしくて堪えられないとか言ってそのへんの椅子にぽいと脱ぎ捨てたきり、ひと晩中自分のショートの頭で過ごしたんだ。でも、ドレスが水色のサテンのクリノリンスタイルとかいう宮廷風のドレスでね、そのちぐはぐったらなかったよ。ガイルズも気の毒に、あのときは参ってたな。料理番の扮装できてたんだけど、みじめな顔でひと晩中バーにこもっていた。姉に裏切られたような気分だったんだろう」

「それはちがいますよ。覚えていません？　新しい牝馬《ひんば》の乗り心地を試していて前歯を折ってしまって、恥ずかしくて口を絶対開けなかったんです」フランクが言った。

「ああ、そうだったかな。気の毒に。ガイルズはふだん仮装が大好きなんだけどな」

「連想ゲームが大好きだってお義姉《ねえ》さんから聞いたわ。クリスマスにいつもやるんですって」

「そうなんだよ。だから一度も姉のところでクリスマスを過ごしたことがないんだ」マキシムは言う。

「ミセス・デ・ウィンター、アスパラガスをもっといかがですか。それに、ポテトも」

「いえ、もうほんとにけっこうよ、フランク。食欲がないの」

「緊張してるせいだな」マキシムがいやはやというように首をふる。「ま、あしたのいまごろには全部終わってるさ」

「だといいんですけど。お迎えの車には全車午前五時に待機する指示をだそうかと思っていました」フランクが真顔で言った。

わたしは力なく笑いだした。もう涙目になっている。

「もうだめだわ。来ないでくれってみんなに電報打ちましょうよ」

「弱気になっちゃいけない。だいじょうぶ、これが済めばあと何年もやらないでいいんだ」マキシムは言った。「フランク、そろそろ屋敷へもどったほうがいいっていういやな予感がするんだけど、どう思う？」

フランクも同意し、わたしは渋々ふたりにしたがった。

小さなダイニングルームはいかにも独身宅らしいところで、狭苦しくてあまり快適ではなかったが、いまのわたしには安らかさと静けさを体現している場所のように思えた。

家にもどると、楽団が到着していた。フリスが常にも増してもったいぶった物腰で飲み物を配っており、広間の団員たちは少しばかり赤くなってしゃちこばって立っている。楽団員はマンダレーに宿泊することになっており、わたしたちが歓迎の挨拶《あいさつ》をしてこんかいのイベントにふさわしいいかにものジョークを飛ばしてから、部屋に案内されていった。団員はそのあと地所を見学することになっていた。

午後の時間はとても長く感じられた。荷造りをすべて済ませ、あとは出発するばかりになっている旅立ち直前の雰囲気に似ていた。わたしはジャスパーと同じぐらい途方に暮れて、部屋べやをうろうろ歩いた。ジャスパーは責めるような目つきをしてわたしの後をついてまわる。

できることは何もなかった。いっそ家を離れ、ジャスパーを連れて長い散歩にでもでたほうが賢明だったのだが、思いついたときにはすでに遅く、マキシムとフランクがお茶にしようと言いだした。飲み終わったころには、ビアトリスとガイルズが到着した。こんどはあっというまに晩がきてしまった。

「昔に帰ったみたいだわ」ビアトリスがマキシムにキスをして、あたりを見まわした。「細かいところまで全部再現してるのは大したものね」ここでビアトリスはわたしのほうをむいた。「お花がすばらしいじゃないの。あなたが活けたの？」

「いえ、ダンヴァーズさんがみんなやりました」わたしはいささか恥ずかしくなって言った。

「ああ、そう、ま、それは……」

ビアトリスは最後まで言わなかった。手にした煙草《たばこ》にフランクが火を貸してくれたので、一服すると何を言うつもりだったのか忘れてしまったらしい。

「料理のケータリングはいつもどおりミッチェルのところに頼んだのかい？」ガイルズが訊《き》いた。

「ああ。何も変更した点はないと思う。そうだよね、フランク？ 記録は全部事務所にあったし、手配忘れは何もなし、見落とした招待客もないはずだ」

「それにしても内輪でほっとしたわ。いつかは同じころ着いたら、もう二十五人も来ていたことがあったのよ。みなさんお泊まりで。ところでみんな扮装はどうするの？ マキシムは例によって仮装はいやだってしないんでしょ」

「例によって」とマキシム。

「まったくどうかと思うわ。マキシムが仮装すればずっと盛りあがるのに」

「姉さん、マンダレーの舞踏会が盛りあがらなかったことがいままであったとでも言うの？」

「それはないわよ、もちろん。なにしろ手筈《てはず》は万端だもの。それにしたってホストが率先してやるべきよ」

「ホステスががんばるだけで十分だと思うね。扮装《ふんそう》なんてただでさえ着心地が悪くて暑苦しいのに、物笑いの種になるのはごめんだ」

「そんな心配いらないじゃないの。物笑いの種になるわけないでしょ。マキシムならどんな扮装したってだいじょうぶよ。ガイルズみたいに体型を気にすることないんだから」

「お義兄《にい》さんはどんな扮装をなさるんですか。それとも絶対秘密なのかしら」

わたしが訊くと、ガイルズは満面笑みになった。

「そんなことないよ。実を言うとわれながらけっこうがんばったと思ってね。地元の仕立屋に作ってもらったんだけど、アラビアの王族《シャイフ》に扮するんだ」

「やれやれ」とマキシム。

「そういうけどなかなかなのよ。眼鏡を外して、顔を黒く塗るんだけど、かぶり物は、中東に住んでいた友だちから借りたほんものなの。あとは仕立屋が絵を参考にして作ってくれたんだけど、とてもよく似合うのよ」とビアトリスも加勢する。

「ミセス・レイシーは何に扮するんですか」フランクが言った。

「あたしはあまりちゃんとしたのじゃないの。ガイルズに合わせて東洋ふうにしたんだけど、いい加減だから。顔にベールをかぶって、ビーズの首飾りをするわ」

「なかなかよさそうじゃないですか」わたしはお愛想を言った。

「まあね。それに着心地はいいから、その点助かるし。暑くなったらベールは脱ぐわ。あなたはどうするの？」

「訊くだけ無駄だよ。誰にも言わないんだ。最高機密。どうやらロンドンに特注したらしいし」マキシムが言う。

「あら、そうなの」ビアトリスは感心して言った。「散財してあたしたちみんなを見劣りさせるつもりじゃないでしょうね？　あたしのなんて手作りなのよ」

わたしは笑った。

「ご心配なく。ほんとにシンプルなものなんです。マキシムがからかうものだから、びっくり仰天させてやるって言っちゃって」

「そりゃ、いい。だいたいマキシムは気取りすぎだからね。ほんとはぼくらみたいに扮装したいくせに認めたくないから、妬《や》いてるんだよ」ガイルズが言う。

「勘弁してくれよ」とマキシム。

「クローリー、きみはどうするんだい？」ガイルズが訊いた。

フランクは申しわけなさそうな顔になった。

「なにしろ忙しかったもので、ぎりぎりになってしまって。昨夜家捜ししていたら古いズボンとストライプのラグビーシャツがでてきたんで、片方の目にアイパッチをして海賊にでもなろうかと」

「衣装を貸してくれってうちに連絡してくれればよかったのに。ロジャーが去年の冬スイスで着た神父のがあったのに。あれならぴったりだったわよ」と、ビアトリス。

「うちの代理人なんだから、フランクに神父の格好なんてさせるわけにはいかないよ。そんなことしたら二度と賃貸料の徴収ができなくなる。海賊でけっこう。ふるえあがって払ってくれるやつもでてくるかもしれない」マキシムが言った。

「これほど海賊らしくない人もいないわよね」

ビアトリスがわたしの耳元で囁《ささや》いた。

フランクが気の毒でわたしは聞こえない振りをした。ビアトリスはどうもフランクをばかにしがちだ。

「メーキャップにどのぐらいかかると思う?」ガイルズが訊いた。

「少なくとも二時間じゃない? そろそろ取りかかったほうがいいかもしれない。夕食には何人くるの?」ビアトリスが言った。

「ぼくらを入れて十六人だよ。全員知り合い。姉さんの知らない人はいないよ」

「なんだかもう興奮してきたわ。仮装ってやっぱりおもしろいわよね。決心してくれて、ほんとうにうれしいわ」

「この人のおかげだよ」マキシムがわたしの顔を見て言う。

「そんなことないわ。みんなクローワンさんがいけないのよ」

「うそつけ。初めてのパーティーにお招《よ》ばれした子どもみたいに興奮してるくせに」

マキシムがわたしに笑いかける。

「そんなことないって」とわたし。

「扮装見るの、待ち遠しいわ」ビアトリスが言った。

「ほんとにべつに特別なものでもなんでもないんです」わたしも一所懸命言う。

「わたしたち全員がお見逸《みそ》れするだろうっておっしゃるんですよ」とフランク。

みんながわたしを見て笑顔になった。わたしは気分よく頰を染めて幸福だった。みんなして親切にしてくれる。みんなとても感じがよい。ダンスパーティーも、自分がホステス役なのも、急にとても楽しくなってきた。

新婚のわたしのために舞踏会が開かれるのだ。図書室のテーブルに坐《すわ》って足をぶらぶらさせているわたしを囲むようにみなは立っていた。二階に行ってドレスを身につけ、鏡の前でかつらをかぶり、早いとこ姿見に映る自分をためつすがめつ見てみたい。自分が座の中心になっているという感覚は、新鮮だった。ガイルズもビアトリスも、フランクもマキシムも、わたしを見てわたしの衣装の話をしている。みんなしてわたしがどんな扮装をするのだろうかと興味をそそられている。わたしはうっとりして思った。薄紙に包まれたやわらかな白いドレスがめりはりのない体の線や撫《な》で肩をカバーしてくれること、さえない髪もなめらかでつややかな巻き毛に隠されること……。

「いま何時？　そろそろ上で着替えたほうがよくないかしら」

わたしは小さく欠伸《あくび》をしながら、いかにもどうでもよいというふうにさり気なく言った。

そろって大広間を抜けてそれぞれの部屋に行ったが、そのとき、部屋べやがほんとうに美しく、屋敷がいかに舞踏会の雰囲気を盛りあげているか、わたしは初めて実感した。

普段わたしたちだけのときはよそよそしく格式張っているように思えた応接間です

ら、色彩の洪水だった。隅々に花が飾られ、銀器に活《い》けられたまっ赤なバラが晩餐《ばんさん》用の白いテーブルクロスにこぼれんばかりだ。テラスに面した縦長窓も開け放たれ、外の豆電球は黄昏《たそがれ》とともに点灯されることになっている。広間の上の楽団用のバルコニーには団員の手で楽器がすでに並べられていた。広間そのものにも、待ちかねているような不思議な雰囲気がただよっていて、いままでなかった温かみがある。穏やかで澄みわたった今宵そのもの、絵の下に置かれた花ばな、広い石段にしばし留まって談笑しているわたしたち、それらが一体となって醸《かも》しだす温かみが感じられた。屋敷がこれまでまとっていた、どこか粛然とした雰囲気が消えている。わたしが夢にも思わなかったかたちでマンダレーが息づいていた。わたしの知っている、しんと静まり返ったマンダレーではなくなっている。屋敷自体が意義をもちはじめていた。どこか勝ち誇ったような、快い、向こう見ずな雰囲気がある。

屋敷は思いだしているのかもしれない。遠い昔、広間がほんとうに宴会場だったころを。武器やタペストリーが壁に飾られ、中央の細長いテーブルに腰掛けた男たちが、現在のわたしたちより高らかな笑い声をあげ、ワインを、歌を、と呼ばわり、敷石に寝そべる犬たちに肉の塊を投げてやっていたころを。またべつの時代には、陽気でありながらもどこか優雅さや気品が感じられるなか、今宵わたしが扮する白いドレスのキャロライン・デ・ウィンターが、広い石段を降りてきてメヌエットを踊ったのだ。

過ぎ去った年月をぬぐいさって、キャロラインの姿を見たかった。ロマンチックとはほど遠い、場違いの現代風のジグなど踊って屋敷を貶《おとし》めるのは忍びない。マンダレーには似つかわしくない。不意にダンヴァーズ夫人に共感している自分がいた。時代を指定した仮装舞踏会にすべきだ。アラビアの王族に扮した人の好《よ》い上機嫌のガイルズをはじめ、人間の寄せ集めのようなものになるであろう今夜のような催しではなく――。

寝室では丸顔を興奮でまっ赤にしたクラリスが待っていた。ふたりとも女学生のようにくすくす笑い、わたしはクラリスに鍵《かぎ》をかけるよう言いつけた。薄紙のかさこそいう音すら謎《なぞ》めいていて、わたしとクラリスは陰謀でも企《たくら》んでいるかのように、声を潜めて忍び足で歩きまわった。子どものころのクリスマスイヴにもどったみたいだった。部屋を裸足《はだし》でうろうろし、忍び笑いを漏らし、声をあげそうになって慌《あわ》てて口を押さえたりしていると、ふと、靴下をさげた遠い日のクリスマスを思いだす。マキシムは自分の化粧部屋だった。こちらには入って来られないようにしてある。クラリスだけが特別に選ばれた味方だった。

ドレスはぴったりだった。わたしはじっと立っていたが、クラリスがフックを留めてくれているあいだも、もどかしくてたまらない。

「すてきですわ、奥様。イギリスの女王にもふさわしいようなドレスです」

クラリスは少し反り返ってわたしの姿を見ては言う。

「ここ、左肩の下、だいじょうぶかしら？　ストラップが見えやしない？」

わたしは心配する。

「だいじょうぶでございます。何も見えません」

「どう？　どんな感じ？」

わたしはクラリスの返事を待たずに、鏡の前でからだをよじり、顔をしかめたり笑みを浮かべたりしてみた。これだけでもう気分がちがっていた。外見が足枷《あしかせ》にならず、つまらないはずの自分は追いやられて姿を消していた。

「かつらを取って。気をつけてね。カールをつぶさないで。顔を縁取って外側に巻くようになっているのよ」わたしは興奮気味で言った。

鏡の中のわたしの肩ごしに、目をきらきらさせ、口をかすかに開いたクラリスの丸顔が映っている。わたしは自分の髪をなでつけて耳の後ろにかけた。それから忍び笑いを漏らして上目遣いでクラリスを見ながら、やわらかな巻き毛のつややかなかつらをふるえる指先で手に取った。

「ああ、クラリス、だんな様はなんとおっしゃるかしら」

わたしは得意げな笑みをかみ殺しながら、ライトブラウンの自分の頭に巻き毛のかつらをかぶせた。そのとき誰かが激しくドアを叩《たた》いた。わたしはパニックになった。

「どなた？　まだだめよ！」

「あたしよ、心配しないで」ビアトリスだった。「どこまで済んだ？　ちょっと見せてもらいたいんだけど」

「だめです、まだ用意できてません」

ヘアピンを掌《てのひら》いっぱいにもって脇《わき》に立っているクラリスも慌てている。わたしはそれを一本一本取っては、箱の中でほつれてしまったカールに留めていた。

「支度ができたら行きますから」わたしはドアの外に呼びかけた。「わたしにかまわず下に行っててください。マキシムにも来ないように言ってください」

「マキシムならもう下よ。さっきあたしたちのところに来たんだけど、あなたのバスルームのドアを叩いても返事がなかったって。あんまり気をもたせないで。みんな見たくてうずうずしてるんだから。ほんとに手を貸さなくていい？」

「ええ、ええ、もうあっちに、下に行っててください」わたしはどうかしてしまったかのように、じれて大きな声をだした。

こんなときにどうして、こううるさいのだろう？　慌てたわたしは何をしているのかわからなくなり、ヘアピンでカールを突き刺してつぶしてしまった。ビアトリスはそのまま廊下を行ってくれたようで、もう声はしない。東洋風の衣装をまとって満足しているのかしら、ガイルズは顔をうまく黒くできたのかしら、などとわたしは思った。それにしてもなんとばかげたことだろう。どうしてわたしたちはこんなことをするのだろう？　どうしてこんなにも子どもっぽいのだろう？

わたしを見つめ返してくる鏡の中の顔は自分とは思えなかった。どう見てもいつもより目が大きく、口は小さく、肌も抜けるように白く見える気がする。ふんわりした巻き毛が顔を縁取っている。わたしは自分ではない自分を眺めてから、ほほえんだ。浮かべたことのないしっとりした笑みだった。

「ああ、クラリス、ああ、クラリス！」

わたしはスカートの両端をつまんでクラリスにお辞儀をした。裾《すそ》のひだ飾りが床にひろがる。クラリスは興奮してくすくす笑い、少し照れくさそうに、うれしそうに頬を染めた。わたしは鏡の前を行ったり来たりして自分の姿を見つめた。

「鍵をあけて。下に行くわ。先に行ってみんながいるかどうか見てきて」

クラリスはまだくすくす笑いながら言われたとおりにした。わたしはドレスの裾を引きずらないように後につづいて廊下を行った。

クラリスがふりむいて手招きする。

「みなさん下です。だんな様も、レイシーさんご夫妻も。クローリーさんがいましたいらしたばかりで、みなさん広間です」クラリスが低い声で言う。

わたしは大階段の上のアーチになった部分から下の広間を覗《のぞ》いた。

クラリスの言うとおり、みな揃《そろ》っている。白いアラビアの装束をまとったガイルズが哄笑《こうしょう》して脇に差した剣を見せていた。ビアトリスはとんでもない緑色の衣装に、ビーズの首飾りを何重にもしていた。少しばかり意識したようすのフランクはストライプのシャツに長靴という出《い》で立ちで、気の毒に、どことなく間の抜けた海賊になっている。そしてただひとりふつうの夜会服姿のマキシム——。

「いったい何してるんだろう？　もう何時間も部屋にこもりきりだ。フランク、いま何時だい？　まごまごしてると晩餐の客が来てしまう」

楽団員もすでに着替えて、バルコニーに待機していた。中のひとりがバイオリンのチューニングをしている。静かに音階を弾いて、弦を弾《はじ》く。キャロライン・デ・ウィンターの肖像が明かりに浮かびあがっている。

ドレスはわたしが描いた肖像画のスケッチどおりだった。パフスリーブも、サッシュもリボンも、わたしが手にしている鍔広《つばびろ》のやわらかな帽子も。巻き毛も、キャロラインの肖像画どおりに外側に巻いてわたしの顔を縁取っている。

こんなにも有頂天で興奮したことはないように思われた。わたしはバイオリンの男性に手をふり、指を唇にあてて静かにするよう合図した。男は笑顔になってお辞儀をすると、アーチのところまでやってきた。

「ドラマーに名前を告げさせてほしいの。ドラムをほら、叩いて、キャロライン・デ・ウィンター嬢って呼んでもらって。下のみんなをびっくりさせたいのよ」

わたしは声を潜めてたのんだ。男はうなずいた。了解したのだ。

心臓が飛びだしそうに高鳴り、顔がほてってった。こんなに楽しいことってあるかしら。ばかばかしくて、子どもじみて、おもしろくてたまらない。

まだ廊下に身をかがめているクラリスにわたしは笑いかけ、スカートの両端をつまんだ。

そのときドラムの音が大広間にこだました。鳴るのを待っていたのに、聞こえるとわかっていたのに、わたしは一瞬はっとなった。下のみんなが驚いて戸惑ったように目をあげるのが見えた。

「キャロライン・デ・ウィンター嬢！」ドラマーが呼ばわる。

わたしは階段の上に進みでて、絵の中の娘のように帽子を手に、そこに立ってほほえんだ。しずしずと階段を降りるわたしに合わせてあがるだろう拍手と笑い声を待った。誰も拍手せず、ぴくりとも動かない。

みな木偶《でく》の坊のようにわたしを見つめている。ビアトリスが小さく声をあげて口を押さえた。わたしは笑顔のまま、手摺《てす》りに手を乗せた。

「初めまして、デ・ウィンターさん」

マキシムは身じろぎもしないで、グラスを手にわたしを見つめている。顔は完全に蒼白《そうはく》だった。何か言おうとして近づいたフランクを、マキシムはふりはらった。

片足をすでに階段に踏みだしていたわたしは、ためらった。

なんだかおかしい。扮装《ふんそう》がわからないのだろうか。マキシムはどうしてあんな顔をしているのだろう？　みんなもどうして木偶みたいに茫然《ぼうぜん》と突っ立っているのだろう？

そのとき、マキシムが階段のほうへ近づいてきた。目を片時もわたしの顔から離さない。

「いったいぜんたいなんのつもりだ？」

顔はまっ青、目は怒りで燃えあがっている。

わたしは動くことができず、手摺りに手を置いたまま突っ立っていた。

「肖像画よ。バルコニーに掛かっているあの絵なの」

わたしはマキシムの声と目つきにふるえあがって、言った。

長い沈黙があった。わたしとマキシムは見つめ合った。広間では誰ひとり動こうとしない。わたしは息苦しくなり、手を喉元《のどもと》にもっていった。

「なんなの？　わたしが何をしたっていうの？」

みんなもどうしてあんな虚《うつ》ろな顔でわたしをじっと見つめているのだろう？　何か一言でも口をきいてくれればいいのに。

そのときマキシムが口を開いた。わたしにはその声がわからなかった。しんと静かで氷のように冷たく、わたしのまったく知らない声だった。

「着替えてくるんだ。なんだっていい。ふつうのイヴニングドレスでもあるだろう。なんでもいいから、ほかの客が来ないうちにさっさと着替えるんだ」

わたしは言葉を失ってただマキシムを見つめていた。白い能面と化したマキシムの顔で生あるものはその目だけだった。

「なに突っ立ってる？　聞こえなかったのか」

かすれた異様な声だった。

わたしは背をむけると、アーチの向こうの廊下へやみくもに走った。登場を告げてくれたドラマーの呆気《あっけ》に取られた顔が一瞬目に入った。その脇をすり抜ける。前をよく見ていなかったわたしは、つまずきそうになった。涙で何も見えない。何が起こったのかわからない。クラリスの姿はなく、廊下にひと気はなかった。わたしは追われる動物のように茫然自失のていであたりを見まわした。すると、西の棟に通じるドアが開け放たれていて、そこに誰かが立っているのが見えた。

ダンヴァーズ夫人だった。

勝ち誇ったその忌《い》まわしい顔つきをわたしは生涯忘れられないだろう。悪魔が狂喜している顔だった。悪魔がわたしにほほえみかけていた。

次の瞬間、わたしは弾かれたように逃げだした。寝室までの長い廊下を、裾のひだ飾りを踏みつけてつまずきながら、わたしは走った。

E・ブロンテ
鴻巣友季子訳
嵐が丘
狂恋と復讐、天使と悪鬼――寒風吹きすさぶ荒野を舞台に繰り広げられる、恋愛小説の恐るべき極北。新訳による〝新世紀決定版〟。

C・ブロンテ
大久保康雄訳
ジェーン・エア（上・下）
貧民学校で教育を受けた女家庭教師と、狂女を妻にもつ主人との波瀾に富んだ恋愛を描き、社会的常識に痛烈な憤りをぶつける長編小説。

J・オースティン
小山太一訳
自負と偏見
恋心か打算か。幸福な結婚とは何か。十八世紀イギリスを舞台に、永遠のテーマを突き詰めた、息をのむほど愉快な名作、待望の新訳。

H・ジェイムズ
小川高義訳
ねじの回転
イギリスの片田舎の貴族屋敷に身を寄せる兄妹。二人の家庭教師として雇われた若い女が語る幽霊譚。本当に幽霊は存在したのか？

スティーヴンソン
田口俊樹訳
ジキルとハイド
高名な紳士ジキルと醜悪な小男ハイド。人間の心に潜む善と悪の葛藤を描き、二重人格の代名詞として今なお名高い怪奇小説の傑作。

スティーヴンソン
鈴木恵訳
宝島
謎めいた地図を手に、われらがヒスパニオーラ号で宝島へ。激しい銃撃戦や恐怖の単独行、手に汗握る不朽の冒険物語、待望の新訳。

レベッカ(上)

新潮文庫　テ－4－3

Published 2008 in Japan
by Shinchosha Company

平成二十年三月一日発行
令和元年十二月十日五刷

訳者　茅《ち》野《の》美《み》ど里《り》
発行者　佐藤隆信
発行所　株式会社 新潮社
郵便番号 一六二―八七一一
東京都新宿区矢来町七一
電話 編集部(〇三)三二六六―五四四〇
読者係(〇三)三二六六―五一一一
http://www.shinchosha.co.jp
価格はカバーに表示してあります。
乱丁・落丁本は、ご面倒ですが小社読者係宛ご送付ください。送料小社負担にてお取替えいたします。

印刷・錦明印刷株式会社　製本・加藤製本株式会社

ISBN978-4-10-200203-2 C0197